다른 모든 눈송이와
아주 비슷하게 생긴
단 하나의
눈송이

다른 모든 눈송이와
아주 비슷하게 생긴
단 하나의
눈송이

은희경 소설

문학동네

수업이 심심하게 느껴지는 겨울날 오후에는 옆자리 애랑 같이 내기하며 놀았다. 그것은 이런 식으로 하는 내기다. 창문 밖에서 풀풀 나는 눈송이 속에서 각자가 하나씩 눈송이를 뽑는다. 건너편 교실 저 창문 언저리에서 운명적으로 뽑힌 그 눈송이 하나만을 눈으로 줄곧 따라간다. 먼저 눈송이가 땅에 착지해버린 쪽이 지는 것이다. '정했어' 내가 작은 소리로 말하자 '나도' 하고 그애도 말한다. 그애가 뽑은 눈송이가 어느 것인지 나는 도대체 모르지만 하여튼 제 것을 따라간다.

잠시 후 어느 쪽인가 말한다. '떨어졌어.' '내가 이겼네.' 또 하나가 말한다. 거짓말해도 절대 들킬 수 없는데 서로 속일 생각 하나 없이 선생님께 야단맞을 때까지 열중했었다. 놓치지 않도록. 딴 눈송이들과 헷갈리지 않도록 온 신경을 다 집중시키고 따라가야 한다. 다른 모든 눈송이와 아주 비슷하게 생긴 단 하나의 눈송이.

나는 한때 그런 식으로 사람을 만났다. 아직도 눈보라 속 여전히 그 눈송이는 지상에 안 닿아 있다.

_ 사이토 마리코, 「눈보라」

다른 모든 눈송이와
아주 비슷하게 생긴
단 하나의 눈송이

열두 살, 크리스마스 정오 무렵에 안나는 루시아를 처음 만났다. 꼬마전구와 꽃으로 장식된 성모상 앞에서였다. 투명한 겨울 햇살이 안나의 짧은 그림자를 비출 뿐 거기에는 아무도 없었다. 험상궂게 잘못 만들어진 세 동방박사들과 가난한 부모. 그리고 약간 추워 보이는 벌거벗은 아기 예수만이 말 먹이통에 누워 있었다. 안나는 마구간 지붕을 장식한 하얀 솜을 조금 떼어내 주머니에 넣었다. 남쪽 바닷가 도시의 다른 아이들처럼 안나도 진짜 눈은 본 적이 없었다. 주머니 안에서 손가락으로 뭉쳐보았지만 솜은 탄력을 받아 다시 부풀었다. 안나는 성당 앞에 깔린 자갈을 소리나게 밟으며 자기를 향해 걸어오고 있는 루시아를 발견했다. 정오의 햇빛을 받아 자갈이 하얗게 빛났다. 눈의 결정이 수놓아진 빨간색 방한복에 크림색 털모자를 쓴 루시아는 전혀 춥지 않아 보였다. 네가 안나니? 그것은 안나가 사는 도시에서 듣기 힘든 서울 말씨였다. 안나는 고개를 끄덕였다. 편도선 수술을 받았기 때문에 말을 하지 말아야 했고, 지난주 성당에 나오지 못한 것도 그 때문이었다. 난 루시아야. 수녀님이 너와 친하게 지내라고 하셨어. 이 성당에서 네가 제일 똑똑하고 무용도 잘한다며? 하지만 생각보다 예쁘진 않구나. 루시아는 까맣고 긴 속눈썹을 느리게 깜박이더니 왼쪽 볼에만 보조개를 만들며 쌩긋 웃어 보였다. 안나도 피식 웃었다. 예쁘지 않다는 말은 처음 들었지만 루시아에게서 듣는 그 말은 그다지 기분이 나쁘지 않았다. 안나는 루시아가 신은 인조가죽 부츠를 보고 있었다. 양 세 마리가 프린트된 빨간색 반부츠는 안나가 신은 부츠와 똑같은 것이었다. 있잖아. 루시아가 물었다. 근데 여기는 정말 겨울에도 눈이 안 오니? 응, 안 와. 크리스마스에도? 크리스마스에도. 긴 속눈썹에 반쯤 가려진 루시아의 눈동자에 실망한 기색이 깃들었다. 난 겨울에 생일이 있어서 눈 올 때 입을 멋진 겨울옷이 많은데. 하지만. 안나는 루시아를 안심시켜주고 싶었다. 눈은 오지 않지만 남쪽 도시 사람들도 모두 겨울에는 겨울옷을 입는다고 말해주며 자신의 빨간 부츠 한 짝을 앞으로 내밀어 보였다.

그 겨울이 지나고 다음해 봄부터 루시아는 안나와 같은 학교에 다녔다. 안나가 루시아와 함께 보낸 크리스마스는 여섯 번이나 되었다. 그중 두 번은 오해 때문에 서로 말을 안 하던 시기여서 가장 먼 대각선 자리에 떨어져 앉아 자정미사를 봤다. 그러나 나머지 네 번은 손을 잡고 나란히 미사에 가고 부모님이 외출한 빈집에서 텔레비전의 성탄특집을 보고 팔짱을 낀 채 캐럴이 울리는 거리를 쏘다니며 함께 지냈다. 미사를 빼먹고 빈집에 남아서 카세트테이프에 녹음한 노래를 들으며 서로 일기장을 바꿔 읽고 몰래 맥주를 마신 적도 있었다. 바로 작년 일이었다. 고1이었던 재작년에는 성당의 성탄기념 무대에서 함께 무용을 했다. 루시아가 주인공을 맡아 무대 한가운데에서 아라베스크를 췄다. 이제 성당에서 제일 똑똑하고 무용 잘하고 예쁜 애는 루시아였지만, 루시아가 혼자 있는 걸 보면 지나가는 사람들 누구나 큰소리로 물었다. 루시아, 안나는?

안나와 루시아 모두 남자친구는 없었다. 이번 크리스마스는 정말 특별하게 보내야 해. 루시아가 말했다. 스무 살이 되면, 그때부터는 세상에 재미있는 일은 하나도 없을 거야. 바쁘고 또 따분하겠지. 어른들은 다 그렇잖아. 그래. 안나도 동의했다. 우리도 내년 크리스마스에는 고해성사를 하러 다른 도시의 신부님을 찾아가야 할지도 몰라. 안나는 성당의 세실리아 언니를 생각하고 있었다. 세실리아 언니는 크리스마스 때마다 다른 도시에 가서 미사를 봤다. 안나네 성당의 스테파노 신부님과는 잘 아는 사이라서 죄를 털어놓기가 어려웠기 때문이다. 유부남과 잤을 때, 그리고 아이를 지웠을 때에도 세실리아 언니는 모르는 신부님에게서 용서를 받기 위해 낯선 성당에 다녀왔다. 유부남과 헤어질 마음이 전혀 없었으므로 죄는 계속해서 만들어졌다. 세실리아 언니가 언제부터인가 저금을 하듯이 꼬박꼬박 죄를 모아서 일 년에 한 번 크리스마스 고해성사 때 한꺼번에 용서받는다는 걸 안나는 알고 있었다. 세실리아 언니는 안나의 언니 아녜스와 비밀이 없는 사이라 자주 집에 놀러 왔는데, 내숭을 잘 떠는 데 비해 목소리는 큰 편이었다.

어떻게 하면 크리스마스를 멋지게 보낼 수 있을까? 루시아의 물음에 줄곧 차창 밖을 바라보고 있던 안나가 대답했다. 눈은 꼭 와야 해. 그들은 서울로 가는 기차 안에 나란히 앉아 있었다. 안나는 짧은 커트

다른 모든 눈송이와 아주 비슷하게 생긴 단 하나의 눈송이   13

머리였고 루시아는 땋아 늘어뜨린 갈래머리로, 둘 다 검은 학생코트 속에 지방 명문여고 교복 차림이었다. 서울의 유명 입시학원에서 마지막 총정리 수업을 받기 위해 상경하는 것이었다. 루시아는 고모 집에서 지낼 예정이었고 안나는 하숙집을 구했다. 안나를 기차역까지 배웅하며 엄마는 서울은 위험한 곳이니 학원 수업이 끝나자마자 곧장 하숙집으로 돌아가야 한다고 여러 번 당부를 했다. 하지만 대학 입시는 두 달 뒤였고, 크리스마스는 한 달밖에 남지 않았다. 안나도 루시아도 부모에게서 벗어나보는 건 처음이었다. 기차 안에서 그들은 줄곧 1976년, 십대의 마지막 크리스마스에 대해 얘기했다. 무엇보다 그날 눈이 오는 게 첫번째 소망이었다. 기도를 해야 할까? 웃으며 말하는 안나 쪽으로 얼굴을 가까이 가져가며 루시아가 대꾸했다. 그럴 필요 없어. 하느님은 무조건 예쁘고 똑똑한 소녀들 편이니까. 아마 우리에게 줄 크리스마스 선물로 남자친구를 포장하고 계실걸. 루시아가 장난스러운 말을 할 때마다 매번 그렇듯이 안나는 웃음을 터뜨렸다. 뺨에 닿는 루시아의 속눈썹이 간지러워서이기도 했다.

　서울에 대한 안나의 첫인상은 춥다는 것이었다. 대기는 날카롭고 먼지가 날리는 회색 거리는 건조했다. 지나가는 사람들 모두 코트 깃을 세우거나 주머니에 손을 넣고 움츠린 채 빠르게 걸었다. 매서운 바람 한 줄기가 첫인사라도 할 것처럼 다가오더니 안나의 목에서 목도리를 벗겨내 아스팔트 위에 내동댕이쳤다. 안나의 얼굴은 금세 빨갛게 얼어붙었다. 벙어리장갑을 낀 손으로 안나의 두 뺨을 감싸며 루시아가 키득댔다. 뭐야, 꼭 북극에 잘못 배달된 소포 같잖아. 어떻게 두 개나 잘못 배달됐지? 라고 말하려 했지만, 안나는 입이 얼어 아무 대꾸도 할 수가 없었다. 루시아는 전혀 추워 보이지 않았다. 만약 잘못 도착했다면 그것은 안나이지 루시아는 아닐 것 같았다.

안나의 하숙집은 낡고 커다란 단층 양옥이었다. 퇴역장군의 늙은 미망인이 두 딸과 함께 살고 있었다. 언덕 위의 동네라서 그런지 바람이 많이 불었는데 대문을 열어준 미망인에게서도 찬바람이 돌았다. 우리가 원래 하숙 치는 집은 아니에요. 그것이 안나에게 건넨 첫마디였다. 양손에 책가방과 트렁크를 나눠든 안나는 미망인의 뒤를 따라 조심스레 돌계단을 올라갔다. 오랫동안 손보지 않은 넓은 정원이 나타났다. 누런 잔디 위에 지난가을의 낙엽이 뒹굴었고 헐벗은 나무들은 죄다 죽은 것처럼 보였다. 팔이 떨어져나간 흰 석고상과 야외 테이블이 아무렇게나 넘어져 있었다. 양옥집은 칠이 벗겨지고 갈라진 틈이 드러났으며 쇠붙이마다 녹이 슬어 마치 버려진 창고 같았다. 안나는 이렇게 집을 돌보지 않는 여자들이라면 게으르거나 병에 걸렸거나 가난하거나 불행하거나, 미망인의 모습으로 짐작하건대 다들 누구의 도움도 받지 못할 만큼 못생겼을지도 모른다고 생각했다.

실내는 몹시 어두웠다. 눈을 가늘게 떴는데도 안나는 현관에 벗어놓았던 빨간색 하이힐을 밟고 말았다. 뒤집어진 구두를 급히 모아 나란히 세워놓았지만 그것은 처음부터 아무렇게나 벗어놓아져 있던 것이었다. 걸음을 옮길 때마다 마루에서 삐걱 소리가 났다. 안나가 발꿈치를 들고 미망인을 따라 들어간 곳은 거실이었다. 싸늘하게 식은 난로 옆에 서서 미망인에게 하숙비를 선불로 치르며 안나는 벽에 걸린 흑백 가족사진을 흘끔 보았다. 가슴에 훈장 같은 걸 여러 개 달고 있는 늙은 군인 곁에 미망인이 앉았고 두 딸은 뒤에 서 있었다. 긴 생머리에 검은색 미니 원피스를 입은 큰딸, 그리고 흰 칼라를 단 여고 교복 차림의 작은딸 모두 미인이었다. 가족사진 옆에는 똑같은 차림과 자세와 표정으로 군인 혼자 찍은 사진이 걸려 있었다. '1970년 11월 명동사장'이라는 흘림체 글씨를 보며 안나는 이 집이 유난히 조용하고 싸늘한 것은 죽은 사람의 기억 때문일지도 모른다고 생각했다.

  냉기가 감도는 어둑한 복도 양쪽에 굳게 닫힌 방문들이 보였다. 안나의 방은 끝방이었다. 넓게 펴놓은 이불 한 채와 앉은뱅이책상 하나만으로 꽉 찰 만큼 작았다. 미망인은 샤워실을 방으로 개조했다고 말했지만 그곳은 여전히 방보다는 샤워실로 보였다. 수도꼭지를 뜯어내고 바닥에 전기장판을 깔았을 뿐이었다. 간유리가 끼워진 들창은 영어 참고서를 펼쳐놓은 크기였고 안나가 키발을 해야 겨우 손이 닿을 만큼 높았다. 안나는 벽을 만져보았다. 샤워실 시절을 추억하듯 타일이 그대로 붙어 있었다. 푸른색 모자이크 타일이었다. 그것은 군데군데 색이 바랜 탓에 물방울이 번진 것도 같고 방을 둘러싼 채 푸른 물결이 흔들리고 있는 것처럼도 보였다. 하지만 손가락으로 문질러보니 몹시 차갑고 매끄럽고 단단한 타일이었다. 타일과 타일 사이의 틈에 못 세 개가 나란히 박혔고 그중 하나에 옷걸이가 걸려 있었다. 안나는 검은 학생코트를 벗어 그 옷걸이에 걸었다. 그러고 나니 비로소 그곳이 자기의 방 같아졌으므로 이불 위에 앉아 가방을 풀기 시작했다. 숨을 내쉴 때마다 하얗게 입김이 흩어졌다. 그날 밤 자리에 누웠을 때 안나는 푸른 타일 위에 빈틈없이 돋아 있는 물방울들을 보았다.

학원에서 만난 첫날 루시아는 백로지 연습장에 서울 지도를 그렸다. 너희 동네는 여기야. 학원에 오는 버스는 53번이고, 57번은 남산으로 빠져. 서울역에서 갈라지니까 번호를 잘 봐야 해. 안나가 물었다. 너네 고모 집은 어디쯤이야? 여기, 강 건너. 328번 버스를 타면 돼. 너희 하숙집에서 오려면 일단 서울역까지 와서 갈아타야 해. 버스가 강을 건너면 그때부터는 내릴 정류장을 지나치지 않도록 계속 밖을 보고 있어. 그리고 정류장을 기억하기 위해서는 건물 모양과 간판을 잘 봐야 해. 하지만 모두 비슷한걸. 안나가 조그맣게 한숨을 내쉬었다. 어린 시절을 서울에서 보냈고 방학 때마다 고모 집에 다녀갔던 루시아는 서울이 익숙했지만 안나는 아니었다. 대체 서울의 끝에서 끝까지는 얼마나 걸려? 글쎄, 아마 걸어서는 하루에 다 못 갈걸. 안나는 깜짝 놀랐다. 남쪽 도시에서는 아무리 먼 소풍이라도 걷는 데 한 시간 이상은 걸리지 않았다. 극장이나 서점에 가기 위해 시내버스를 타도 루시아와 마음놓고 떠들었고, 내릴 때가 되었다 싶어 밖을 바라보면 그 짐작이 거의 맞아떨어졌다. 서울에서는 달랐다. 학원까지 여덟 정류장이란 건 알았지만 차창 밖을 보다가 자칫 숫자 세는 걸 잊어버리기라도 하면 얼마만큼 왔는지 도무지 짐작이 가지 않았다. 안나가 적응하지 못하는 것은 무엇보다 난생처음 겪어보는 '크기'였다. 정류장을 그냥 지나치는 바람에 첫날부터 지각을 했다.

루시아는 학원의 다른 아이들과 쉽게 친해졌다. 표준말을 쓰긴 했지만 남쪽 억양을 감출 수는 없었던 안나는 좀처럼 입을 열지 않았다. 안나도 루시아도 더이상 지방 명문여고의 교복은 입지 않았다. 겨울에 생일이 있는 루시아는 여전히 예쁜 겨울옷을 여러 벌 갖고 있었다.

열두 살에는 안나와 키가 비슷했지만 지금은 안나보다 한 뼘이나 큰데도 약간 굽이 있는 검은색 메리제인 슈즈를 신었다. 거기 비하면 안나는 언제나 검은 학생코트에 목도리도 한 개뿐이었다. 지각을 자주 했기 때문에 안나가 헐레벌떡 뛰어들어오는 모습은 자주 눈에 띄었다. 루시아는 안나를 위해 자리를 맡아놓았고 언제나 맨 앞에 앉아 있었다. 수업이 시작된 조용한 교실을 가로질러가는 안나의 상기된 얼굴은 창피해한다기보다 추워 보였다. 루시아는 안나에게 학원에 떠도는 이야기들을 전해주곤 했다. 갑옷에 칼을 차고 사극에 자주 등장하는 남자 탤런트를 꼭 닮은 국사선생은 정말로 그 탤런트의 친형이었다. 며칠 전 구호를 외치며 청년 둘이 경찰들에게 끌려나갔던 학원 근처의 사층 건물은 야당의 당사라고 했다. 학원 앞 골목에 있는 분식집 중 가장 맛좋은 곳은 두번째 집이었다. 거기에서 안나는 추운 지방에서 먹는다는 메밀국수를 처음 먹어보았는데, 한 입은 짜고 한 입은 싱거웠으며 고추냉이 때문에 몇 번이나 눈물을 흘렸다. 루시아는 쩔쩔매는 안나의 모습이 재미있어 깔깔 웃었다.

　루시아를 고궁 뒤편에 있는 경양식집으로 데려가 돈가스를 사준 사람은 고2 때의 수학 과외선생이었다. 안나도 루시아와 함께 과외수업을 받았었다. 딸이 서울에서 대학 다닌대. 만나러 왔다나봐. 근데 너는 왜 보자고 하는 건데? 몰라. 화신백화점 앞에서 만났는데, 안으로 데려가더니 파이로트 만년필도 사줬어. 왜? 몰라. 자기 것도 샀어. 윤기가 나는 까만색에 금테가 둘러져 있고, 세워서 보면 꼭지에 눈 모양의 하얀 육각형이 새겨진 만년필이었어. 나도 실은 그걸 갖고 싶었는데. 하마 영감한테는 정말 안 어울리더라. 수학선생의 별명은 하마 영감이었다. 안나는 수학문제를 풀어줄 때에 공책 한 면을 모두 덮어버리던 그의 두툼한 손이 날렵한 만년필을 쥔다거나 또 포크를 놀려 돈가스 조각을 찍는 모습을 상상해보았다. 혹시 그건 딸에게 줄 선물 아니었을까? 곧 크리스마스잖아. 몰라. 그걸 내가 어떻게 아니? 루시아의 눈썹이 가운데로 모아졌다. 자꾸 그런 거 물으면, 이제 너한테 아무 얘기도 안 해줄 거야. 미안. 안나는 곧바로 사과했지만 자기 같으면 만년필 따위는 절대 받지 않을 거라고 생각했다.

　수학선생은 여러 개의 과외팀을 가르치고 있었다. 루시아와 안나가 조금 일찍 도착한 날에는 수업 정리를 하고 있는 남학생반 학생들과 마주치곤 했다. 그중 한 남학생이 골목 안에서 기다리고 있다가 과외를 끝내고 가는 루시아와 안나의 뒤를 따라왔다. 그리고 루시아와 헤어지자마자 안나에게로 와서 편지를 건넸다. 루시아에게 전해달라는 거였다. 그런 일은 두 번이나 있었다. 두번째 남학생은 루시아에게서 받은 상처를 위로해줄 수 없냐는 내용의 편지를 안나에게 보내기도 했다. 비슷한 일이 벌어질 때마다 루시아는 말했다. 어떻게 이곳에는 시시한 남자애들뿐이니. 그 말은 서울에 와서도 별로 바뀌지 않았다. 강의실 안을 한 바퀴 둘러본 다음 안나의 귀에 대고 이렇게 투덜댔다. 어떻게 이 학원에는 괜찮은 남자애가 한 명도 없니? 안나는 뺨에 닿는 루시아의 속눈썹이 간지러웠는데도 이번만은 웃을 수가 없었다. 한 명도 없는 건 아니었기 때문이었다. 그 남학생의 이름은 요한이었다. 시험지를 걷으면서 이름을 보게 된 루시아가 혹시 성당에 다니냐고 물었을 때 그애는 루시아를 쳐다보지도 않고 아니, 라고 짧게 대꾸했다. 대화는 거기서 끊어졌다. 그때부터 요한은 매너도 재치도 없으면서 잘난 체만 한다는 이유로 루시아가 특히 싫어하는 남학생이 되었다. 그러나 안나는 아니었다. 아니, 라고 말하는 다음 순간 요한의 눈길이 자신을 향했고 그리고 분명 웃음을 지어 보였다고 생각했다. 짧긴 했지만 확신할 수 있었다. 안나의 얼굴은 그래서 빨개진 것이었다. 과외공부를 끝내고 돌아갈 때처럼 또 한번 안나와 루시아는 갈림길에서 갈라지고 있었다. 이번에는 정말로 안나에게로 오는 편지가 분명했다. 게다가 요한은 지금까지 안나가 보았던 어떤 남학생보다도, 서양 나라에서 온 크리스마스 카드 속의 북 치는 소년*과 모습이 가장 비슷했다. 키가 크고 하얀 얼굴에, 눈은 먼 곳을 보고 있었다.

학원에서 돌아온 안나에게 대문을 열어주는 사람은 언제나 큰딸 지영 언니였다. 미망인은 거의 집에 없었다. 지영 언니는 거실에 걸린 사진에서보다 여위었고 나이가 들었지만 여전히 검은색이 잘 어울렸다. 안나와 말을 나눈 적은 많지 않았다. 난로를 피웠으니 거실에 나와서 몸을 녹이라고 한두 번 말해준 정도였다. 미대를 졸업했다는 그녀는 자신의 아틀리에이기도 한 뒷방에 종일 틀어박혀 있었다. 어깨에 두르고 있는 검은 숄이나 스웨터, 긴 플레어스커트 어디에도 물감이 묻은 것은 본 적이 없었다. 유학을 준비하던 중에 아버지가 병으로 쓰러져 급히 결혼했고 일 년도 못 채우고 친정으로 돌아왔다는 건 뒷집 아줌마가 해준 얘기였다. 안나의 저녁을 차려주러 오는 뒷집 아줌

---

* '가난한 아희에게 온/서양 나라에서 온/아름다운 크리스마스 카드처럼//어린 양(羊)들의 등성이에 반짝이는/진눈깨비처럼', 김종삼, 「북 치는 소년」에서 차용함.

마는 작은딸 민영 언니에 대해서는 한마디로 바람둥이라고 했다. 몇 번 되진 않지만 안나와 마주칠 때마다 민영 언니는 호텔의 제과점이나 백화점, 고급 양장점의 로고가 새겨진 종이봉투를 손에 들고 있었다. 선물을 받기 위해 그렇게 자주 외출하는 것처럼 보일 정도였다. 처음 본 순간부터 안나는 그녀의 화려함과 활달함, 거만함에 주눅이 들었다. 거기 비하면 지영 언니는 유리그릇에 든 조용한 얼음 같았다. 차갑고 단단해 보이지만 속으로는 조금씩 녹고 있어 언젠가는 사라져버릴지도 몰랐다. 학원에서 돌아오면 안나는 대부분의 시간을 혼자 방에서 보냈다. 앉은뱅이책상 앞에 앉아 공부도 했고 일기와 편지도 썼고 손이 시리면 이불 속에 들어가 누워 있기도 했다. 이불 밖으로 내놓은 얼굴은 차가웠지만 전기장판이 몸을 덥혀주었다. 따뜻한 기운에 빠져 그대로 잠들어버리기도 했다. 아주 가끔 잠결에 복도를 지나가는 지영 언니의 조용한 발소리에 눈을 뜨는 일이 있었다. 마룻장이 삐걱거리는 소리를 들으며 가만히 누워 있자면 모르는 사람의 숨죽인 울음소리를 들을 때처럼 어쩐지 가슴이 아팠다. 어둑어둑하고 추운 빈집의 오후시간에 그 집에는 늘 지영 언니와 안나뿐이었다. 천천히 가라앉는 배 안처럼 조용했다. 안나가 저녁을 먹기 위해 복도를 지나갈 때면 지영 언니 방의 문틈으로 불빛이 새어나오는 걸 볼 수 있었는데, 그마저도 희미했다.

밤이 되어 기온이 떨어지면 안나의 방에는 푸른 얼음의 벽이 생겨났다. 타일 위의 습기가 살얼음이 되어 투명하게 벽을 도배했던 것이다. 그리고 새벽이면 안나는 반짝반짝 빛나는 차갑고 푸른 모자이크 타일에 둘러싸인 채 잠에서 깨어났다. 자신의 몸이 얼음이 가득 담긴 유리그릇으로 변한 꿈을 꾼 날도 있었다. 눈을 뜬 뒤에도 안나는 뱀파이어처럼 허연 입김을 내뿜으며 한참 동안 그대로 누워 있었다. 더이상 참을 수 없을 때가 되어서야 일어나서 화장실에 갔다. 요의를 참는 것은 서울에 와서 생긴 버릇이었다. 학원에서 돌아올 때면 언제나 대문을 들어서자마자 뛰다시피 걷는 것도 화장실에 가기 위해서였다. 서울은 한 장소에서 다른 장소까지 가는 데 시간이 많이 걸렸다. 그렇기 때문에 배가 고프지 않아도 끼니때면 밥을 먹어두듯이 서울 사람들은 화장실이 보일 때마다 생각이 없더라도 규칙적으로 방광을 비워두는 걸까. 예전 같았으면 루시아에게 물어보았을 것이다. 하지만 어쩐지 그러지 못했다. 루시아에게 물을 수 없는 말이 자꾸 생겨나는 것도 서울에 온 뒤의 한 가지 변화였다. 더욱이 영어 참고서만한 들창으로 들어오는 새벽빛을 받아 푸른 타일이 차가운 섬광을 내쏠 때 눈앞에 떠오르는 얼굴에 대해서는 누구에게도 말하고 싶지 않았다. 그 얼굴은 자주 안나를 따라다녔다. 안나는 버스를 타면 늘 창밖을 바라보았지만 간판이나 건물을 보는 건 아니었다.

가까운 사이가 된 뒤에도 요한은 말이 별로 없었다. 왜 재수를 하게 되었으며 어느 고등학교를 졸업했는지 어느 대학을 지원하는지, 학원에서 가볍게 나누는 신상에 대해서조차 설명하고 싶지 않은 모양이었다. 성적은 늘 오등 안에 들어 학원의 장학금을 놓치지 않았지만 공부를 열심히 하는 것 같지도 않았다. 운동은 야구만 좋아하고 악기는 하모니카밖에 불 줄 모르고 막내아들이고 목사 아버지를 그리 좋아하지 않고 손으로 뜬 털스웨터를 즐겨 입고 가끔 담배를 피우고 앞으로 뭐가 되든 사는 건 다 재미없을 거라고 생각하고 과월호 플레이보이 잡지를 몇 권 갖고 있고 보고 싶다면 빌려줄 수 있다는 말을 여자애한테 서슴없이 할 수 있고 혼자 있을 때는 가사가 들리지 않아 편하다는 이유로 팝송을 듣고 손가락 사이에서 아주 빨리 연필 돌리기를 할 수 있고 자전거를 고칠 줄 알고 싸움은 별로 안 해봤지만 상대가 두 명쯤이라면 어쩌면 때려눕힐 수도 있고 미국은 싫어하지만 히피는 좋아하고 군대는 싫어하지만 공군 장교에게는 호감이 있고 새벽에 혼자 하는 산책을 좋아하고 잔소리와 올림픽 금메달과 기타 잘 치는 남자와 단체 행동은 무조건 싫어했다. 안나가 요한에 대해 아는 것은 그게 다였다. 안나가 요한에 대해 알고 싶은 건 그것보다 훨씬 많았다. 남쪽 도시에 가본 적이 있는지 언제나 조금씩 변하고 있는 네 계절의 바다를 좋아하는지 김종삼이란 시인을 아는지 진지하거나 소심하거나 낯을 가리는 성격 때문에 고민해본 적이 있는지 봄과 여름이 되면 어떤 색깔의 옷을 입을 것인지 어릴 때 털모자에 목도리를 두르고 부츠를 신는 북유럽 아이들이 스케이트를 타고 얼어붙은 운하를 따라 먼 세상으로 나가는 동화를 읽은 적이 있는지 해질녘 골목에서 울리는 자전거 경적 소리와 엄마의 심부름으로 두부를 사러 가는 비 오는 저녁의 냄새를 좋아하는지 따뜻한 코코아와 틀에서 막 꺼낸 국화빵을 좋아하는지 안톤 슈낙의 「우리를 슬프게 하는 것들」을 창가에 서서 소리내어 읽어본 적이 있는지 화창한 봄날 목욕을 갔다 겨우내 입었던 내복을 벗어버리고 돌아오면서 키가 조금 컸다고 느낀 적이 있는지 늦가을 소풍에서 돌아온 날 혼자 집을 보다가 불현듯 아주 늙은 뒤의 자신의 모습을 상상하고 슬퍼진 적이 있는지, 그리고 요즈음의 꿈들, 누군가의 전화번호를 적으려는데 볼펜이 안 나오고 건너편에서 그 사람이 탄 버스가 떠나려고 하는데 인파에 떠밀려 다가갈 수가 없고 드디어 만나기로 약속한 장소로 나갈 준비를 하는데 수돗물이 끊겨 세수를 할 수가 없고 또 집에 도둑이 들었는데 이상하게도 웃음이 멈춰지지가 않아 겁에 잔뜩 질린 채로 미친 듯이 웃어대는 길고긴 꿈을 꾼 적이 있는지, 키가 작고 마른 여자애를 좋아한 적이 있는지 어제 입었던 블라우스와 오늘 입은 조끼 중 어떤 게 더 어울리는지 말해줄 수 있는지 루시아의 말대로 커트머리에 핀을 꽂으면 촌스러운지 크리스마스 선물로 장갑과 하모니카 중에 무엇을 받기를 원하는지, 그리고 크리스마스에는 뭘 할 건지. 하지만 그 어떤 것도 물어볼 수는 없었다. 요한은 루시아의 남자친구였다. 하느님이 잘못 포장한 게 틀림없다고 생각했지만 어쨌든 그랬다.

셋은 학원이 끝난 뒤 함께 종로에서 명동까지 걸어가는 날이 많다. 루시아와 안나가 앞장서고 그 뒤를 요한이 따랐다. 안경을 맞춰야 할까봐. 안나가 눈을 가늘게 뜨고 앞을 보며 루시아에게 말했다. 버스 번호가 잘 안 보여. 멀리 있는 간판도 그렇고. 나, 안경이 어울릴까? 아니. 루시아가 대꾸했다. 안경은 얼굴이 갸름한 애들한테 어울리는데 넌 아니잖아. 그런가? 안나는 요한이 듣지 않기를 바랐기 때문에 쉽게 동의했다. 안나가 화제를 돌렸다. 이번에는 고모부가 뭐라고 안 하셨니? 왜, 일요일에 외출한다고? 응. 성당에 가는 건 괜찮대. 나쁜 사람을 하도 많이 봐서 걱정하는 것뿐이야. 루시아의 고모부는 주머니에 수갑을 갖고 다니는 경찰이었다. 하지만 범인을 잡으러 다니기보다 주로 시장이나 상가로 순찰을 돈다고 했다. 순찰에서 돌아오면 고모에게 돈을 갖다주기도 하고 루시아를 위해 운동화나 사과 같은 것을 가져오기도 했다. 시장에서 무엇이든 달라고 하면 그냥 주나봐. 수갑이 있으니 총도 있을지 모르잖아. 사실은 고모부 인상도 좀 험악하거든. 루시아는 안나와 눈을 맞추며 웃은 뒤 요한 쪽을 돌아보았다. 그때만은 안나도 루시아를 따라 하는 척 마음놓고 요한을 오랫동안 바라볼 수 있었다. 두 소녀가 돌아보면 요한은 길게 휘파람을 불곤 했는데 이야기를 들었다는 뜻인지 아닌지는 확실하지 않았다. 그렇게 그들은 명동의 버스정류장에 도착했고, 매번 버스를 가장 먼저 타는 것은 안나였다. 루시아가 타는 328번, 요한네 집으로 가는 84번이 먼저 올 때도 마찬가지였다. 버스에 올라탄 안나가 손을 흔들기 위해 차창에 얼굴을 붙이고 내다보면 벌써 루시아는 왼쪽 뺨에 보조개를 만들며 요한에게 뭔가 말하고 있었다. 이내 버스가 출발하여 안나는 요한이 대답하는 모습을 본 적은 없었다. 창밖은 잿빛이었고 대기는 여전히 건조했다. 크리스마스가 일주일 뒤로 다가왔지만 그때까지 서울에 눈은 한 번도 오지 않았다.

서울에서 맞은 첫번째와 두번째 일요일, 안나와 루시아는 명동성당에 갔었다. 세번째 일요일에 안나는 성당에 온 루시아를 한눈에 알아보지 못했다. 땋았던 머리를 풀어 늘어뜨렸고 영화 〈오케스트라의 소녀〉에 나온 여주인공처럼 베레모를 썼고 체크무늬가 들어간 빨간 코트에 검은 스타킹을 신고 있었다. 미사포를 꺼내 머리에 쓰며 루시아가 속삭였다. 나 어때? 대학생 같애. 술집에 들어가도 괜찮겠지? 안나는 고개를 끄덕이며 대꾸했다. 응, 하지만 성당에 왔잖아. 성당 다음엔 술집에 갈 거야. 둘은 키득거렸고 마이크에서 입당송이 흘러나왔으므로 의자에서 일어났다. 소년 복사들을 앞세우고 두 손을 기도하듯 모은 보라색 옷의 신부님이 제단으로 걸어나왔다. 평화가 여러분과 함께. 또한 사제와 함께. 주의 이름으로 기도합시다. 마땅하고 옳은 일입니다. 성가대에서 창미사를 선창했다. 거룩하시다 거룩하시다. 온 누리의 주 천주. 하늘과 땅에 가득한 그 영광. 높은 데에 호산나. 안나의 성가집 갈피에서 사각봉투가 떨어졌다. 안나는 얼른 주워 책 사이에 다시 끼워넣었다. 뭐야? 응, 지영 언니가 부쳐달라고 한 편지. 신자들이 기도대에 무릎을 꿇었다. 팔꿈치를 탁자 위에 올린 채 단정히 두 손을 모으고 눈을 꾹 감고 있는 안나를 루시아가 옆눈으로 힐끗 보았다.

미사가 끝난 뒤 성당 앞 비탈길을 내려가며 루시아가 물었다. 무슨 기도길래 그렇게 열심히 했어? 대학에 합격하게 해달라고. 거짓말, 그거 아니잖아. 자기가 알아서 해결해야 하는 문제를 부탁하여 하느님을 귀찮게 하는 뻔뻔스러운 짓은 하지 말자고 둘은 이미 학년 초에 약속했었다. 솔직히 말해봐. 뭔데 그렇게 열심히 빌었어? 그게 뭐냐면. 대답을 지어내려던 안나는 다음 순간 걸음을 멈추었다. 성모상 앞에 회색 모직 점퍼에 농구화 차림의 키 큰 소년이 서 있었다. 요한이었다. 놀랐니? 안나에게서 눈을 떼지 않고 있던 루시아가 장난스러운 말투로 말했다. 조금 전 내가 기도를 했거든. 둘 사이에 미리 만날 약속이 돼 있었다는 걸 짐작할 수 있었지만 그러나 안나는 루시아의 말이 기분나쁘지 않았다. 요한을 만나게 해달라고 기도한 건 안나였고, 그 순간은 자신의 기도가 이루어졌다는 사실만이 중요했다. 물론 기

26

도는 그것 하나만은 아니었다. 우리 남산 가자. 루시아가 안나에게 몸을 기대며 팔짱을 꼈다. 미사 때는 몰랐는데 달콤하고 향긋한 화장품 냄새가 훅 끼쳐왔다. 점점 가까워지는 요한의 모습을 바라보며 안나의 입에서 생각지도 않은 말이 튀어나왔다. 오늘 눈 올지도 몰라. 크리스마스 무렵이라 명동에는 사람들이 넘쳐났지만 안나는 아무리 많은 사람 가운데 있어도 요한은 한눈에 알아볼 수 있을 것 같았다.

그날 눈은 오지 않았다. 그들은 수많은 계단을 올랐고 커다란 도서관 앞뜰에 서서 서울 시내를 내려다보았다. 지난해 떨군 마른 잎이 폭신하게 깔려 있는 소나무숲을 가로질렀고 무척 많은 바람을 맞았고 무척 많이 걸었다. 안나는 추워서 몸을 웅크렸지만 루시아는 스커트를 입고도 전혀 추워 보이지 않았다. 두 뺨이 발그레해진 채 나무 사이를 깡충깡충 뛰어다니는 모습에서 생기가 넘쳐났다. 야외 음악당에 갔을 때는 두 팔을 벌리고 리드미컬하게 스탠드를 한 칸씩 밟으며 내려갔고 무대에 올라서서는 곧바로 발레의 기본동작을 취했다. 그러고는 쇼팽의 〈야상곡〉을 허밍하며 거기 맞춰 아라베스크를 춤추기 시작했다. 성당의 크리스마스 공연 때 추었던 춤이었다. 검은 스타킹에 메리제인 슈즈를 신고 목도리를 날리며 춤추는 빨간 옷의 루시아. 무대 아래에서 요한은 주머니에 손을 찌른 채 춤추는 루시아를 말없이 올려다보고 있었다. 성당 안에 있는 고등학생들의 모임은 셀(cell)이라는 이름으로 불렸다. 크리스마스 공연은 학교별 셀의 주최였다. 안나네 학교의 셀을 지도하던 무용반 선배는 안나와 루시아 중 누구를 주인공으로 할 것인지 고민했었다. 춤은 안나가 나았다. 그러나 무대에서 돋보이는 것은 루시아였고 공연에서는 그것도 중요했다. 지금 루시아를 바라보는 요한의 눈빛만 봐도 알 수 있는 일이었다. 안나는 요한의 등 뒤에 몇 발짝 떨어져 서 있었다. 무대 위의 루시아가 소리쳤다. 안나! 너도 올라와. 같이 하자! 그 말을 들은 요한이 안나가 있는 쪽으로 고개를 돌렸다. 요한을 바라보고 있던 안나는 얼른 시선을 피했다. 요한에게 춤추는 모습을 보여주고 싶긴 했지만 어쩐지 잘될 것 같지 않았다. 성당의 공연 때에도 그랬다. 조명을 받으면 루시아는 우아하게 춤을 소화했고 안나는 웬일인지 루시아보다 동작이 뻣뻣했다. 선배 언니는 자기의 선택이 옳았다는 데 만족했지만 의아하게 생각했다. 안나도 주인공이 될 만큼 귀여운 용모를 갖고 있었다. 그런데 많은 사람들 사이에 끼어 있으면 그다지 두드러지지 않았고 특히 루시아 앞에서는 빛을 잃었다.

무대에서 내려온 루시아가 약간 숨을 가쁘게 쉬며 요한에게 다가왔다. 배고파졌어. 왼쪽 볼에 보조개가 파였다. 상기된 두 뺨 위로 하얀 입김을 날리는 루시아를 향해 요한이 싱긋 웃었다. 안나는 그만 집으로 돌아가고 싶다고 생각했다. 조금씩 녹아서 어딘가로 사라져버렸으면 좋겠다는 생각도 들었다. 그러나 루시아가 안나의 손을 끌며 상냥하게 말했다. 너, 돈가스 먹어보고 싶다고 했잖아. 루시아는 안나가 자신과 요한이 함께 있는 모습을 보아주기를 원하는 것이었고 안나도 그것을 알았다. 안나는 고개를 저었다. 내가 언제.

분식집에서 가락국수를 먹으며 루시아는 안나가 처음 먹어보는 고추냉이 때문에 얼마나 눈물을 흘렸는지 요한에게 말해주었다. 루시아는 깔깔 웃었고 요한과 안나는 웃지 않았다. 우리 크리스마스이브에는 뭐할까. 다음 금요일이잖아. 젓가락을 입술에 대고 생각에 잠긴 표정으로 루시아가 물었다. 요한이 바다를 보고 싶다고 했을 때 안나는 무척 기뻤지만 루시아는 어이가 없다는 얼굴이었다. 잊었니? 우린 바닷가 도시에서 왔어. 지금 막 생각난 건데, 어린이대공원에 가는 게 어떨까. 어린이대공원? 안나가 되물었다. 응, 동물원에 가는 거야. 추운 날 코끼리와 하마가 어떻게 지내는지 보고, 또 인사도 건네보고 싶어. 특히 하마에게. 자신은 상상도 하지 못할 멋진 아이디어라고 안나는 생각했다. 털이 새하얀 북극곰도 있을까. 있다고 해도 곰은 겨울잠을 자고 있을 것 같았다. 하지만 어쩌면 자신이 떠나온 고향의 날씨처럼 추워지는 계절을 잠으로 보내버리기가 아까워서 깨어 있을지도 몰랐다. 안나는 꼭 그럴 것만 같았다. 그러나 그 얘기를 하자 루시아는 대뜸 이상한 생각이라고 핀잔을 주었고, 게다가 동물원에 가자는 말은 농담이었다고 잘라 말했다. 크리스마스 같은 축제에 그런 썰렁한 데 가는 사람이 어딨니. 캐럴이 울려퍼지는 명동을 돌아다니고 사람들이 붐비는 생맥줏집에 가고 그리고 자정 미사도 봐야지. 올나이트를 하는 거야. 통금도 없잖아.

버스를 타기 위해 서울역까지 걸어내려오면서 그들은 비행기구름을 보았다. 하늘은 푸른빛이 도는 투명한 천을 팽팽하게 잡아당긴 것처럼 티끌 하나 없었다. 그 위로 비행기가 가늘고 흰 선을 그으며 천천히 지나가고 있었다. 하늘에도 길이 있나봐. 비행기가 가는 걸 보면. 안나가 중얼거리자 루시아가 쌀쌀맞게 대꾸했다. 그런 생각은 누구나 다 해. 안나는 입을 다물었다. 예전의 루시아는 안나에게 그런 생각은 누구나 해, 라는 말 같은 건 하지 않았다. 어? 나도 그렇게 생각했는데, 라고 말하곤 했다. 서울에 와서 달라진 건 루시아만이 아니었다. 버스를 탄 뒤에야 안나는 지영 언니가 부탁한 편지를 부치지 않았다는 걸 깨달았다. 명동에 가면 일요일에도 문을 여는 중앙우체국이 있다고 말해주며 지영 언니는 성당에서 돌아오는 길에 부쳐줄 수 있느냐고 물었다. 우체통에는 넣을 수 없는 국제우편이었다. 미망인과 민영 언니 모두 일요일에는 늦잠을 잤지만 그렇지 않다고 해도 그들에게는 부탁하고 싶지 않은 듯했다. 안나는 성가집 안에 끼워진 사각봉투를 꺼내 흔들어보았다. 크리스마스 카드일까. 카드 같기도 했지만 외국에서 크리스마스 날 받아보기에는 너무 늦었다. 생일 축하 카드인지도 몰랐다. 겉봉에 쓰인 나라는 프랑스였고 받는 사람은 남자 이름이었다. 안나는 프랑스의 조그만 동물원 우리 앞에 이젤을 놓고 북극곰을 그리고 있는 젊은 남자를 상상해보았다. 그 남자는 가난한 유학생일 테고 안나가 다가가 지영 언니의 첫사랑이냐고 물어보면 담담하게 그렇다고 대답할 것 같았다. 안나는 크리스마스이브에 루시아와 요한과 함께 명동에 갈 것이고 그날 지영 언니의 편지를 부쳐야겠다고 생각했다. 편지는 겨우 닷새 늦어질 뿐이었다.

금요일은 하루 종일 날씨가 흐렸다. 거리에는 사람들이 쏟아져나왔고 분위기가 들떠 학원 수업도 제대로 이루어지지 않았다. 일단 집으로 돌아간 뒤 명동에서 다시 만나자는 건 루시아의 생각이었다. 저녁이 될 때까지 시간이 너무 남는다는 거였다. 안나는 루시아가 축제에 어울리는 옷으로 갈아입기 위해 집에 들어갔다 나오려 한다는 걸 알았다. 갈래머리도 풀어서 내려뜨리고 입술에는 립글로스를 바를 것이다. 요한을 위해 선물을 준비했다는 것도 안나는 알고 있었다. 이주일

동안 용돈을 한푼도 쓰지 않고 모았으며 그날 고모 집에 들어가지 않을 핑계를 여러 개 만들어두었고 어쩌면 가벼운 여행 때처럼 가방 속에 로션과 새로 빤 양말을 준비했을지도 모르는 일이었다. 서울로 오는 기차 안에서 루시아는 말했었다. 이번 크리스마스는 정말 특별하게 보내야 해. 루시아의 말처럼 십대의 마지막 크리스마스였고, 스무 살부터는 그들에게도 다른 어른들처럼 바쁘고 따분한 삶이 기다리고 있을 것이다. 루시아에게 남자친구가 있다는 사실만으로도 지금까지 함께 보낸 여섯 번과는 확실히 다른 크리스마스였다. 안나는 루시아가 나타나지 않을 거라고는 전혀 생각하지 못했다.

요한과 안나는 꼬박 두 시간을 기다렸다. 요한은 약속장소에서 움직이지 않았고, 그동안 안나가 공중전화 앞의 길고긴 줄에 서 있다가 차례가 올 때마다 계속해서 루시아의 고모 집으로 전화를 걸어보았지만 받는 사람이 없었다. 날씨는 춥고 흐렸다. 어두워지기 시작하면서 명동 거리는 화려한 네온사인과 크리스마스 캐럴과 밀려드는 사람들로 북새통을 이루었다. 성당으로 가는 입구에 수많은 전구로 장식된 대형 아치가 서 있고 그 아래에는 텔레비전 방송국 차가 와서 무대를 설치하고 있었다. 계속해서 누군가가 어깨를 부딪치고 지나가는 바람에 한자리에 서 있기조차 힘들었다. 그들은 하나같이 들뜬 표정이었고 말할 때는 거의 소리를 질렀다. 이제 어떡하지? 안나도 요한에게 큰 소리로 물었다. 요한이 뭐라고 대꾸했지만 말소리가 잘 들리지 않아 몸을 그쪽으로 굽히고 귀를 기울여야 했다. 우선 저녁밥이나 먹은 뒤에 생각해보자는 게 요한의 대답이었다.

모든 식당과 다방과 술집에 발 디딜 틈이 없는 날이었다. 구석자리가 하나 남은 식당을 겨우 찾아 통만두를 먹고 다시 거리로 나왔다. 통만두는 너무 짰다. 안나는 물을 두 컵이나 마셨다. 시간이 지날수록 사람들은 더 많아졌다. 한꺼번에 그렇게 많은 사람들을 본 적이 없었기 때문에 안나는 귀가 먹먹하고 머리가 지끈거렸다. 요한은 집에 간다고도 하지 않았고 어디로 가자고도 하지 않았다. 안나의 짐작에 똑같은 골목을 세번째 도는 것 같았지만 안나는 아무 말 없이 함께 걸었다. 마침내 요한이 입을 열었다. 찾았다. 음악감상실이었다. 그러나 빈자리는 없었고 기다리는 사람들의 행렬이 입구까지 밀려 있었다. 안 되겠네. 요한이 다시 중얼거렸다. 집에 가는 것 외에 달리 할 수 있는 일은 아무것도 없는 것이다. 그때 안나의 머릿속에 한 가지 생각이 떠올랐다. 참, 중앙우체국에 가서 편지를 부쳐야 해. 요한이 앞장섰고 안나가 뒤따랐다. 요한은 안나가 사람들에게 떠밀려 뒤처질 때마다 서서 기다려주었는데 신기하게도 안나가 한 발짝만 처져도 금세 알아채고 걸음을 멈추는 것이었다. 우체국 역시 사람들로 붐볐다. 뒤늦게 크리스마스 카드를 부치거나 연하장과 선물을 손에 든 사람들의 줄이 길게 늘어서 있었다. 요한이 국제우편이라고 적힌 창구를 발견하고 안나에게 말해주었다. 둘은 그 줄 뒤로 가서 섰다. 피곤하고 못마땅한 표정의 직원들이 우편물을 함부로 던지는 모습을 안나는 물끄러미 보고 있었다. 저기 말야. 요한이 물었다. 안나가 네 세례명이니? 어떻게 알았어? 그때 남산에서, 준희가 그렇게 불렀잖아. 안나라고. 그럼 준희는 세례명이 뭐야? 루시아. 루시아. 요한이 입안에서 되뇌었다. 갑자기 안나가 말했다. 내 세례명은 안나가 아니야. 요안나야. 줄여서 안나라고 부르는 거야. 요한이 정리했다. 그러니까, 준희의 세례명은 루시아고, 네 세례명은 요안나인데 줄여서 안나라고 부른단 말이지? 안나는 요한을 똑바로 바라보았다. 갑자기 가슴이 답답해져왔다. 중요한 건 그게 아니야. 이 말은 안나의 입 밖으로 나오지 못했다. 요한은 그 순간 왜 안나가 입술을 꼭 깨문 채 긴장된 표정으로 자신을 똑바로 바라보고 있는지 알지 못했다. 요안나는 관례적으로 요한의 신부에게 붙이는 이름이었다. 안나는 요한이 그걸 꼭 알았으면 했다. 그 말을 하고 싶다면 기회는 지금뿐이었다. 그러나 루시아가 없는 자리에서 그럴 수는 없었다.

우체국에서 나온 뒤 그들은 찻길이 꽉 막혀 승용차와 버스 들이 꼼짝도 못 하고 서 있는 걸 보았다. 서울역 앞의 정류장까지 걸어가 거기에서 버스를 타자고 요한이 제안했고 그들은 걷기 시작했다. 몇 걸음 옮기던 안나는 갑자기 눈앞이 어른거려 눈을 깜박였다. 안경을 맞추어야 했나. 희뿌연 것이 날리기 시작하더니 점점 많아졌다. 콧등과 입술에 차갑고 축축한 것이 달라붙었다. 사진을 찍기 위해 뷰파인더에 한 눈을 대고 몇 걸음 옮길 때처럼 순간 거리가 가볍게 흔들렸다. 마치 동방박사가 아기 예수를 경배하듯 손바닥을 위로 한 채 두 팔을 앞으로 뻗으며 안나가 중얼거렸다. 눈, 처음 봐. 요한이 정말이냐고 물었다. 대답도 하지 못한 채 안나는 입을 벌리고 하늘을 올려다보았다. 전부터 말하고 싶었는데. 요한이 안나의 팔을 가볍게 건드렸다. 널 처음 어디에서 봤는지 알아? 버스 안이었어. 서울역에서 버스를 갈아탔던 요한은 구석자리에 앉아 한순간도 시선을 떼지 않고 밖을 바라보고 있는 안나를 발견했다. 커트머리에 검은 학생코트 차림, 불안하고 긴장된 표정. 그즈음 학원에 들어오기 시작한 지방 학생 중 한

명이 틀림없었다. 요한은 내릴 때까지 안나를 지켜보았다. 학원이 밀집한 정류장에 도착했지만 안나는 자리에 앉아 손잡이를 꼭 붙든 채 계속해서 밖만 보고 있었다. 수업이 시작된 뒤 얼굴이 빨개진 안나가 강의실로 뛰어들어왔을 때 요한은 왜 안나가 지각했는지 이유를 알고 있었다. 안나가 잘못 내린 정류장 근처에는 악기점이 여러 개 있었다. 잘못 내린 건 첫날만이 아니었다. 또 잘못 내리고 말았다는 걸 깨달으면 안나는 한숨을 한 번 내쉰 뒤 천천히 걸었다. 스피커에서 흘러나오는 음악을 듣기도 하고 쇼윈도 앞에서 걸음을 멈추고서 악기들을 한참 동안 구경하기도 했다. 요한에게 하모니카를 선물하고 싶다는 생각이 들면서부터 좀더 오래 머물긴 했지만 악기점 안으로 들어가본 적은 없었다. 요한이 말했다. 실은 그뒤에도 서울역 정류장에서 버스 기다리다가 널 본 적이 있어. 가끔 버스 잘못 탔지? 안나는 이따금 학원으로 가는 53번이 아니라 남산으로 가는 57번을 탔고 서울역을 지나쳐서야 그것을 깨닫곤 했다. 요한이 싱긋 웃었다. 몇 번은 너한테 손을 흔들기도 했어. 내리라고 말해주고 싶었거든. 근데 너는 못 보고 그냥 지나치더라. 늘 무슨 생각을 그렇게 골똘히 하고 있는 거지? 눈은 펑펑 쏟아졌다. 거기 파묻혀 요한의 목소리는 아주 먼 곳에서부터 들려오는 것만 같았다. 그러나 아니었다. 요한은 안나의 곁에 있었다. 열아홉의 요안나는 요한과 함께 크리스마스이브의 눈 오는 거리를 걷고 있었다. 서울역에 도착하려면 아직 한참을 더 걸어야 했다. 그쪽 길은 으슥할지도 모르지만 가다가 불량배를 만나더라도 요한이 두 명 쯤은 때려눕힐 것이고 그러는 동안 안나는 요한의 연인이라면 당연히 그렇게 해야 하듯 그의 곁에 서서 한순간도 눈을 떼지 않고 그를 지켜볼 것이고 안나는 요한에 대해 알고 싶은 게 많았는데 안나의 질문에 요한이 모두 대답해준다면 그렇게 새벽까지도 함께 걸을 수 있었다. 어떤 작은 성당 앞에 걸음을 멈추고 어쩌면 요한은 이제 혼자서 걷는 건 더이상 좋아하지 않게 되었다고 안나에게 고백할지도 모른다. 그날 밤 세상 어디를 가든 예수는 태어났을 것이고 꼬마전구가 반짝이며 캐럴은 울려퍼질 것이다. 그리고 그 모든 것 위에 하얀 눈이 덮일 것이다. 어린 양들의 등성이에 반짝이는 진눈깨비처럼. 안나는 생각했다. 이런 순간이라면 마치 탬버린 소리가 울려퍼지듯 목성과 화성과 명왕성에도 눈이 마구마구 쏟아지고 있을 것이라고.

지영 언니가 대문을 열어주며 말했다. 자정 미사에 안 갔구나? 두 손으로 코트 앞자락을 붙들고 대문을 들어서는 안나는 고개를 푹 숙이고 있었다. 친구한테 전화 왔었어. 세 번이나. 못 만났니? 네. 지영 언니는 안나의 목소리에 기운이 하나도 없다고 생각했지만 아무것도 물어보지는 않았다. 마루에 올라서며 안나가 조그맣게 말했다. 편지, 오늘 부쳤어요. 왜 이제야? 하는 표정이었지만 지영 언니는 이번에도 묻지 않았다. 복도를 걸어가는 안나의 발밑에서 마룻장이 신음소리처럼 삐걱거렸다. 방에 들어가자마자 안나는 무거운 코트를 벗고 쓰러지듯 이불 위에 드러누웠다. 푸른 타일의 벽이 눈에 들어왔다. 그것은 더이상 물결이 흔들리고 있는 것처럼도 섬광을 내쏘는 얼음벽처럼도 보이지 않았다. 폭풍에 날리는 푸른색 휘장 속에 손을 꼭 붙들고 누워 어디론가 떠내려가는 두 연인의 모습 같았다. 안나는 지영 언니의 편지를 열어보았다. 지영 언니가 돌려보낸 크리스마스 카드와 거기 인쇄된 그림을 보았다. 안나는 영원히 그 그림을 잊을 것 같지 않았다. 푸른 바람에 휩싸여 신부는 혼곤히 잠들어 있고 그녀를 품에 안은 채 홀로 깨어 있는 번민에 찬 남자의 슬픈 눈을 안나는 보았다. 그리고 폭풍우와 솟구치는 물과 달과 번개와 바다를 비춰주는 불빛, 그 모든 것 속에 들어 있는 푸른빛을 보았었다. 그것은 안나가 어릴 때부터 보아온 바다의 색깔처럼 격렬하고 혼란스럽고 그리고 한번 휩쓸리면 결코 벗어날 수 없을 것 같은 슬픔을 담고 있었다. 그날 밤 안나는 서울에 올라온 뒤 처음으로 오랫동안 울었다. 얼마가 지났을까. 현관문이 거칠게 열리는 소리가 났고 혀가 꼬부라진 듯한 민영 언니의 고함소리와 지영 언니의 조용한 대꾸가 몇 마디 이어지는가 싶더니 곧 울음소리가 들리기 시작했다. 그 슬픈 울음소리가 지영 언니가 아닌 민영 언니의 것이라는 게 믿어지지 않아서 안나는 숨을 죽인 채 조용히 귀를 기울였다.

루시아는 수갑을 차고 경찰서에 가야 했다. 장난삼아 손목을 집어넣었다가 수갑이 채워졌고 고모부의 주머니를 아무리 뒤져도 열쇠는 없었다. 소공녀의 털토시처럼 머플러를 친친 감아 수갑이 채워진 팔목을 감추고 크리스마스이브에 루시아는 고모부의 경찰서로 갔다. 순찰 나간 고모부보다 높은 사람으로 보이는 아저씨가 연방 농담을 던지며 열쇠로 수갑을 열어주었다. 주변에 있던 사람들 모두가 모여들어 재미있어했다. 빨간 코트에 긴 머리를 어깨까지 늘어뜨리고 립글로스를 바르고 왼쪽 뺨에만 볼우물이 파이는 예쁜 수갑 찬 소녀가 경찰서에 온 적은 한 번도 없었던 것이다. 내가 너희 하숙집으로 전화할

거란 생각은 안 했니? 응. 너네 집으로만 계속 전화했어. 빈집에 전화를 걸면 무슨 소용이 있어. 크리스마스 같은 날 누가 집에 있다고. 하지만 지영 언니는 집에 있었잖아. 아무데도 안 나간다는 그 청승맞은 이혼녀 말이니? 안나의 잘못이 없다는 건 알지만 루시아는 화가 나는 걸 어쩔 수 없었다. 학원 수업이 끝난 뒤 버스정류장까지 가는 동안 그들은 아무 말도 나누지 않았다. 루시아가 정류장에서 멈추지 않고 계속 걸어갔으므로 안나도 뒤를 따랐다. 요한 없이도 명동까지 걸어갈 모양이었다. 그러나 루시아는 명동의 정류장도 그냥 지나쳤다. 루시아가 가는 곳은 성당이었다. 안나는 루시아를 따라 꽃으로 장식된 하얀 성모상 앞에서 걸음을 멈추었다. 둘은 나란히 선 채 똑같이 입을 꾹 다물고 한참 동안 발끝만 내려다보고 서 있었다. 안나의 신발은 학생 단화였고 루시아는 리본이 달린 새 구두를 신고 있었다. 걸을 때는 몰랐는데 바람이 매서워 몸이 떨려왔다. 안나는 바닷가 도시를 생각하고 있었다. 크리스마스에도 성당 앞의 하얀 자갈돌은 따뜻해져 있을 것이다. 있잖아, 그 부츠 생각나니? 안나가 먼저 입을 뗐다. 루시아는 아무 대꾸 없이 안나 쪽을 힐끗 바라보았다. 우리는 똑같은 부츠를 신었고 거기에 양 세 마리가 그려져 있었잖아. 응. 루시아가 대답했다. 근데? 안나가 루시아의 눈을 바라보았다. 근데 그 양들 뒤로 눈이 오고 있었는지 아닌지 기억이 안 나. 아니 안 왔어. 루시아가 긴 속눈썹을 느리게 깜박이며 안나 쪽으로 조금 고개를 기울였다. 눈이 오는 건, 네가 좋아하는 그 크리스마스 카드에 있는 그림이잖아. 어린 양들의 등성이에 반짝이는 진눈깨비처럼. 외웠네? 안나가 배시시 웃었다. 응. 네가 좋아하는 건 다 알고 싶었으니까. 왜? 그건 몰라. 루시아의 목소리가 약간 높아졌다. 그런 걸 어떻게 설명하라는 거니? 한 젊은 여자가 그들 옆으로 다가오는 게 보였다. 세실리아 언니를 닮았다고 안나는 생각했다. 여자가 기도를 하기 위해 핸드백에서 미사포와 묵주를 꺼내는 걸 보고 둘은 성모상 바로 앞의 자리를 비켜주었다. 여자는 무릎을 꿇자마자 조용히 울기 시작했다. 안나와 루시아는 눈짓을 교환한 뒤 되도록 발소리를 죽이며 그 자리를 떠났다. 크리스마스가 지나면 곧바로 학교의 방학이었다. 그때부터는 학원이 어수선해지고 학생들도 많이 바뀌었다. 크리스마스 이후 요한의 모습을 볼 수 없었다. 안나도 루시아도 거기에 대해서는 아무 이야기도 하지 않았다. 그들은 1월 한 달 내내 열심히 공부했다.

루시아는 딱 한 번 안나의 하숙집에 놀러 왔다. 언제나처럼 집에는 지영 언니뿐이었다. 루시아가 스스럼없이 아틀리에를 구경시켜달라고 말했을 때 안나는 조금 놀랐다. 같은 집에 산 지 한 달이 넘었지만 안나는 그런 말은 해보지 못했다. 뜻밖에도 지영 언니는 선선히 안나와 루시아에게 아틀리에 문을 열어주었다. 루시아를 뒤따라 들어가며 안나는 자신이 말했어도 지영 언니가 들여보내줬을 거라고 생각했다. 아틀리에 안은 생각보다 밝았다. 수많은 캔버스가 겹쳐 세워져 있었고 이젤에 받쳐진 그리다 만 그림도 여러 개였다. 주로 푸른색의 그림들이었다. 그리고 안나가 보았던 카드 속의 그림에서처럼 연인들이 서로 껴안고 물 위를 흘러가고 있었지만 표정은 훨씬 고통스러웠다. 루시아가 감탄했다. 너무 멋져요. 그래? 지영 언니가 담담하게 대꾸했다. 오른손을 뺨에 댄 루시아가 짐짓 진지한 표정으로 긴 속눈썹을 깜박이는 동안 안나는 벽 한쪽에 걸린 작은 그림을 올려다보고 있었다. 꽃이 많이 피어 있는 아름다운 집이었다. 늦봄 같았다. 정원의 잔디는 파랗게 돋아나기 시작했고 땅속으로부터 물을 가득 길어 올린 벚나무 줄기들은 연초록 잎을 매달았으며 막 날리기 시작한 벚꽃 너머로 보라색 라일락과 하얀 자두꽃, 붉은 명자꽃이 흐드러졌다. 철쭉과 조팝나무 흰 꽃은 발치를 덮었다. 그 사이에 서 있는 석고 여인의 나신은 하늘을 향해 날아갈 듯 머리카락이 날렸다. 그리고 흰 레이스처럼 섬세하고 깨끗하게 칠해진 정원 테이블 위의 사각형 쟁반에는 봄햇살을 받아 투명하게 빛나는 유리병과 잔들이 놓여 있었다. 유리잔은 모두 네 개였고 각기 조금씩 다른 양의 붉은빛 주스를 담고 있었다. 누군가는 한꺼번에 마셨고 누군가는 조금씩, 누군가는 아예 마시지 않은 모양이었다. 각기 다른 사람들이 그 자리에 함께 모여 있었던 지나가버린 봄날 한순간의 흔적. 그것이 어쩐지 안나의 가슴을 아프게 했다.

삼십이 년 뒤의 봄, 안나는 유럽의 한 미술관에서 지영 언니의 카드에 있던 그림을 보았다. 코코슈카의 〈바람의 신부〉였다. 너무 오래전에 단 한 번 보았을 뿐이지만 아마 틀리지 않을 거라고 안나는 생각했다. 그 카드에 쓰여 있던 문장도 잊지 않고 있었다. 내 꿈은 당신의 칠십 세 생일에 축하편지를 보내는 것이다. 그리고 아내의 품에서 구십사 세에 죽고 싶다. 그 카드는 지영 언니가 누군가로부터 받은 카드였다. 아마 그 사람은 코코슈카가 얻지 못했던 여인 알마에게 했듯이 자신의 질긴 삶으로써 사랑의 상실을 보복하겠다는 뜻으로 그런 구절을 적어 보냈을지도 모른다. 그리고 지영 언니는 그 뜻을 받아들이지 않았기 때문에 카드를 돌려보냈다. 그림을 본 뒤 안나는 기념품점에서 코코슈카의 화집을 사들고 미술관의 카페에 들어갔다. 커피를 마시며 화집을 뒤적이다가 한 문장에서 눈길이 멈추었다. 이 지상에서 맺어질 수 없는 사랑이라면 비바람치는 밤하늘을 떠돌더라도 우리는 영원히 함께 있어야 한다. 코코슈카가 〈바람의 신부〉에 붙인 글이었다. 아마 이 구절을 적어 보냈다면 지영 언니는 카드를 돌려보내지 않았을지도 모른다고 안나는 생각했다. 고독한 사람에 대해서 사람들은 늘 오해한다. 그들은 강하지도 않고 메마르지도 않았으며 혼자 있기를 전혀 좋아하지 않는다. 그리고 혼자가 아니라 해도 사람은 늘 자기만의 고독을 갖고 있다. 우리 모두는 코코슈카의 잠 못 드는 연인처럼 서로를 껴안은 채 각기 푸른 파도의 폭풍우 속을 떠내려간다.

유럽 여행에서 돌아온 해의 5월, 안나는 나사의 탐사 로봇이 화성으로부터 지구로 송출한 사진을 신문에서 보았다. 북극권의 얼음사막에 착륙해서 빛의 속도로 전송한 사진이라고 했다. 정말로 화성에 눈이 내리고 있었다. 사진 설명에 따르면 그 눈은 지상에는 닿지 않는 눈이라고, 닿기 전에 사라져버렸다고 한다. 1976년의 크리스마스를 떠올리면 안나는 화장실에 가고 싶어 도시의 밤길을 정신없이 헤맸던 기억밖에 없었다. 안나는 그대로 새벽까지 걷고 싶었었다. 그러나 어느 순간부터 안나는 더이상 제대로 걸음을 옮길 수가 없었다. 입술을 너무나 세게 깨물어서 아래턱이 떨렸다. 코트 주머니 안의 두 손은 팽창할 대로 팽창한 아랫배의 밑쪽을 꼭 붙들고 있었으며 배꼽 밑에 너무 힘을 주어 숨이 가빠왔다. 어느 걸음에서인가 안나의 신발코에 오줌이 한두 방울 떨어져 얼룩졌다. 마침내 종아리를 타고 내려오는 한 줄기 뜨뜻한 기운을 느꼈을 때 안나는 뛰기 시작했다. 뒤에서 안나의 이름을 부르는 목소리가 연거푸 들렸지만 안나는 돌아볼 수도 대답할 수도 없었다. 안나는 울먹이면서 달렸다. 문이 열려 있는 건물이 보이자마자 허겁지겁 그 안으로 뛰어들어갔고 죽을힘을 다해 어두운 계단을 올라가기 시작했다. 계단과 계단 사이에 있는 모든 문을 두드렸지만 화장실은 하나같이 굳게 잠겨 있었다. 안나의 헉헉대는 숨소리는 커졌고 발소리에 점점 기운이 빠져갔다. 오층까지 올라간 뒤 안나는 계단참에서 마침내 옷을 내리고 앉아버렸다. 뜨거운 오줌이 찐득한 검은 액체처럼 천천히 발밑에 고이기 시작했다. 사방은 캄캄했고 너무나도 조용했다. 골목 안 여관의 네온 불빛만이 점멸하며 안나 발밑의 검은 웅덩이를 비췄다 숨겼다 할 뿐이었다. 안나는 일어나 옷을 입은 뒤 층계 손잡이에 매달리다시피 하면서 기운 없이 계단을 걸어 내려왔다. 지금 이 시각 세상의 모든 문은 닫혀 있으며 안나를 기다리는 사람은 아무도 없었다. 아직도 눈이 오고 있을까. 다음 순간 갑자기 안나는 소스라치게 놀라 뛰기 시작했다. 번들거리는 검은 물줄기가 계단을 적시며 스멀스멀 안나를 따라 내려오고 있었다. 세실리아 언니가 몰래 낳아서 버리고 도망쳐버렸던 태아가 모습을 갖고 있다면 그런 모습일 것 같았다. 비밀과 더러운 행복, 죄와 수치와 선택되지 못한 존재의 완결된 고독을 담고 그것은 안나를 뒤따라 계단을 흘러내려오는 중이었다. 필사적으로 뛰어내려오며 안나는 누구에게랄 것도 없이 중얼거렸다. 아니야. 난 그런 기도 안 했어. 그냥 눈이 오게 해달라고만 했단 말야. 그 말이 맞았다. 안나는 꿈을 꾼 적이 있었다. 서양 나라에서 온 크리스마스 카드에서처럼, 그리고 목성과 화성과

다른 모든 눈송이와 아주 비슷하게 생긴 단 하나의 눈송이　41

명왕성에까지 눈이 펑펑 오는 꿈을 꾼 적이 있을 뿐이었다.

1976년 크리스마스에는 아무 일도 일어나지 않았다. 어쩌면 눈도 오지 않았을지도 모른다. 명왕성이란 이름은 천체에서 사라졌고 그리고 화성에 내리는 눈, 다른 모든 눈송이와 아주 비슷하게 생긴 단 하나의 눈송이,* 그것은 지상에 영원히 닿지 못할 것이다.

---

*사이토 마리코, 「눈보라」 중에서.

프랑스어
초급과정

K시는 서울 외곽에 가장 먼저 만들어진 신도시이다. 옮겨심은 묘목들이 꽃을 피운 지 오래되었고 신설 초등학교는 열일곱번째 졸업생을 냈다. 낯선 장소에 적응하지 못하고 울어대던 초기 입주자의 고양이들도 새끼에 새끼를 낳아 벌써 삼대쯤은 늙어 죽었을 시간이 흘렀다. 그만하면 누군가의 고향이 될 수 있을 정도의 시간이다.

선거 때마다 K시는 전국에서 주민들의 학력이 가장 높은 도시로 신문에 등장한다. 서울 외곽의 살고 싶은 도시로도 여러 번 뽑혔다. K시의 중앙로는 금융기관과 백화점을 중심으로 관공서, 시민공원, 도서관이 마치 동심원을 이루듯 체계적으로 조성돼 있다. 종합병원 의료 서비스의 질도 높고 시립극장은 성수기 내내 수준 높은 공연을 유치한다. 특히 도시 한가운데를 가로지르는 인공 하천과 숲길은 삶의 질을 높여주는 성공적인 도시 개발 사례로서 해마다 외국의 여러 도시로부터 방문단이 다녀간다. K시의 면모를 가장 잘 나타내는 것은 역시 8차선 양쪽에 정렬해 있는 대규모 고층 아파트 단지이다. 평지에서 시작하여 멀리 산기슭까지 뻗어 있는 아파트 단지는 마치 자연 군락이라도 되는 것처럼 하나하나가 단단히 뿌리를 내리고 있다.

서울을 벗어나 남쪽 방향으로 국도를 이십 분쯤 달려내려온 운전자들은 전원도시를 표방하는 K시의 대형 아치를 지나게 된다. 그때마다 보게 되는 문구가 있다. '꿈을 이룬 도시, K시에 오신 것을 환영합니다.' 그러나 이십여 년 전, 옮겨온 나무들이 몸살을 앓고 고양이가 떠나온 곳을 찾아 도망치던 시절 K시의 초기 입주자들이 본 플래카드의 문구는 그것이 아니었다.

도로 사정이 좋지 않아 그들은 지금보다 두 배쯤 시간이 더 걸린 뒤에야 K시에 진입했다. 낡은 시외버스가 꽁무니에 매연을 내뿜으며 막 서울의 마지막 고개를 힘겹게 넘어온 참이었다. 그들의 눈에 가장 먼저 들어온 것은 거대한 아파트 부지였다. 파헤쳐진 회색 땅이 끝없이 펼쳐져 있는 그 풍경은 공상과학영화에서 본 황폐한 미래 세계를 연상시켰다. 이어서 등장하는 것은 군데군데 감시탑처럼 박혀 있는 타워크레인과 목이 꺾인 채 주둥이를 땅에 대고 엎드린 포클레인들, 엄청나게 높이 쌓여 있는 건축 자재들, 알 수 없는 것들이 묻히고 버려져 뒹구는 공터들, 죽음의 군대처럼 열병해 있는 음산한 고층의 시멘트 골조들과 그리고 그 안에서 소리없이 입을 벌리고 있는 수많은 검은 구멍들이었다. 입구의 플래카드에는 이렇게 쓰여 있었다. '제2의 고향, 여기서부터 K시입니다.' 그러나 그때의 K시는 어떤 불운하고 버림받은 사람에게라도 절대로 고향처럼은 보이지 않는 곳이었다.

조금 안쪽으로 들어가면 그제야 오층짜리 아파트 몇 동이 나타났다. 당시 1단지와 2단지는 평수가 작은 서민 아파트로 지어졌다. 전세 입주자가 많았던 탓에 베란다에는 대부분 따로 새시 창을 달지 않아 비가 들이쳤고 외벽은 부주의한 이삿짐 운송과 취객들 때문에 벌써부터 심하게 긁히고 더럽혀져 있었다. 여름이면 창문에 방충망 대신 파란색 나일론 모기장을 치고 겨울이 되면 그 위에 바람막이 비닐을 덧씌우는 그곳에서 아파트 외관에 신경쓰는 사람은 별로 없었다. 놀이터 모래에는 지린내가 배었고 구석진 응달마다 쓰레기와 내다버린 화분들이 쌓여갔다. 단지 안은 포장이 되지 않은 흙길이었다. 장마철에는 아파트 주변이 진흙탕이 되고 여기저기 웅덩이가 패었다. 아침마다 장화를 신은 아내들이 출근하는 남편들을 버스정류장까지 배웅해야 했다. 거기에서 남편들은 신고 온 장화를 구두로 갈아신었으며, 흙투성이가 된 그 장화를 받아들고 집으로 돌아가는 아내들의 우산이 작은 행렬을 이루었다.

  그곳은 개혁적인 신도시 개발사업의 시범단지라기보다 삭막한 폐허 위에 방치된 임시 숙소 같았다. 외딴 탄광지대 같은 데에서 볼 수 있는 직원 사택 같기도 했다. 입주자 가운데에는 실제로 신도시 공사 현장의 기술자들도 많았다. 대대로 농사짓던 전답을 아파트 부지로 넘겨주고 보상금을 받아 난생처음 아파트에 살아보는 토박이 주민들도 있었다. 나머지 대부분은 서울에 직장이 있는 박봉의 장거리 통근자들이었다. 서울의 마지막 고개를 넘어와 K시의 플래카드가 나타날 때쯤 그들은 대부분 피곤에 찌들어 눈을 감거나 잠들어 있기 일쑤였다. 그러나 서울로 나가는 출근길에 같은 지점을 지날 때에는 거의가 눈을 뜨고 있었다. 거기에는 '어서 오십시오, 여기서부터 서울입니다'

라는 전혀 다른 분위기의 문구가 쓰여 있었다.

 K시의 고층 아파트 단지가 하나하나 완공돼갈수록 1, 2단지는 점점 더 우중충하고 찌부러져갔다. 하늘로 뻗은 신도시의 한쪽 귀퉁이에 엉덩방아라도 찧은 듯 주저앉은 모습이었다. 고층 아파트 단지의 입주가 시작될 무렵에 K시는 도시 분위기와 집값을 우려하는 다른 단지 입주자들의 요청을 받아들여 1, 2단지의 도색작업을 새로 했다. 나는 그 무렵에 태어났다. 열대야가 계속되는 어느 무더운 여름밤이었고, K시에 병원이 없었기 때문에 신도시를 본적으로 하는 많은 아이들이 그렇듯이 출생지는 서울이었다.

 스물네 살이 될 때까지 우리 엄마는 수학여행 갔던 때를 빼고는 서울을 벗어나본 적이 없었다. 또 이사 한 번 가지 않고 줄곧 한동네 한 집에서만 살았다. 라일락과 목련과 모과나무로 둘러싸인 적산가옥은 그녀가 태어난 집이기도 했는데, 쪽문을 통해 그녀의 아버지 병원과 연결돼 있었다. 퇴역장군네 가족이 살던 정원 넓은 옆집을 빼고는 동네에서 가장 큰 집이었다. 언덕 너머에 여자대학이 있었으므로 그녀는 오가는 길목에서 여대생들과 마주치며 사춘기를 보냈다. 그녀가 졸업한 대학도 바로 그곳이었다. 그녀는 아버지의 뜻대로 대학원에 진학하거나 아니면 국어교사가 되려고 했다. 그렇게 빨리 결혼하게 될 줄은 그녀도 그리고 그녀의 아버지도 예상하지 못했다. 아버지의 예상이 결정적으로 빗나간 대목은 딸이 데려온, 어른스러운 구석이라고는 한 군데도 없는 볼품없고 뻔뻔스러운 남자였다. 딸의 고집을 꺾는 데 실패한 아버지는 차라리 그녀와 의절하는 쪽을 택했다. 그녀가 불행해져서 아버지로부터 받아온 사랑을 두고두고 그리워하고 또 결혼을 미칠 듯이 후회하기를 원했기 때문이다. 그녀의 결혼식에는 아버지를 뺀 유일한 가족인 동생이 참석했다. 그러나 그녀의 행복에 대한 진지한 관심은 금지되어 있었다. 그녀는 자신의 인생이 축복받지 못한 결혼 같은 변칙에 휩쓸리리라고는 한 번도 상상해본 적이 없었다. 그럼에도 가족의 파문(破門)을 냉정히 받아들였던 것은 인생이 예상한 대로 되어가지는 않는다는 사실을 깨달았기 때문이기도 했고 또한 사랑의 양면성에 대한 환멸 탓이기도 했다. 어쩌면 단지 떠날 때가 된 것뿐일 수도 있었다.

시외버스를 타고 처음 K시로 오던 날 그녀는 심하게 멀미를 했다. 싸늘해진 그녀의 손을 다정하게 쥐며 남편이 말했다. 낯선 곳이라 멀게 느껴지는 것뿐이야. 자주 다니다보면 가까워져. 이제 곧 서울로 프랑스어 학원도 다녀야지. 당신 꿈이잖아. 그녀는 창밖에 펼쳐진 황폐한 아파트 부지를 바라보며 무심히 고개를 끄덕였다. 프랑스에 가고 싶다는 건 진심이 아니었다. 머릿속에 떠오르는 대로 아무렇게나 해본 말이었다. 남편은 꿈과 비밀을 공유하는 게 사랑의 첫 단계라고 말했지만 그녀에게는 털어놓을 이야기가 아무것도 없었던 것이다. 억압된 꿈, 그리고 짧은 일탈의 기억을 간직하고 있는 비밀. 그것은 아버지 집 거실의 수족관 안에서 헤엄치던 관상어와 똑같이 투명하게 성장해온 그녀와는 거리가 먼 이야기였다. 남편이 프랑스어 교본을 선물했을 때 그녀는 당황했다. 남편의 의도와는 달리 꿈이 아니라 비밀이 하나 생겨버린 기분이었다.

K시가 가까워오자 남편은 말이 약간 빨라졌다. 우리 주말마다 서울

나가자. 영화도 보고 맥주도 마시고, 그런 다음 우리 둘만의 집에 돌아와서…… 마침내 버스가 멈추었고 그는 나머지 말을 서둘러 그녀의 귀에 대고 속삭였다. 핼쑥한 얼굴로 그녀는 조금 웃어 보였다. K시로 오는 동안 버스 안에서 그가 한 약속은 그것만이 아니었다. 퇴근하자마자 뛰어서 들어오겠다는 건 물론이고 매일 집으로 두 번씩 전화하겠다고도 했고 그녀의 친구들이 놀러 와서 자고 가면 다음날 아침자신이 커피와 신문을 갖다줄 거라고도 했다. 남편은 길 건너 고층 아파트가 완공되면 그곳으로 평수를 늘려 이사를 간 뒤 그녀의 가족들을 초대하겠다는 계획도 갖고 있었다. 약속할게. 응. 남편의 말에 고개를 끄덕이면서 그녀는 그에게 잡혀 있던 손을 가만히 빼냈다. 너무꽉 쥐었던 바람에 결혼반지를 낀 손가락이 아팠다. 그의 손바닥에 줄곧 땀이 배는 것만으로도 남편이 불안해하고 있다는 건 이미 충분히알았다. 그리고 강렬히 원했기 때문에 오히려 더 두려울 수도 있다는데에는 그녀도 동의하고 있었다.

그녀가 K시의 땅을 밟고 맨 처음 한 일은 쭈그리고 앉아 두 무릎 사이에 머리를 박고 토사물을 게워내는 것이었다. 손수건으로 입가를 닦은뒤 그녀는 몸을 일으키고 주변을 바라보았다. 그것은 그녀가 지금까지살면서 보아온 몇 안 되는 장소 중 가장 삭막하고 불친절한 풍경이었으며 세상 끝처럼 멀게 느껴졌다. 아버지의 도시로부터 추방당한 그녀를내려놓고 버스는 먼지를 일으키며 떠나버렸다. 포클레인이 갈아엎어놓은 이 들판에서 작년까지도 벼가 익어 황금색으로 출렁였다는 게 믿어지지 않았지만 가을볕은 세상 구석구석 공평하게 내리쬐고 있었다.

K시에서 그녀의 일상은 평온했다. 대부분 혼자 시간을 보냈는데 그 시간은 아무리 써도 줄어들지 않았다. 매일 라디오를 들으며 집안일을 조금씩 익혀나갔다. 쌀알이 으깨질 때까지 박박 문질러 씻는다든지, 흰 와이셔츠를 빨간 운동복과 함께 세탁기에 돌려 분홍색으로 만들어놓는 실수는 금방 극복할 수 있었다. 친구들이 결혼 선물로 사준 보급판 요리전집을 독파하는 데는 꼬박 석 달이 걸렸다. 칼 쥐는 법, 도마와 행주의 관리에 대해 처음 알게 된 것도 그 책의 기초편을 통해서였다. 그녀는 칼질이 익숙해질 때까지 깍둑썰기와 채썰기와 나박썰기와 연필썰기를 반복해서 연습했는데, 때로 부엌에 선 채로 몇 시간이 훌쩍 지나갔다. 실기편으로 들어간 뒤부터는 시장에 규칙적으로 드나들기 시작했다. 단지 안의 상가 일층에는 관리사무소와 복덕방과 은행 출장소와 세탁소와 우편물 취급소와 약국이 자리잡았고, 시장은 간이 슈퍼마켓과 나란히 지하에 있었다. 그녀는 야채가게와 생선가게의 단골손님이었지만 지나치게 적은 양만을 달라고 고집했기 때문에 눈총을 사는 일도 적지 않았다. 그녀가 만드는 음식은 요리책의 지시에 따라 순서를 지켜가며 공들여 만든 것들이었다. 언제나 이 인분만 만들었는데도 냉장고 안은 늘 음식으로 가득 차 있었다. 두 주에 한 번꼴로 그녀는 냉장고 안의 것을 모조리 꺼내놓고 청소를 했다. 선반을 닦고 김치를 작은 통에 옮겨담고 야채를 새 신문지에 싸고 그리고 그동안 만들었던 음식들을 모두 버렸다.

겨울이 가까워지면서 그녀는 책을 보고 뜨개질을 하기 시작했다. 안뜨기와 겉뜨기조차 구별할 줄 몰랐던 그녀는 목도리를 완성하기까지 열 번도 넘게 풀었다 다시 짜야 했다. 겨우 완성한 목도리도 올

사이가 너무 촘촘해 안으로 말려들어갔기 때문에 결국은 풀어버렸다. 그런 과정을 거쳐 목도리를 세 개까지 뜨고 나니 한 달이 지나 있었다. 그녀는 무늬가 들어간 조끼에 도전했다. 조끼 역시 가까스로 완성한 다음에는 풀어서 마음에 들 때까지 몇 번이고 다시 짰다. 그다음에 뜨기 시작한 것은 세 가지 색깔이 들어가는 스웨터였다. 배색이 엉키고 코를 잘못 세어 모양이 이지러지고 또 등판과 소매가 잘못 꿰매지기가 예사였다. 그녀는 겨울 내내 거실 소파에 앉아 어깨를 두드려가며 뭔가를 떴고 또 풀었다. 그녀가 팔을 움직일 때마다 허공에 먼지들이 떠올랐다 내려앉기를 반복했으며 그 위로 흐릿한 겨울 햇살이 환등기의 빛처럼 비스듬히 비쳐들곤 했다. 때로 그녀의 모습은 오래전부터 한자리에 앉은 채 세상으로부터 서서히 잊혀가는 나이든 여인을 연상시켰다. 그런 생각이 들면 한 번씩 일어나 기지개를 켰다.

가끔씩 시외버스를 타고 서울로 나갔다. 친구들이 신혼생활에 대해 물을 때마다 그녀는 남편을 기다리는 것으로 시간을 보내고 있다는 사실 외에는 아무런 대답도 떠오르지 않았다. 점점 할말이 없어지면서 만나는 자리가 불편해졌다. 친구들끼리 나누는 이야기를 듣다보면 그녀가 이십 년이 넘도록 한 번도 떠나지 않았던 서울이지만 거기에 더이상 그녀의 자리가 남아 있지 않다는 느낌만 들 뿐이었다. 거리에서 빌딩 유리문에 비친 자신의 모습을 발견할 때마다 그녀는 걸음을 빨리해 지나쳐버리곤 했다. K시와 서울을 왕복하는 좌석버스가 생긴 뒤 모처럼 남편과 명동에서 만나기로 약속한 적이 있었다. 약속시간이 지나도록 오지 않아 회사로 전화를 걸었더니 남편은 갑자기 찾아온 손님 때문에 퇴근이 늦어지고 있다며 미안해했다. 남대문시장이라도 구경하라는 그의 제안대로 그녀는 혼자 하릴없이 시장을 돌아다녔다. 딸기를 헐값에 파는 리어카를 그냥 지나치지 못하고 두 봉지나 샀던 것이 실수였다. 봉지를 들었다 내려놓았다 하며 버스정류장에서 한 시간 반을 기다렸지만 남편은 나타나지 않았다. 그녀는 혼자 버스를 탔고 곧바로 잠들었다. 집에 돌아와 비닐봉지를 열어보니 딸기는 형체를 알아보지 못할 만큼 으깨지고 물러져 바닥에 들척지근한 붉은 즙이 고여 있었다. 그녀는 다시는 서울에서 아무것도 사지 않겠다고 마음먹었고 무엇보다 멀미가 심했기 때문에 서울에는 거의 나가지 않게 되었다.

대신 그녀는 자신이 사는 아파트와 상가와 큰길과 버스정류장 주변까지 신도시 곳곳을 산책했다. 가스 배달하는 오토바이와 자주 마주쳤고 손자를 업고 나온 노인과 인사를 나누었으며 모르는 집 화단에 떨어진 빨래를 주워서 나무에 걸쳐놓았다. 상가 앞 벤치에 앉아 은행 출장소의 여직원들이 점심시간에 자판기 커피를 마시며 나누는 이야기를 엿듣기도 했다. 첫 키스, 잔소리꾼 직장 상사, 종로와 명동의 극장들, 새로 나온 가요 음반, 비밀스러운 삼각관계, 피자와 생맥주, 엄마와의 말다툼, 뱃살 빼기의 어려움, 주말연속극, 연예인들에 대한 뒷소문, 봄 바바리코트…… 젊은 처녀들의 화제는 항상 그녀의 관심을 불러일으켰다. 그녀들은 길 건너 고층 아파트 단지가 완공되면 상가에 미용실과 호프집이 들어온다며 은행 출장소도 그쪽으로 옮겨갈지 모른다고 잔뜩 기대하고 있었다.

그녀는 단지가 끝나 길이 끊어진 곳에서 한참을 서성거리곤 했다. 버스정류장 앞에 과일과 화분을 파는 리어카 옆에 서서 그다지 흥미 없는 눈길로 흥정을 구경하기도 했다. 그러다가 저녁 무렵 퇴근해 들어오는 남자들과 마주치면 마치 보아서는 안 될 것을 본 사람처럼 발걸음을 빨리해 급히 집으로 돌아오는 것이었다. 그녀는 하루 중 그 시간을 가장 싫어했다. 환풍기를 통해 갖가지 음식 냄새가 스며들고 창밖을 지나가는 발소리들이 부산해지며 여기저기 벽 너머에서 들려오는 두런거리는 말소리들이 낮 동안의 평화롭고 긴 정적을 깨뜨리기 시작하면, 자신이 가까스로 만들어놓은 그 어떤 질서도 통하지 않는 세계에 대한 불안과 적대감으로 신경이 날카로워졌다. 그것은 울리지 않는 전화벨과 오지 않는 방문객, 고장난 텔레비전, 시들어버린 거울 속 얼굴, 십 분씩 늦는 벽시계, 대답을 삼킨 침묵, 대답을 삼킨 거짓말, 잊을 만하면 되살아나는 치통, 식어빠진 식탁, 새벽이 오기까지 너무나 먼 검은 창문, 심지어 가난과 공허보다도 더 무자비하게 그녀의 마음을 절망 한가운데로 밀어서 떨어뜨렸다. 그러나 그녀는 아버지의 기대대로 자신이 불행해진 것은 아니라고 생각했다. 삶을 옮겨오는 데 시간이 걸리는 것뿐이었다.

K시의 아파트는 쓰레기를 다용도실 벽에 붙은 쓰레기 투입구를 통해 버리도록 설계되어 있었다. 일층에서 오층까지 모든 집에서 밑으로 던지는 쓰레기가 일층 쓰레기장으로 떨어져 쌓였다. 일층에 사는 그녀는 이따금 상한 음식물에서부터 유리병들, 똥기저귀를 갈 때 썼던 신문지 뭉치, 고장난 트랜지스터까지 온갖 크고 작은 쓰레기들이 각기 다른 음향을 내며 위층에서부터 떨어져내리는 소리를 들었다.

다용도실과 벽 하나를 사이에 두고 있는 그 쓰레기장에 살진 쥐들이 들락거리는 것도 알고 있었다. 어느 날 그중 한 마리가 가스레인지 위에 설치된 환풍기를 통해 집안으로 들어왔다. 그녀는 상가 약국에서 쥐덫을 사와 싱크대 밑에 설치했다. 그날 밤 그녀가 안방 문을 닫고 부엌의 기척에 귀를 기울인 지 오래지 않아 쥐가 들어오는 기척이 느껴졌다. 그녀는 자신이 혼자 대결해야만 하는 새로운 삶의 국면이 늘어가는 데에 두려움을 느끼고 있었다. 그러므로 덫은 들어오지 말라는 경고로, 쥐와 일종의 거래를 시도한 것이었다. 그러나 그녀는 대결과 거래 모두에 서툴렀다. 처음에 조심스럽게 달그락거리던 쥐는 점점 대담하게 싱크대와 냉장고 위를 오르내리기 시작했고 얼마인가 지난 뒤 드디어 철컥 하고 쥐덫이 뭔가를 잡아채는 날카로운 소리가 정적을 찢었다. 그런 다음 고통스러운 찍찍 소리와 함께 무거운 것을 질질 끌며 필사적으로 몸부림치는 소리가 들려왔다. 덫에 걸린 건 쥐가 아니라 쥐의 꼬리였다. 쥐는 죽는 순간까지 덫에서 벗어날 수 없었고 그 덫을 매달고는 결코 자신이 들어온 구멍으로 빠져나갈 수 없었다. 다음날 아침 부엌에 나가보니 군데군데 살점이 뜯기고 털이 피로 물든 채 쥐덫에 꼬리를 물려 죽은 커다란 회색 쥐가 있었다. 차라리 쥐약을 놓았어야 했을까. 그녀는 약보다 덫이 확실하다는 약사의 충고를 따랐던 걸 후회했다. 약이었다면 밤새도록 쥐덫을 매단 채 여기저기 부딪혀가며 사투를 벌이지 않아도 되었을 것이다. 희망 없는 시간이라면 차라리 지속되지 말아야 한다는 생각이 아주 잠깐 그녀를 괴롭혔다.

남편은 언제나 밤늦게 귀가했고 K시가 짐작보다 훨씬 멀다고 불평하곤 했다. 버스가 끊긴 뒤에는 만만치 않은 택시 요금을 지불해야 한다는 이유로 회사 숙직실에서 자는 날도 적지 않았다. 그런 일은 예고도 양해도 없이 자주 생겨났다. 새벽까지 남편을 기다리며 그녀는 첫날 그가 했던 말을 떠올렸다. 낯선 곳이라 멀게 느껴지는 것뿐이야. 이제 곧 익숙해져. 그러나 남편은 K시에도, 그리고 결혼에도 좀처럼 익숙해지지 않는 것 같았다. 결혼 이외에 그가 신도시에서 불편을 느끼는 다른 하나는 상가가 문을 닫는 열시 이후에는 어디에서도 술을 구할 수 없다는 점이었다. 그러므로 그녀가 혼자 라디오를 들으며 음식을 만들거나 뜨개질을 하는 늦은 밤마다 남편은 그녀와 K시로부터 점점 멀어질 수밖에 없었다. 잔뜩 취한 그는 그녀의 행복이 염려된 나머지 그녀의 아버지에게 인사하러 갔던 날처럼 장미꽃을 사들고 현관문을 발로 차기도 했다. 그런 날은 어김없이 그녀를 위한 새로운 약속을 했고 자신이 세상에서 가장 운 좋은 남자라는 말을 반복하다가 쓰러져 잠들었다. 그녀가 유리병에 물을 담아와 남편이 손에 쥐고 있는 꼬깃꼬깃한 신문지를 펼쳐보면 장미는 그 안에서 목이 꺾인 채 이미 시들어 있었다. 남편이 잠꼬대를 했다. 알아. 내가 더 잘해야 한다는 거 안다고. 근데 그 생각을 할수록 더 안 되는 걸 어떡해. 나 그거 못하잖아, 더 잘하는 거. 당신도 알지, 응? 알았어. 그녀가 대꾸했다. 알았으니까 서울에서는 아무것도 사오지 마.
　혼자 있는 밤 그녀는 자리에 누워 양과 돼지와 지팡이와 구름을 셌다. 남편이 꿈에 대해 물었을 때 왜 하필 프랑스가 떠올랐는지도 생각해보았다. 집 떠나기를 꺼리던 그녀가 상상할 수 있는 가장 먼 곳이었기 때문인지도 몰랐다. 그녀는 만약 프랑스에 간다면 여행자로 살아가면서 기차에서 많은 시간을 보내고 싶었다. 한 장소에 며칠 머물고 나면 미처 다 풀지도 않은 여행가방을 다시 꾸려 기차를 타고 낯모르는 도시로 이동해가는 것이다. 차창 밖에 펼쳐지는 해바라기밭과 올리브 언덕과 포도밭, 붉은 지붕의 낮은 집들과 초록색 벌판과 염소떼, 그리고 길고긴 강과 로마시대 다리들, 아담한 시골 카페와 남부 지중해의 푸른 해변에 깔린 검은 자갈들, 기차역에 마중 나온 사람들의 크게 뜬 눈동자와 달싹거리는 입술들. 그것들을 바라보다 잠깐씩 졸기도 하고 책을 읽기도 하고 또 동전을 꺼내 계산을 하기도 하고 손수건으로 사과를 문질러 윤을 내거나 우박설탕이 붙은 슈게트를 먹기도 하고 카드를 꺼내 혼자 솔리테어 게임을 하고 다른 여행객들과 눈이 마주치면 인사를 보낸다. 그때에 시간은 기차에 앉은 채로도 저절로 움직여 흘러가는 것이다.

그녀는 그런 상상을 하며 어둠 속에서 오랫동안 뒤척였다. 그러다 잠잠하던 냉장고가 갑자기 윙 소리를 내며 돌아가기 시작하거나 어느 틈에 라디오 음악 프로의 진행자가 바뀌어 있다는 걸 깨닫는 순간 자신이 반쯤 언 채로 안치소의 냉동고에서 깨어난 시체 같다는 생각에 몸을 벌떡 일으키는 것이었다. 그럴 때면 현관문을 열고 아파트 밖으로 나가곤 했다. 그녀는 깊은 밤 아파트 밖에서 일어나는 일을 속속들이 알고 있었다. 텅 빈 경비실 지붕에서는 소리없는 경광등이 날카로운 빛을 내쏘며 빠르게 돌아갔다. 화단에서는 옮겨심어진 감나무들이 뿌리를 내리기 위해 몸살을 앓는 중이었고 아파트 동과 동 사이를 휘젓고 다니던 바람은 모퉁이에 부딪치면서 그 시각까지 잠 못 드는 사람들에게 세상에서 가장 적막한 신음소리를 들려주었다. 칭얼대던 아기들은 지쳐 잠들고 노인들이 부스럭대며 일어나 변기에 물을 내리고 구름 뒤로 들어갔던 달이 나오는 짧은 순간 고양이 꼬리가 담장 너머로 사라졌다. 어느 베란다에서 걷지 않은 빨래가 유령처럼 흔들렸고 마지막 하나 남아 있던 창문의 사각형 빛이 소리도 없이 한순간 사라져버렸다. 그 모든 것마저 움직임을 멈추고 잠잠해지는 순간 밤의 어둠과 적막 속에 남아 있는 것은 그녀의 발소리와 그리고 벽에 붙어서 느릿느릿 그녀를 따라오는 그림자뿐이었다. 딱 한 번 그녀는 새벽에 눈이 오기 시작하는 순간과 마주친 적이 있었다. 그것은 마치 눈조차 왔으니 더이상 기다릴 것은 아무것도 없다는 마지막 통보인가 싶었지만 그래도 반가웠다. 그녀는 감기에 잘 걸리는 체질이어서 겨울마다 아버지 병원에서 주사를 맞곤 했다. 새벽 눈을 맞은 뒤 일주일 동안 감기로 앓아누워야 했다. 혼자 잠들었다 깨어났다 하면서 밤새 고열에 시달리던 그녀는 이상하게 아침 햇살이 비쳐드는 짧은 순간이면 혼곤한 잠에 빠져들었다.

한동안 그녀는 수요일마다 단지 입구에 나타나는 이동 도서대여점을 기다렸다. 트럭 짐칸을 책꽂이로 개조한 그곳에서 그녀가 빌리는 책은 주로 요리책과 뜨개질 교본과 여성잡지였다. 붙임성 있는 주인 청년과는 싱거운 농담 몇 마디쯤 주고받는 사이가 되었다. 책 좋아하고 여행 좋아했더니 이런 직업을 갖게 되더라고요. 청년의 말에 그녀는 과장된 웃음을 터뜨렸다. 그럼 나는 그 두 가지를 다 안 좋아해서 이렇게 됐나봐요. 왜요? 아줌마가 어떻게 됐는데요? 아줌마 됐잖아요. 이번에는 청년이 웃었다. 책을 좋아하지 않는다는 거짓말이 통했기 때문에 그녀도 따라 웃었다. 싸움 잘해요? 그녀가 청년의 왼쪽 눈썹을 따라 비스듬히 새겨져 있는 흉터를 가리켰다. 청년은 얼른 왼손을 올려 그것을 가렸다. 어릴 때 형하고 장난하다가 다친 건데, 좀 험악해 보이죠? 아니요. 용감하고 책임감 있어 보이는데요. 그 말을 하면서 그녀는 자기 몸에 흉터가 하나도 없다는 걸 처음 깨달았다. 그 누구하고 장난을 치지도 않았고 그 장난으로 상처를 입은 일도 없었던 것이다.

어느 수요일에 청년이 그녀에게 소설책 한 권을 권했다. 제가 제일 좋아하는 책인데 읽어보세요. 반납은 안 해도 돼요. 그 책은 투르게네프의 『첫사랑』이었고 갈피에 세 번 접은 편지가 끼워져 있었다. 그녀는 다음주 수요일에도 책을 빌리러 갔지만 『첫사랑』은 편지가 끼워진 채 그대로 반납했다. 책을 건네받는 청년의 얼굴이 굳어졌다. 청년은 그녀가 스무 권이 넘는 무협지 시리즈의 1권을 빌리자 그제야 표정을 풀었다. 무협지 시리즈라면 트럭 안에 일 년 내내 빌려야 할 만큼 많았던 것이다. 그러나 네 권을 읽고 난 뒤 그녀는 무협지에 흥미를 잃었고 사실 오래전부터 그 트럭에는 빌리고 싶은 책이 한 권도 없었다는 걸 깨달았다. 그 무렵은 길 건너 고층 아파트의 상가가 입주를 시작한 시기였다. 아파트 단지는 아직 비어 있었지만 부동산과 호프집과 전당포, 그리고 잡지를 빌려주는 만홧가게가 문을 열었다는 것은 출장소 여직원들의 점심 대화를 통해 알고 있었다. 그녀는 잘 웃는 청년이 마음에 들었다. 편지도 나쁘지 않았지만 그러나 아버지의 서재에도 있었던 『첫사랑』은 확실히 별로였다.

남편의 생일이 있는 3월에는 봄가뭄이 심해 며칠씩 물이 끊기곤 했다. 트럭이 물탱크를 싣고 와서 식수를 공급했다. 식수차는 오후에 왔지만 아침부터 줄을 서지 않으면 차례가 되기 전에 물이 바닥났다. 온종일 순서를 두고 옥신각신 싸움이 끊이지 않았다. 고함과 욕설은 물론이고 서로 밀치고 당기다가 물을 뒤집어쓰기 일쑤였다. 그녀도 예외는 아니었다. 잠깐 자리를 비웠을 뿐이라고 우기면서 한사코 그녀의 물통 앞에다 양동이를 들이미는 중년 여자와 입씨름을 벌인 끝에 겨우 물을 확보했다. 미역국 냄비를 불 위에 올려놓고 잡채의 간을 맞추고 있을 때 라디오에서 신청 음악과 사연이 흘러나오고 있었다. 갑자기 그녀가 태어나 이십 년 넘게 떠나지 않았던 동네의 이름이 귀에 들어왔다. 식수차 같은 건 들어본 적이 없는 곳이었다. 그녀는 잠시 손을 멈추었다. 잡채에 간장이 조금 많이 들어갔는지 이마가 살짝 찡그려졌다. 그날따라 유난히 시간이 느리게 흘렀다. 자정을 넘기자 그녀는 식탁을 치우고 이불장 안에 개어두었던 홑청을 꺼내 거실 바닥에 폈다. 그 위에 이불을 깔아놓고 무릎걸음으로 네 귀퉁이를 돌면서 홑청을 씌워 꿰맸다. 열 땀에 한 번쯤은 바늘이 손가락을 찔렀지만 너무 열중해서 거의 멈추지 않았다.

5월에 처음으로 친구들이 집에 다녀갔다. 그녀는 커튼을 빨고 꽃병에 꽃을 사다 꽂고 결혼사진이 든 액자의 먼지도 닦았다. 월급날이 가까워 생활비가 얼마 남지 않은 시기였다. 길 건너 고층 아파트 상가 이층에 있는 전당포에 결혼반지를 맡기고 생각보다 많은 돈을 빌릴 수 있었다. 친구들은 자고 가지 않았다. 그러므로 남편은 커피와 신문을 준비할 필요가 없었는데도 집에 들어오지 않았기 때문에 그런 다행스러운 일이 있었다는 사실조차 알지 못했다.

그뒤로부터 몇 달은 또 비슷비슷한 평온한 날들이 지나갔다. 옛 남자친구에게서 전화가 한 번 걸려왔었고, 바이올렛 화분이 열네 개로 늘었고, 병원에 가느라 서울에 몇 차례 외출했고, 옆집 사는 반장이 외출하면서 부탁한 대로 전입신고서에 세 번쯤 도장을 대신 찍어줬고, 뜨거운 프라이팬에 팔을 데어 일주일 동안 화상 연고를 발랐고, 아버지와 관련된 소식은 아무것도 들을 수 없었다. 프랑스어 학원에는 물론 다니지 못했다. 날씨가 더워지면서 그녀는 산책도 그만두고 집에만 틀어박혔다. 지난해 가을 상가 지하의 순댓국집 아줌마가 그녀의 얼굴이 누렇게 떴다고 혀를 끌끌 차며 국자에 떠서 내민 고깃국물의 냄새를 맡자마자 헛구역질을 하는 바람에 임신이란 걸 알게 되었는데 이제 만삭이었다.

십팔 년 만의 무더위가 찾아온 그해 여름은 길고도 뜨거웠다. 아스팔트는 열기를 내뿜으며 녹진해졌고 영업사원들의 와이셔츠는 먼지와 땀이 뒤섞여 금세 목깃이 새카매지곤 했다. 식당이나 술집에서는 작년보다 훨씬 많은 냉방기와 선풍기가 필요했다. 나무들은 너무 많은 잎을 만든 걸 후회하며 축 늘어져 있었다. 동네 노인들에게 그늘을 뺏긴 고양이는 낮 동안 어디에서도 보이지 않다가 한밤중에야 울타리 밑에서 울었다. K시의 아내들이 얼음 띄운 오이냉국을 만들거나 냉장고 안에 수박을 반으로 쪼개 넣고 남편들의 퇴근시간을 기다렸으므로 상가 지하에는 그것들이 가장 먼저 동났다. 쉽게 잠들 수 없는 열대야가 이어졌고 그런 식이라면 지겨운 여름 하루는 언제까지고 끝나지 않을 것만 같았다.

그날 밤 그녀는 찬물로 샤워를 한 뒤 얇은 여름잠옷만 걸치고 자리
에 누웠다. 똑바로 눕기가 힘들어 방문 쪽을 향해서 모로 누워 있었
다. 머리맡에는 가벼운 진동음을 내며 선풍기가 돌아가고 있었지만
시간이 갈수록 몸은 더 끈적끈적해질 뿐이었다. 샴푸를 하고 미처 마
르기도 전에 땀으로 엉겨붙은 머리카락에서 쉰 냄새가 풍겼다. 베개
에 옆얼굴을 묻은 채 낮게 헐떡이는 그녀는 상처 입은 짐승 같았다.
그녀는 한쪽 손을 무거운 배 위에 올려놓았고, 선풍기 바람을 좋아하
지 않기 때문에 머리맡을 향해 뻗어 있는 다른 손으로는 선풍기의
버튼을 껐다 켰다 반복하며 오랫동안 어둠 속에 누워 뒤척였다. 그리
고 마침내는 몸을 일으켰다.

낮에 입었던 임부복으로 갈아입은 다음 그녀는 집안의 불을 모두
켰다. 그녀가 거실과 두 개의 방과 욕실과 부엌을 돌아다니며 전등 스
위치를 올리자 열세 평 아파트가 손님이라도 맞을 것처럼 환해졌다.
흐트러진 이부자리를 정리하고 비뚤어진 식탁보를 바로잡고 소파에
내던져진 쿠션들의 간격을 맞추고 나니 눈에 거슬리는 것은 아무것도
없었다. 그녀는 현관에 벗어놓았던 낡은 슬리퍼를 꿰어신었다. 그녀
의 시선이 잠깐 자신의 종아리에 머물렀다. 친구들이 선물로 사왔던
분홍색 임부복은 하도 여러 번 빨아 입어서 목이 늘어나고 색깔이 바
래 꽃무늬가 다 지워지긴 했지만 밑단이 뜯어진 것까지는 그녀도 모
르고 있던 일이었다. 그녀는 손가락을 벌려 쉰내 나는 머리카락을 쓸
어넘기며 그대로 후텁지근한 밤의 아파트 단지로 나갔다. 큰길로 나
가자 길 건너 상가의 불빛이 눈에 들어왔다. 그것은 입주가 시작되지

않은 텅 빈 고층 아파트 단지의 어둠에 둘러싸여 마치 세상 끝의 외딴 집처럼 보였다. 갈증에 지친 자들이 만들어내는 사막의 신기루 같기도 했다. 그녀는 신호등이 초록색으로 바뀌기를 기다리며 서 있었다. 버스가 끊긴 뒤의 정적 속에 K시를 지나가는 자동차는 많지 않았다.

호프집은 술집이라기보다 분양 사무실 같았다. 깨끗한 회벽과 형광등 불빛, 음악은 없었다. 그녀는 문에서 가장 가까운 자리에 앉은 뒤 생맥주를 주문했고 첫 모금을 최대한 빨리 마셨다. 구석에 두 개의 테이블을 붙여놓고 또래의 젊은이들이 앉아 떠들고 있었는데 입대하는 친구의 환송회인 모양이었다. 한 자리 건너 테이블의 두 남자는 회사원처럼 보였고, 또 한 명의 손님인 야구모자를 쓴 남자는 생맥주 탭 앞의 높은 의자에 앉아서 주인을 상대로 마시고 있었다. 깊은 밤 혼자 술집에 들어와 맥주를 들이켜는 만삭의 여인은 확실히 눈길을 끌었다. 그러나 젊거나 멋진 여인이 혼자 온 것과는 달라서 지속되는 성질의 흥미는 아니었다. 잠시 조용해졌던 젊은이들의 자리는 다시 왁자지껄함을 되찾았고 뭔가 의논하는 듯하던 회사원들은 취할수록 목청을 높이며 누군가를 성토하고 있었다. 그녀는 야구모자를 쓴 남자가 어딘지 낯이 익다고 생각했다. 뺨의 흉터 때문에 도서대여점 청년과 인상이 비슷해 보이는 것뿐인지도 몰랐다. 그녀가 아는 사람 가운데 어깨에 하트와 화살 문신이 있고 그처럼 탁자를 치면서 욕설을 섞어 낄낄거리는 남자는 있을 리 없었다. 그녀는 아무 생각 없이 남자 쪽에 시선을 두고 있었다. 이윽고 남자가 그녀의 자리로 와서 왜 그렇게 자기를 쳐다보냐며 같이 앉아도 되겠느냐고 물었다. 주인이 음악을 틀었는지 실내에 팝송이 흘러나오기 시작했다. 아이 웬 투 유어 웨딩,

굿바이 굿바이 투 마이 해피니스. 아이 워스 크라잉. 젊은이들의 자리에서 누군가 울기 시작했는데 입대를 앞둔 그날의 주인공이 틀림없었다. 시간이 지나도 손님들은 일어서지 않았고 아무도 더이상 열대야에는 신경조차 쓰지 않는 기색이었다. 취기 때문에 그녀에게는 이 모든 일이 동시에 일어나는 것처럼 느껴졌다. 색 바랜 분홍색 꽃무늬 임부복의 뜯어진 단을 손톱으로 접어 누르며 만삭의 그녀는 남자를 향해 천천히 고개를 끄덕였다. 앉으세요. 겁이 별로 없나봐, 아줌마. 남자는 의자에 앉았고 그녀의 잔에 술이 반이나 남아 있었지만 새로 생맥주 두 잔을 주문했다.

이 동네 살아요? 토박이는 아닌 것 같고, 시범단지? 남자는 담배에 불을 붙여 한 모금 깊게 빨더니 그녀의 대답을 기다리지 않고 다시 입을 열었다. 나는 사는 데가 없어요. 혹시 주거부정이라고 들어보셨나? 담배연기 때문에 그녀는 눈을 깜박였다. 이 아줌마 겁먹기는. 그녀에게 그런 식으로 말하는 사람은 처음이었으므로 그녀는 오래된 한국영화라도 보고 있는 기분이었다. 걱정 마쇼. 이상한 사람은 아니니까. 실은 트럭 몰아요. 차 박아놓고 한잔하는 중인데, 이렇게 아줌마가 와줬네. 남자는 더이상 운전하기 싫은 날은 차에서 눈을 붙이고 새벽에 출발한다고 말했다. 힘드시겠네요. 그녀가 대꾸해주었다. 그렇지도 않아요. 떠돌아다니는 게 성미에 맞거든. 근데 아줌마는 여기 오기 전에 어디 살았어요? 서울? 강원도에요. 그녀의 입에서 자기도 모르게 거짓말이 흘러나왔다. 대학 친구 중에 강원도 탄광지대 출신이 있었다. 거기에서는 정말로 계곡에 검은 물이 흐르고 흰 빨래를 널어놓으면 회색이 되니? 그녀의 물음에 친구는 고개를 저었다. 난 읍내에 살았어. 그리고 우리 아버지는 시멘트회사 간부야. 그 친구는 낯선 곳에 뿌리를 내릴 때 가장 힘든 점은 자신이 소중히 여겨왔던 것에 대한 오해라고 말했다. 그애의 고향에는 모두의 고향처럼 부모와 옛집, 키를 재며 함께 성장했던 나무와 어두워지면 집으로 데려다주는 동네 어른이 있었다. 우리 동네하고 똑같네. 그렇다니까. 그녀의 말에 친구는 고개를 끄덕이며 웃었다. 남자가 피식 웃었다. 말씨가 어디 갈데없이 딱 서울인데 거짓말을 하시나. 아줌마도 나만큼이나 서울을 싫어하나보군. 그녀는 남자가 함부로 흘끔거리는 게 싫어서 윗몸을 숙여 탁자 밑으로 배를 감췄다. 흉내라도 내듯 남자도 상체를 굽혔고 그녀에게로 얼굴을 바짝 들이댄 채 빙글거리며 말을 이어갔다. 아줌마. 아줌마도 꽤나 재미없는 인생 같은데, 내가 뭐 한 가지 물어보면 대답해줄 수 있어요? 다시 배를 앞으로 내밀어 남자로부터 멀어지며 그녀가 물었다. 뭔데요? 그러니까, 세상에는 그런 일이 있어요. 쉽다면 쉽고 어렵다면 어려운 일. 이게 쉬운지 어려운지 말해주면 되는 거요. 쉬운지 어려운지 그것만 말해달라고요? 그녀는 어려울 것 없다고 생각했다. 질문이 뭔지 물어보려는데 갑자기 구석자리에서 울음소리가 크게 들려왔다. 친구들은 모두 가버리고 젊은이 혼자 머리를 싸안고서 본격적으로 흐느껴 울고 있었다. 회사원들의 모습은 보이지 않았다.

남자는 젊은이와 아는 사이였다. 그를 향해 고개를 돌리고 달래듯이 몇 번인가 이름을 불렀다. 젊은이가 울음을 멈추지 않자 이번에는 주인이 자신의 술잔을 들고 그쪽으로 다가가는 게 보였다. 세 분 다 잘 아는 사이인가봐요? 그녀의 말에 남자가 고개를 끄덕였다. 옆에 있는 원주민 부동산집 아들이에요. 군대 간다고 심란해서 저래요. 하긴 애인이고 뭐고 좋은 시절은 끝났다고 봐야지. 얻어맞고 구를 일만 남았으니까. 군대가 그렇게 겁나는 곳인가요? 어떤 놈들하고 섞여 지낼지 알 수 없는 데거든. 생판 낯선 데에 갇혀 있지, 거기다 미친 또라이나 생양아치 새끼들한테 걸리면 개박살 나니까. 남자가 술을 입안에 털어넣는 걸 보고 그녀도 따라서 자기의 잔을 끌어당겼지만 그녀의 잔은 비어 있었다. 그녀는 생각했다. 하지만 낯선 곳에 가야 한다고 해서 저렇게 흐느껴 우는 건 아직 인생이 예상대로 되지 않는다는 걸 모르기 때문이야. 매순간 예상치 않았던 낯선 곳에 당도하는 것이 삶이고, 그곳이 어디든 뿌리를 내려야만 닥쳐오는 시간을 흘려보낼 수 있어. 그리고, 어딘가로 떠나고 싶다는 꿈만이 가까스로 그 뿌리를 지탱해준다고 한들 그것이 무슨 대단한 비밀이라도 되는 건 아닐 테지. 그녀는 남자가 주문해준 새 잔으로 손을 뻗었다. 술이 가득 든 생맥주잔을 들어올리자 아랫배 한쪽이 쏠리며 찌르는 듯한 통증이 지나갔다.

익숙해지면 괜찮지 않나요? 낯설고 먼 곳도 익숙해지면 가깝게 느껴지잖아요. 그녀가 내놓은 견해에 남자는 동의하지 않았다. 이 아줌마, 뭘 몰라도 한참 모르네. 익숙해진다는 건 다 헛소리예요. 나도 그 말에 속아 누나가 사는 미국 촌구석에서 한 이 년 썩은 적 있어요. 돈 계산은 남한테 못 맡긴다고 식품점 카운터 좀 봐달라고 해서 갔는데, 쎄빠지게 막노동만 하다 왔지. 몸이 힘든 건 참겠는데, 이건 뭘 해도 더부살이 신세야. 남의 나라에서 살아보겠다고 발버둥치는 거, 그거 할 짓이 아니더라고. 차라리 지금처럼 떠돌아다니면 아예 마음이라도 편하지. 남자는 괜한 말을 늘어놓았다는 표정으로 술을 단숨에 들이켜고는 빈잔을 소리나게 내려놓았다. 순서라도 지키려는 것처럼 그녀도 잔을 들었다. 그녀가 트림을 하자 남자는 뭐가 재미있는지 한참이나 낄낄댔다. 아줌마 혹시 어디 가고 싶은 데 없어요? 왜요? 태워다주려고 그러지. 바람 쐰 지 오래됐을 거 같은데, 어디로 데려다줄까? 프랑스요. 그거 좋네. 남자가 또 한번 낄낄 웃었다. 이거 마시고 출발하자고. 주인 남자가 와서 새로 주문한 생맥주를 탁자 위에 내려놓으며 남자에게 그만 문을 닫아야겠다고 말했다. 오래 걸려? 아니. 둘은 눈짓을 교환했다. 그녀는 구석자리의 탁자에 엎드려 잠든 젊은이를 물끄러미 바라보고 있었다. 울었다면 잠들 수 있었을까. 그녀의 혼잣말에는 취기와 졸음이 섞여 기운이 하나도 없었다. 형도 이리 와 같이 마시자고. 카운터로 돌아가는 주인의 뒤에 대고 남자가 소리쳤다. 그 소리는 거칠고 거나했다.

주인이 술잔을 들고 왔다. 그녀의 앞에는 두 남자가 앉았고, 구석자리에는 언제라도 잠에서 깨어 자기를 우습게 본다고 그녀에게 욕을 퍼부으며 그들과 합세할지도 모르는 젊은이가 엎드려 있었다. 야, 그만 들어가자. 저런 아줌마하고 뭘 어떡하려고 그래. 이 아줌마 은근히 귀엽다니까. 서울 여잔가본데, 손가락에 결혼반지도 없잖아. 주인과 남자는 뭔가를 상의하는 기색이더니 주머니에서 열쇠꾸러미 같은 묵직한 쇳소리를 내는 물건을 꺼내 주고받았다. 그러고는 술잔이 빌 때까지 잠시 이야기를 주고받았다. 신도시가 들어서기 전 토박이들의 삶에 대한 감상적인 추억담이었다. 토박이들에게는 그들이 성장해왔던 모든 시간과 장소를 흔적도 없이 덮어버리고 그 자리에 난데없이 불쑥 생겨난 신도시가 거대한 고아원이나 다름없었다. 때로 신도시 입주자들이 점령군처럼 느껴지기도 했다. 그녀는 팔꿈치를 괴어 무거운 머리를 한쪽 손으로 받치고 다른 한 손으로는 뜯어진 치맛단을 접어누르며 생각에 잠겨 있었다. 그녀가 무슨 생각을 하는지 나는 알고 있었다. 먼 훗날 내가 군대에 가면 잘 적응할 수 있을지를 생각하는 게 분명했다. 불을 환히 밝힌 채 그녀가 오기를 기다리고 있는 그녀의 단란한 신혼집을 생각하고, 수험생과 철야 근무자 여러분 모두 힘내세요 하고 말해주는 라디오 심야 방송을 생각하고, 그리고 앞에 앉은 두 남자가 자신을 깔보지 못하도록 쥐를 때려잡은 얘기를 해야겠다고 생각하는 중이었다.

아줌마, 이제 대답할 준비 됐어요? 뭘요? 그녀는 눈을 들었지만 충혈된 남자의 시선과 마주치기도 전에 고개가 옆으로 꺾였다. 그새 까먹었나? 그럼 내가 다시 말해주지. 자, 세상에는 그런 일이 있어요. 쉽다면 쉽고 어렵다면 어려운 일. 내가 뭐 하나 물어볼 테니까. 쥐를 잡는 게 쉬울 것 같아요, 어려울 것 같아요? 그녀가 남자의 말을 끊고 끼어들었다. 내가 잡은 쥐는요. 덫을 피하다가 꼬리가 물려서 죽었어요. 조심성 많고 잘 교육받은 쥐 같았는데 정해진 운명은 피할 수가 없었죠. 혼자서 죽도록 싸워봤지만 결국 쥐덫을 짊어지고 죽었다니까요. 세상에는 그런 일이 있어요. 쉽다면 쉽고 어렵다면 어려운 일이. 눈을 내리깔고 두 손으로 아랫배를 움켜쥔 채 그녀는 혼자 중얼거리기 시작했다. 그중에서도 나는 태어나는 게 세상에서 제일 어려운 일 같아요. 이 세상에 뿌리를 내리기 위해 멀리 다른 차원의 세계에서 오는 거잖아요. 우리 아들은 군대에 가도, 외국생활을 해도 세상 어디에

든 뿌리를 잘 내릴 거예요. 신도시의 아이거든요. 갚을 빚도 없고 상처도 없고, 그리고 과거도 지니지 않은 가벼운 존재니까요. 뭐 하나 가르쳐드릴까요? 뿌리를 잘 내리고 싶다면 가벼워져야만 해요. 물에 떠 있는 바이올렛 잎처럼 말이죠. 제가 어떻게 바이올렛 화분을 열네 개로 늘렸는지 알고 싶지 않으세요? 이 아줌마 맛이 갔군. 남자가 짜증스럽게 몸을 일으키더니 그녀의 자리로 다가와서 거칠게 팔목을 붙잡았다. 그녀는 남자에게 잡히지 않은 팔로 탁자를 짚고 가까스로 일어섰다. 이것 놔요. 남자가 코웃음을 치며 노골적으로 비아냥댔다. 튕기기는. 아줌마, 지금 집에 가면 기다리는 사람이라도 있어? 아니요. 그녀는 고개를 저으면서 최대한 또박또박 말했다. 하지만 나는 가서. 숨을 한번 고른 뒤 그다음 말을 내뱉으려고 하는 순간 그녀는 그대로 배를 감싸안고 앞으로 고꾸라졌다. 내가 온 힘을 다해 발길질을 했기 때문이었다. 바닥으로 쓰러지기 전 그녀의 입에서 그다음 말이 흘러나왔다. 프랑스어 공부를 해야 해요.

신도시의 아이들이 특별히 다른 지역 아이들과 다르다는 것은 K시의 어떤 홍보물에서도 보고된 바 없다. 지금까지 이식에 관해 밝혀진 것은 장기 이식을 받았을 경우 위나 심장이 옛 주인을 기억하기 때문에 쉽게 적응하지 못하고 고통받는다는 사실 정도이다. 그러거나 말거나 내가 아는 한, 잎에서 뿌리를 내리는 방법이라면 우리 엄마도 꽤잘 알고 있다. 나는 엄마가 나를 가졌을 때 어떻게 해서 바이올렛 화분을 열네 개로 늘렸는지 지켜보았다. 어느 산책길에 엄마는 버스정류장 앞에서 화분을 팔고 있는 남자에게 말을 걸었다. 아저씨, 제일 키우기 쉬운 화분이 뭐예요? 흙 묻은 목장갑으로 남자가 바이올렛을 가리켰다. 키우기 쉽고 꽃도 예뻐서 제일 잘 나갑니다. 물은 얼마에 한 번씩 주나요? 자주 주지 말고 흙이 마를 때마다 듬뿍 줘야 해요. 햇빛을 좋아하니까 창가 같은 데 두시고요. 무엇보다 중요한 건 시간이죠. 시간이요? 남자가 웃으며 덧붙였다. 꽃도 낯을 가리니까요. 엄마는 흰 꽃과 보랏빛 꽃이 핀 바이올렛 화분 두 개를 샀다. 규칙적으로 물을 주고 햇빛에 내놓았더니 잎이 점점 늘어가며 옆으로 퍼졌다. 솜털이 보송보송하고 연한 연두색 잎이었다. 얼마 뒤 엄마는 날카로운 면도날로 가장 건강한 잎 하나를 잘랐다. 잘린 면으로 고통을 머금은 맑은 수액이 몰려 고였다. 그대로 물이 담긴 유리컵에 담그면 연두색 잎은 중심을 잡기 위해 흔들리다가 어느 순간 고요히 물 위에 떠 있었다. 그러고 나서 며칠이고 참을성 있게 기다리다보면 잘린 면에서 마침내 실처럼 가늘고 투명한 뿌리가 한두 개 돋아나는 것이었다. 또 며칠이 지나면 제법 여러 개의 하얀 뿌리가 물속을 향해 뻗어내렸다. 어느 정도 뿌리가 많아지면 화분의 흙에 옮겨심었고 몇 달이 지나지 않아 거기에서도 바이올렛 꽃이 피었다. 흰색 꽃의 잎에서 돋아난 뿌리는 흰 꽃을 피웠고 보랏빛 꽃의 뿌리에서는 영락없이 보랏빛 꽃이 나왔다. 우리 아빠는 엄마가 바이올렛 화분을 지나치게 많이 산다고 생각했다. 집에 들어올 때마다 화분이 늘어 있었다. 잎에서 뿌리를 내렸다는 엄마의 말에 아빠는 도마뱀 꼬리가 끊어지는 자리에서 다시 꼬리가 나온다는 건 알겠지만 잎에서 뿌리가 돋는 건 아무래도 이상하다며 엄마의 특별할 것도 없는 재주를 칭찬했다. 시간이 걸릴 뿐이야. 엄마가 대답했다. 그리고 결국 혼자 해야만 한다는 걸 가르쳐줘야 해. 뺨이 상기된 채 유난히 까만 눈동자를 빛내며 엄마는 모처럼 웃음을 지었다. 하지만 아빠가 첫눈에 반했던 그날처럼 천진하고 따뜻하고 사랑스러운 웃음을 짓는 건 어쩐지 잘 안 되는 것 같았다. 그래. 아빠가 건성으로 대꾸했다. 세상에 태어나는 것들은 다 혼자니까. 그 순간 엄마의 뱃속에서 나는 울고 싶어졌다. 그러나 울지는 않았다.

스페인 도둑

1

　그때에 사람들은 다들 뭘 하고 있었을까. 2002년 6월 22일, 연초록 나뭇잎이 훈풍에 찰랑거리고 저 멀리 흰 구름이 흘러가고 신도시의 아파트 단지 깊숙이 장미향이 퍼져나가고 한낮의 거리가 무서울 만큼 텅 비어버렸던 그 초여름 날, 오후 세시 삼십분에.

　소영은 그날 교복 윗도리의 맨 아래 단추가 떨어져나갔던 걸 기억한다. 완의 어머니가 교문 앞에 은회색 승용차를 댔을 때 여자애들이 그쪽을 향해 우르르 달려갔다. 그때 떨어진 건지도 모른다. 한 걸음 뒤에서 완이 운전석 쪽으로 걸어갔고 완의 어머니가 창유리를 내렸다. 남자애들은 걸어서 갈 거예요. 완의 말에 이미 차 안에 타고 있던 여자애들이 눈짓을 교환하며 키득거렸다. 소영은 발아래만 내려다보고 있었다. 뒤늦게 고개를 든 소영은 차가 출발함과 동시에 자기를 바라보고 있던 완과 눈이 마주쳤다. 그러나 가까이 지나칠 때 보니 완이 보고 있는 것은 소영 옆자리의 수지였다. 소영은 다시 발밑으로 시선을 떨구었다. 조금 전보다 약간 더 울상이 되어 있었다. 누구 옷핀 있는 사람? 소영의 말에 수지가 고개를 저었다. 다른 애들은 완의 어머니에게 완이 인기가 많다는 얘기를 다투어 전하느라 못 들은 것 같았다. 완의 집이 있는 5단지는 학교에서 여섯 블록밖에 떨어져 있지 않았다. 하지만 남자애들은 시간에 못 맞출지도 모른다. 여자애들은 이제 자리가 좁더라도 완은 태워야 했다는 말을 주고받는 중이었다. 소영은 입술을 안으로 말아 꾹 다물고 창밖을 바라보았다. 완의 집에 가는 날, 땀냄새가 날까봐 늘 자기 전에 하던 샤워를 새벽에 일어나 했고 양말까지 따로 챙겨와서 점심시간에 갈아신었다. 단추 생각은 전혀 못 했다. 새로 들여놓았다는 대형 텔레비전은 완의 집 거실에 놓여 있을 것이다. 아이들은 소파와 마룻바닥에 앉게 될 테고, 앉은 자세에서는 교복 앞자락이 더 벌어질 게 틀림없다. 손으로 꼭 붙든 채 놓지 않도록 정신을 차리고 있어야 한다. 안 그래도 비어져나오는 뱃살 때문에 고민인데. 교복 앞자락을 틀어잡다시피 한 소영의 손에 힘이 들어갔다.

구 년 전 온 나라가 후끈하게 달아올라 술렁였던 초여름 그날. 소영의 그날은 교복 단추, 수지를 바라보던 완의 눈빛, 처음 마셔본 캔맥주의 시큼하고 쓴 맛, 그리고 지금도 감촉과 냄새와 귓가에 웅웅대던 소리까지도 생생히 떠올릴 수 있는 완과의 가벼운 포옹의 기억으로 남아 있었다. 거기 비하면 최신형 텔레비전의 화질이나 소리를 질러대는 여자애들의 호들갑스러운 응원, 규칙도 모르면서 시도 때도 없이 시끄럽게 군다고 핀잔을 주던 남자애들의 조바심과 집중과 흥분, 그것들 모두가 뒤섞인 채로 터져나왔던 몇 순간의 격렬한 함성에 대한 기억은 자신도 그 자리에 있었다는 것 정도로만 남아 있을 뿐이었다. 그때 소영이 두 시간 내내 관심을 기울인 것은 완과 교복 앞자락뿐이었다. 상대 팀의 네번째 키커의 이름은 애초에 머릿속에 들어온 일조차 없었다.

출장소의 회식도 달갑지 않았지만 분기마다 치러지는 신도시 지점들의 통합 친목회는 더 지루했다. 소영은 두 줄로 길게 붙여놓은 자리 중 하나에 앉아 주변의 술잔이 빌 때마다 말없이 맥주를 채우고 있었다. 배를 채우고 나니 할 일이 그것밖에 없었다. 한쪽 벽을 차지한 대형 텔레비전으로 눈길을 던져봤지만 유럽 스포츠 채널에서 소영이 흥미를 느낄 만한 것은 아무것도 없었다. 그때 누군가 손가락으로 텔레비전 화면을 가리키며 소리치지 않았다면 말이다. 어? 쟤, 그때 걔 아냐? 남자 몇 명이 흘끗 텔레비전을 바라보았다. 스페인 승부차기 때 헛발 찬 애, 걔 같은데? 그러자 그 자리의 거의 모든 남자들이 고개를 쳐들었다. 여기저기에서 각기 한마디씩 던지기 시작했다. 맞는 것 같은데요. 에이, 아닌데? 그땐 좀 귀여운 얼굴이었는데, 저건 전혀 아니잖아요. 변했겠지. 벌써 구 년 전이잖아. 진짜네요. 세월 빠르다. 스페인전 진짜 끝내줬지. 회식 자리의 분위기가 갑자기 활기를 띤 것은 그때부터였다.

한국과 스페인 팀이 연장전에 이어 승부차기에 들어갔던 숨막히는 순간에 대해서 모두 저마다의 기억을 갖고 있었다. 골을 성공시켰던 한국 팀 키커의 이름이 모두 나열된 것은 물론이다. 다들 오른쪽 구석에서 찼는데 네번째 키커만 중앙이었다는 것까지 기억해냈고 다섯번째 키커가 골을 성공하는 순간의 전율을 묘사할 때는 하나같이 상기된 표정을 지었다. 누군가 다시 텔레비전 화면을 가리켰다. 스페인 네번째 키커 맞는 거 같아. 이름이 뭐였더라. 기억이 날 듯 말 듯 한데. 이름 알아서 뭐하게. 기특하잖아. 쟤가 똥볼 차서 우리가 이긴 거 아냐. 사람이 고마운 줄 알면 이름이라도 기억해야지. 그러나 끝까지 그 이름을 알려고 하는 사람은 아무도 없었다. 자신들의 경험담을 늘어놓기에 바빴다.

　누군가는 십 년이나 술을 끊었는데 경기가 끝난 다음 어느새 호프집으로 달려가고 있었고 가는 동안 거리로 쏟아져나온 모르는 사람들과 하나하나 끌어안았다며 그날 이후 다시 기울이게 된 술잔을 번쩍 쳐들었다. 하필 스페인 출장중이었던 누군가는 호텔에서 숨을 죽이고 텔레비전을 봐야 했고 무서워서 한동안 문밖으로 한 발짝도 나갈 수 없었다고 너스레를 떨었다. 누군가는 인생에서 한창 어두운 시절을 보낼 무렵이라 세상이 어떻게 돌아가든 말든 오락실에서 게임을 하다가 주인이 펌프 잇 업 기계에 텔레비전 출력을 연결해줘 경기를 보게 되었고, 승부차기에서 이기는 순간 불현듯 자리를 박차고 뛰어나갔는데 텅 빈 거리 한가운데에 서서 왠지 모르게 울고 있었다고 했다. 누군가는 대학교 기말고사 때라 도서관에 갔는데 시험기간에 도서관이 빈 것은 처음 보았다고 말해서 역시 모범생에게는 운도 따라준다며 한마디씩 농담을 던졌다. 막 군에 입대했다는 사람도 있었다. 한국이 스페인을 이겼다는 훈련소 조교의 말을 믿는 사람은 아무도 없었고 저건 또 무슨 속셈인가 싶어서 모두 얼굴이 하얗게 질렸다는 이야기였다. 또 야구를 좋아하는 고등학생이었던 누군가는 때가 때이니만큼 축구하는 애들 눈치를 보며 운동장 구석에서 소심하게 캐치볼을 해왔는데 그날만은 맘껏 배팅하고 다이빙 캐치하며 속으로 매일 월드컵 해라, 부르짖었다고 다소 일그러진 응원 경험을 소개했다. 그 경험이 오늘날 자신을 사회인 야구팀의 투수로 만들었다는 주장이었다. 모두가 구 년 전 그날 자신의 모습을 떠올리며 감회에 젖었다. 결론은 시간이 빠르다는 싱거운 내용이었지만.

그날 밤 집으로 돌아와 소영은 인터넷 검색창에 월드컵을 쳐보았다. 책상 위의 펜꽂이에서 볼펜을 꺼내 몇 가지 내용을 이면지에 옮겨적었다. 직장에서 익힌 습관이었다. 어릴 때부터 외우는 데에는 전혀 소질이 없었던 것이다. 출근한 첫날부터 실수가 이어지자 뒷자리의 대리가 짜증스런 얼굴로 이면지 뭉치를 아예 소영의 자리 아래 쌓아놓았었다. 제1회 월드컵은 1930년 우루과이에서 열렸다. 한국은 1954년 스위스 대회 때 처음 본선에 진출했지만 최악의 국제적 망신을 당하고 돌아왔다. 두번째 본선 진출은 삼십이 년 뒤인 1986년 멕시코 대회였다. 최종 예선전에서 일본을 이기고 올라간 한국의 첫 경기는 6월 2일 멕시코시티에서 벌어졌다. 상대는 마라도나가 이끄는 아르헨티나였다. 경기를 앞두고 온 나라가 술렁였다. 소영은 1986년생이었다. 자신이 어머니의 뱃속에서 나갈 준비를 하고 있을 때 바깥세상이 축구 때문에 시끄러웠다는 건 처음 안 사실이었다. 소영은 계속해서 2002년 월드컵을 검색했다. 네번째 키커의 이름은 쉽게 알아낼 수 있었다.

연장전이 끝나갈 무렵부터 아이들은 모두 일어나 서 있었다. 여자애들은 더이상 소리를 지르지 않았고 남자애들 역시 여자애들에게 신경쓸 틈이 없어 보였다. 긴장된 순간이 지나갔다. 완이 소영을 끌어안은 것은 스페인 팀의 네번째 키커가 막 승부차기에 실패한 순간이었다. 환호성이 터져나왔고 모두가 펄쩍펄쩍 뛰었다. 소영이 자신에게 무슨 일이 일어났는지 깨달았을 때 이미 완은 다음 승부차기에 집중하고 있었다. 아이들 모두 숨소리조차 내지 못하고 화면을 노려보았다. 소영 혼자 교복 앞자락을 움켜쥔 채 멍하니 서 있었다. 귓속이 윙윙거렸고 어깨 어딘가가 조금 눌린 기분이었으며 땀냄새에 섞인 희미한 단내가 싸하게 코끝을 맴돌았다. 맥주 냄새 같았다. 축구경기를 좋아하지 않는지 완의 어머니는 냉장고에 캔맥주가 있다고 말한 뒤 외출했고 완이 가서 곧바로 아이들 숫자만큼 그것을 꺼내왔던 것이다. 탁자 위에 놓인 캔맥주 중에 소영의 것만 아직 따지 않은 채였다. 소영은 술에 관심이 없었고 모든 캔을 딸 때 고리를 부러뜨려버리는 습성이 있었다. 한국 팀의 다섯번째 키커가 골대를 향해 섰을 때 소영은 소파에 앉아서 맥주캔을 집어들었다. 짐승의 소리 같은 함성이 울려퍼지는 순간에도 혼자 맥주캔의 고리와 씨름을 하고 있었다. 누군가의 손이 그것을 가져다 따주었을 때 소영은 올려다보기도 전에 완이란 걸 알았다. 냄새를 통해 감촉까지 상상할 수 있었다. 우리 엄마도 그래. 맥주캔을 건네주며 완이 말했다. 늘 고리를 부러뜨려. 수지 곁으로 다가가는 완을 눈으로 좇으면서 소영은 그가 탁자 위로 던져버린 고리를 얼른 교복 치마 주머니에 집어넣었다. 승리에 들뜬 아이들은 밖으로 뛰쳐나가기 위해 선 채로 급히 남은 맥주를 비우고 있었다.

그들과 속도를 맞추려면 소영은 한층 더 급하게 맥주를 들이켜야 했다. 시큼하고 향기가 감도는 쓴맛.

교복 치마 주머니에 집어넣었던 캔맥주 고리를 언제까지 간직하고 있었는지는 기억나지 않았다. 언제부터인가 완에 대한 기억도 희미해졌다. 완이 신도시를 떠난 얼마 뒤부터였을 것이다. 완의 환송모임에는 수많은 아이들이 모였다. 탁자 위에 선물과 편지가 쌓였고 웃음소리가 끊이지 않아 마치 생일파티 같았다. 2학기가 시작되면서 학교는 해이해진 면학 분위기를 쇄신한다는 명목으로 1학년에게도 야간자율학습을 시켰다. 월드컵 이야기는 잦아들었고 신도시 학원가에 학생들을 실어나르는 버스 노선이 증설되었다. 완을 떠올리는 아이들은 별로 없었다. 몇몇은 일류 대학 합격률이 높은 서울의 학교로 전학을 가기도 했다.

소영은 신도시를 벗어난 적이 없었다. 이사를 두 번 했지만 아파트단지만 옮긴 거였다. 경기도에 있는 대학교도 통학할 만한 거리에 있었다. 신도시 상가의 국숫집과 커피 체인점에서 아르바이트를 했고 마침내 취직이 되었을 때 주소지와 가까운 출장소로 발령을 받았다. 딱 한 번, 기나긴 치아교정과 양악수술을 마치고 더이상 치과에 얽매이지 않게 되었을 무렵 소영은 친구들과 학교 앞 원룸에서 자취할 계획을 세웠다. 그러나 집세 때문에 용돈이 줄어들 것을 생각하자 용기가 꺾였고 결국 부모를 서운하게 만들면서까지 독립해야 할 명분을 찾지 못했다. 자매결연을 맺은 외국 대학으로 연수를 떠나려 했을 때는 할머니가 위독해져서 가족들이 번갈아 병실을 지켜야 했다. 그다음 학기에 갈 수도 있었지만 입대를 앞둔 남자친구 때문에 한 학기를 더 미루었다. 다시 다음 학기가 되었을 때는 새 남자친구가 생겨서 떠나는 일에 시들해지고 말았다. 남자친구만 바뀌는 게 아니었다. 소영은 신도시와 집을 벗어나지 못하는 대신 많은 것을 쉽게 바꾸었다. 머리모양 그리고 가방이나 이어폰 같은 물건에서부터 학원과 방 배치와 좋아하는 작가와 좋아하는 외국 드라마가 수시로 바뀌었다. 가족이나 친구들에게 소영은 귀가 얇고 덜렁대고 소심하면서도 그런대로 적응은 잘하는 어중간하고 속 편한 아이였다.

백수로 지냈던 몇 달 동안은 인터넷 서핑을 하며 배낭여행 계획을 짜는 것이 소영의 유일한 즐거움이었다. 하지만 워킹 홀리데이를 떠나는 친구가 고양이를 맡겨온 것만으로도 쉽게 꺾일 만큼 자신이 꿈 같은 데에 치열하지 않다는 건 소영도 아는 그대로였다. 소영은 여행을 떠나는 대신 고양이 키우는 법을 검색하며 시간을 보냈다. 친구가 돌아왔을 때엔 계약직이나마 취직이 되어 출근을 앞두고 있었다. 신입 사원에게는 시간이 많이 걸리고 번거로우면서 반복적이고 생색이 안 나는 단순업무가 꼬리를 물고 주어졌다. 일은 고단했고 하루하루 시간이 갈수록 자신을 둘러싼 벽이 점점 단단해지면서 조금씩 거리를 좁혀오는 느낌이었다. 소영은 다시 밤마다 여행 사이트를 서핑하는 한편 가격 비교 사이트와 경매 사이트를 다니며 카메라 가격을 검색했고 이동통신 회사와 단골 카페를 바꾸었다. 그러던 어느 휴일 늦잠을 자고 일어나 소설책을 뒤적이던 소영은 문득 자신에게 신도시를 벗어나겠다는 생각이 그다지 없다는 걸 깨달았다. 아무리 생각해봐도 자신이 떠나려는 이유를 찾아낼 수가 없었고 떠나지 않아도 된다고 생각하자 불현듯 마음이 편해졌다. 어쨌든 그럼에도 여전히 소개팅

자리에서 소영의 취미는 여행 계획 짜기였다.

소영은 이면지 위에 옮겨적은 네번째 키커의 이름에 동그라미를 쳤다. 그러고 보니 소영이 즐겨 마시는 캔맥주의 이름과도 비슷했다. 시큼하고 향기가 감도는 쓴맛. 소영이 처음 맥주를 마신 것은 구 년 전 초여름이었다. 가로수의 연초록 잎들이 바람에 살랑대고 저 멀리 푸른 하늘로 흰 구름이 흘러가고 신도시의 아파트 단지 깊숙이 장미향이 퍼져나가던 날이었다. 소영은 완의 어머니가 운전하는 차 뒷자리에 앉아 그 풍경을 바라보고 있었다. 축구나 키커에는 아무 관심도 없이, 단추가 떨어져나간 교복 앞자락을 손으로 붙잡고. 소영은 지금도 여전히 캔을 딸 때마다 고리를 부러뜨리곤 했다. 이따금 소영의 캔을 따주는 사람을 만났는데 그때에는 어쩔 수 없이 완을 생각했다. 지금은 그때로부터 얼마나 멀리 떠나온 것일까. 해변의 파도가 발밑의 모래를 쓸어가버리듯이 그 시간은 바다 한가운데에서 떠돌고 있겠지. 창밖으로 새벽이 오는 것을 물끄러미 바라보던 소영은 등 뒤에 있는 침대 쪽으로 고개를 돌렸다. 하지만 지금 자리에 누우면 출근시간에 늦고 말 것이다.

2

그 도시에서 구 년을 살았지만 떠날 준비를 하는 데는 사흘이면 충분했다. 책과 옷 들은 박스 하나에 넣어 우체국으로 가져갔다. 베이스 기타와 테니스 라켓과 가재도구 몇 가지는 자전거에 싣고 가서 자선단체에서 운영하는 쓰리프트숍에 자전거째로 두고 왔다. 나머지 짐은 모두 쓰레기봉투 속으로 들어갔다. 그리 많은 봉투가 필요한 것도 아니었다. 마지막 날 완은 인터넷과 전화를 해지한 뒤 은행 계좌를 닫았다. 지갑에 운전면허증만 남겨놓고 유효기간이 지난 버스 패스와 각종 쿠폰과 할인카드, 그리고 학생증을 빼서 쓰레기통에 버리고 나니 그 도시에서의 삶이 모두 끝났다. 완의 생각에 유학생이란 낯선 땅에 옮겨심은 나무가 아니었다. 화분 속 식물처럼 자신에게 흙을 제공하는 화분의 크기만큼만 뿌리를 내렸다. 그곳에서 고등학교와 대학교를 졸업하는 동안 중요한 사람도 아끼는 물건도 생겨났었다. 하지만 지금의 완에게 여행가방 두 개 안에 집어넣지 못할 것은 남아 있지 않았다. 가방 외에는 스튜디오의 매니저에게 돌려줄 열쇠가 있을 뿐이었다. 완은 의자에 앉은 채 깨끗이 청소된 텅 빈 스튜디오 안을 둘러보았다. 그리고 의자 등받이에 걸쳐놓았던 셔츠 주머니에서 담배를 꺼내물고 천천히 불을 붙였다. 매니저가 뛰어올지도 모르지만 사사건건 남을 의식해야 하는 이 나라의 히스테릭한 금지 규정을 지키는 일은 이제 끝이라고 생각하며 완은 연기를 깊이 빨아들였다.

그 도시의 공항에 처음 도착한 날 빠른 영어로 인사를 건네는 미국인 이모부에게 완은 아무 대답도 하지 못했다. 두 살 아래 사촌은 손에 책을 들고 있었다. 반가운 마음에 '해리 포터!'라고 완이 제목을 읽었지만 완이 발음한 것이 그 책의 제목이라고는 생각하지 않는 듯했다. 완은 세 학기를 낮춰 하이스쿨 9학년이 되었다. 학교에서 마주쳐도 알은척을 하지 않는 사촌과 동급생이 된 것이다. 그리고 외국인 학생을 위한 영어 교육 프로그램인 ESL반에 들어갔다. 그러나 완은 한 학기 만에 그 반을 나왔고 일 년 뒤에는 그 나라 학생들과 함께 듣는 영어 과목에서 A학점을 받았다. 일주일에 한 번씩 종합병원에서 환자의 편지를 받아적고 선물과 꽃을 배달하며 봉사활동 점수도 땄다. 방과후 활동으로는 수영과 테니스를 했고 친구들과도 잘 어울렸다. 수학을 잘해 고등학생 때 이미 그 도시에 있는 주립대학교의 기초과학 강의를 수강하는 기회를 얻을 수 있었다. 그리고 처음 그 도시에 도착했을 때의 낯섦과 두려움이 학교와 지역사회의 배려를 받아 주인의식으로 바뀌어가는 과정을 새로 산 운동화에 적응해가는 에피소드로 표현한 에세이를 써서 그 대학에 무난히 들어갔다. 에세이의 마지막 문장은 "마침내 나는 뛰기 시작했다. 내 발밑에 탄력을 주는 꿈이라는 이름의 새 신발을 신고 이 도시의 끝까지 날아오르기 위해서"였다. 완은 그런 모든 일들을 이모부와 사촌동생을 포함한 그 도시 사람들의 편견과 개인주의, 그리고 세련된 멸시 속에서 얻어냈다.

하이스쿨 시절만큼 긴장한 것은 아니지만 완의 대학생활 역시 성실한 축에 속했다. 전공 선택을 늦게 하는 바람에 공대 사 년 과정을 마치고도 한 학기를 더 다녀야 했지만 졸업식 때 완의 어깨를 끌어안으며, 완은 좋은 학생이었어. 잊지 않을 거야, 라고 하던 지도교수의 말은 어느 정도 사실이었다. 기숙사에서 보낸 신입생 시절과 그 이후 몇 번인가 방을 옮겨다니는 동안 룸메이트들은 완의 정돈된 생활습관과 타인에 대한 방관에 만족감을 표시하곤 했다. 또 공동 프로젝트를 할 때마다 과 친구들은 완이 팀원이 되는 걸 환영했다. 그러나 방학을 지내고 돌아오면 그들은 매번 처음 만난 사람들의 방식으로 관례적이고 친절한 인사를 던졌다. 요란한 포옹과 호들갑스러운 감탄사에도 불구하고 그곳에서의 관계라는 건 시간이 섞여 단단해지거나 축적되는 것

이 아니었다. 완은 한국인 유학생과는 어울리지 않았고 교민사회의
커뮤니티와도 거리를 두었다. 한국이 싫은 것은 아니었지만 한국인으
로 행동하는 데 대해 아는 게 별로 없었고 배우고 싶지도 않았다. 늘
무리를 지어 다니는 일 또한 성격에 맞지 않았다. 완은 그 도시에서
배운 대로 살아가고 있었다. 편견과 개인주의가 몸에 배었고 멸시도
조금씩 익혀갔다. 완이 그 도시 사람들과 다른 것은 그런 견고한 고독
의 시스템을 공유할 가족이 없다는 점이었다.

완은 지난 구 년 동안 한 번도 한국에 가지 않았다. 대학에 들어간 뒤
여름방학 때마다 그 도시를 방문한 어머니와 함께 시간을 보내는 것이
완의 유일한 가정생활이었다. 둘은 대체로 사이가 좋았다. 오랫동안 외
로웠던 사람들 특유의 조심스러움과 체념이 섞인 시니컬함 덕분이었을
것이다. 완과 어머니는 쇼핑을 하거나 심야극장에 갔고 스몰 브루어리
와 해산물 레스토랑을 찾아다녔다. 바닷가로 피크닉을 갈 때는 오랜
만에 이모네 가족과 어울려야 했지만 돌아오는 길에는 둘 다 숙제를
마친 듯 해방감을 나누었다. 함께 완의 새 스튜디오를 구하러 다니고
이삿짐을 옮기고 새 학기 준비를 하기도 했다. 그런 일들을 모두 마친
다음에는 한두 주일 일정으로 여행을 떠났다. 어머니가 돌아가고 나
면 여름이 끝나 있었다. 여유로운 방문객처럼 한 철을 보낸 뒤에는 다
시 그 도시에 진입하려는 아웃사이더로 세 계절을 지내는 거였다.

졸업 후 학생비자로 일할 수 있는 기간은 일 년이었다. 그러나 삼
개월 안에 직장을 구하지 못하면 짐을 꾸려야 했다. 정리하는 데 주어
진 시간은 이 개월이었고 그후부터는 불법체류에 해당되었다. 완의
체류 허용일까지는 꼭 이틀이 남아 있었다. 최선을 다했다는 뜻이었

다. 실제로 지난 몇 달 동안 취업 사이트에서 연락이 오기를 기다리는 것 외에 직접 서류를 보내 지원한 회사도 스무 군데가 넘었다. 그중 열 곳 정도에서 면접을 보았다. 성적도 나쁘지 않았고 영어도 잘했고 일에 대한 성실성과 열의를 표현하는 방법을 아는 완은 매번 면접관의 호감을 얻어냈다. 그러나 신분을 보증해줘야 하는 부담을 지면서까지 외국인을 채용할 만큼 여유 있는 회사는 끝내 찾아내지 못했다. 손을 내밀어주던 지도교수도 친구들도 일정한 거리 밖에 선 채 어깨를 한번 추어올리며 유감을 표할 뿐이었다. 한 팀이었을 때 그들은 완과 기꺼이 호흡을 맞췄지만 점수를 낼 만한 결정적인 공을 패스하는 법은 결코 없었다. 그리 놀라운 일은 아니었다. 완이 예상했던 것보다 그 나라의 경기가 나쁘고 외국인 정책이 공정하지 않은 것뿐이었다. 완은 자신이 그 도시와 순정을 주고받은 적은 없다고 생각했다.

완은 연기가 꺼져가는 담배를 들고 싱크대로 갔다. 선반에 유일하게 남겨놓은 머그잔을 꺼내 수돗물로 잔 바닥을 약간 적신 다음 거기에 담배를 비벼껐다. 불현듯 완의 눈길이 그 잔에 프린트된 화려한 문양에 머물렀다. 일 년 전 여름 스페인 여행 때 산 기념품이었다. 그 여행은 완의 첫 유럽 여행이기도 했지만 무엇보다 난생처음 경험한 가족여행이었다. 유학을 떠나온 이후 아버지를 만난 것은 그때가 처음이었다. 가족여행은 어머니와의 여행과는 달랐다. 은연중에 역할이 주어졌다. 그러나 세 사람 모두 가족적 관습에 익숙하지 않았을 뿐 아니라 협업에도 서툴렀다. 완의 눈앞에 몇 가지 여행의 풍경이 스쳐 지나갔다. 으슥한 뒷골목과 다닥다닥 붙어 있는 낡고 지저분한 가게들과 간판 앞을 서성이던 집시들의 모습, 일정한 계획도 성의도 없으며 자주 동선에서 이탈하는 아버지와 그런 아버지를 정해진 반경 안으로 끌어들이려는 어머니의 지치고 싸늘한 표정이.

해가 기울 무렵이었다. 기차가 출발할 때까지 시간이 많이 남아 근처의 술집으로 들어갔었다. 실내는 어두웠고 계단을 내려가자 여기저기 테이블에서 얼굴이 붉은 남자들이 알 수 없는 웃음을 지었으며 바의 맥주 탭은 유난히 차가운 은빛을 내쏘았다. 빠른 손뼉 소리가 섞인 플라멩코 음악과 코를 찌르는 향신료 냄새와 주문을 받는 노인의 주름투성이의 살찐 손등. 그리고 어머니에게 실없는 농담을 던지는 노인에게서 빼앗듯 술잔을 받아들고 어머니와 함께 자리로 돌아온 완이 카메라 가방을 도둑맞은 걸 깨닫고 정신없이 술집을 뛰쳐나갔을 때 쏟아지던 뜨거운 석양빛. 빈손으로 되돌아오는 완을 술집 입구에 서서 맞이하던 어머니의 망연한 표정과 취한 아버지의 무기력한 냉소. 부모의 사이가 좋지 않은 것은 오래전부터였지만 그 여행이 결별의 계기가 되었다는 걸 완은 알고 있었다. 완이 면접을 봤던 회사의 거절 통보만큼이나 담담한 어머니의 이메일을 통해 서류 정리까지 끝났다는 사실을 알게 된 것은 지난봄이었다.

그 편지에는 완이 돌아갈 집에서 기다리는 것은 어머니가 아닌 아버지라고 적혀 있었다. 어쩌면 그것은 완이 살아온 이십육 년 동안 일어난 사건 가운데 가장 생소한 일일 수도 있었다. 완은 자신이 돌아갈 세계에 대해서 아무것도 짐작이 가지 않았다. 떠나올 때의 기억조차 떠오르는 게 그다지 없었다. 신도시의 아파트에서 어머니와 함께 자신의 침대와 책상에 재활용 스티커를 붙여 밖에 내놓던 저녁이 어렴풋이 생각날 뿐이었다. 그때 만화책들과 축구공과 게임팩도 모두 버렸다. 교복은 기념으로 둘까. 어머니의 말에 고개를 저었고 그것은 곧 바로 헌옷 수거함으로 들어갔다. 돌아오지 않을 생각이었던 게 아니라 떠나는 것 외에 아무 생각도 하지 않았었다. 갑자기 결정된 유학에 대해서도 덤덤하게 받아들였듯이 완은 주어진 일에 그다지 불평하지 않는 성격이었다.

완은 의자에서 몸을 일으켰다. 손에 들고 있던 스페인 머그잔을 쓰레기봉투에 버려야겠다는 생각이 들었던 것이다. 그러나 다음 순간 그것을 마룻바닥에 세게 내던졌다. 잔이 깨지는 소리는 텅 빈 스튜디오의 벽을 때리며 크게 울려퍼졌다. 완은 팔짱을 낀 채 발밑에 산산조각나 흩어져 있는 파편들을 물끄러미 바라보고 서 있었다. 완의 그런 모습은 이모부도 그리고 세 개의 커뮤니티 칼리지를 옮겨다니도록 졸업장을 받지 못한 사촌도 지도교수도 면접관도 전혀 짐작하지 못한 모습이었을 것이다. 특히 스튜디오의 매니저에게는. 그러나 지도교수의 말대로 좋은 학생이었던 완이 변한 것은 아니었다. 이 방에서 떠날 때 그 스페인 머그잔을 여행가방 안에 챙겨넣을 생각이었지만 이런 방식으로 남기고 가는 것도 괜찮을 듯싶었을 뿐이었다. 그 도시에는 다소 어울리지 않겠지만 그것은 뜨거운 작별인사였다.

3

세관 신고서를 내고 통로를 빠져나오자 곧바로 간유리 자동문이 나타났다. 입국장으로 통하는 문이었다. 완은 등에 멘 배낭의 옆주머니에 여권을 집어넣은 뒤 천천히 카트를 밀며 걸음을 옮겼다. 자동문이 열리고 닫힐 때마다 이쪽을 바라보고 서 있는 마중객들의 모습이 나타났다 사라졌다. 그 안에 섞여 있는 아버지의 얼굴이 눈에 들어왔다. 완은 어떻게든 웃어 보일 참이었다. 그러나 아버지는 완과 눈이 마주치자 곧바로 줄에서 벗어나 뒤쪽으로 걸음을 옮겼다.

짐은 이게 다냐? 아버지의 첫마디였다. 네. 완이 대답하자마자 아버지가 몸을 돌렸다. 가자. 곁을 지나쳐가는 사람들은 모두 움직임이 빨랐고 갑자기 방향을 틀곤 했다. 완은 몇 번이나 카트를 멈춰야 했다. 여기저기에서 음색과 높낮이가 다른 한국말들이 파장을 일으키며 완의 귓속으로 파고들었다. 그것은 천장이 높은 입국장 안에 쉴새 없이 공명을 일으키고 있었다. 완은 처음 발을 들여놓았던 하이스쿨의 커다란 실내 체육관이 떠올랐다. 새학기 등록을 하기 위해 오랜만에 학교로 돌아온 그 도시의 십대들은 완이 알아들을 수 없는 영어로 떠들어대며 줄을 서고 서류를 접수하고 사진을 찍으면서 몰려다녔다. 자신이 서 있는 줄이 맞는지조차 확신할 수 없는 채로 그들 속에 어정쩡하게 섞여 있던 완은 지금처럼 귀가 먹먹했고 자신이 영원히 그 안에 섞일 수 없으리라는 고립감에 사로잡혔다.

입국장 밖으로 나오니 습기를 머금은 더위가 훅 끼쳐왔다. 하늘은 낮고 우중충했으며 풍경은 온통 회색으로 덮여 있었다. 장마철이라 날씨가 안 좋다. 네, 은은하네요. 완은 아버지의 말을 애써 농담으로 받으며 주변을 돌아보았다. 버스를 기다리며 담배를 피우고 있는 비슷비슷한 키의 남자들과 하나같이 마르고 예쁘고 시끄러운 여자들과 양손을 바지 주머니에 넣고 팔자걸음을 걸으며 호객하는 택시기사들과 새된 목소리로 똑같은 말을 반복하는 아이들과 골프가방을 승용차에 싣고 있는 중년 커플들. 그 사이로 정체를 알 수 없는 답답하고 탁한 공기의 밀도가 전해져왔다. 카트를 반납한 뒤 완과 아버지는 각기 가방을 한 개씩 나눠 끌기 시작했다. 횡단보도 앞에서 신호가 바뀌기를 기다리는 동안 아버지가 완을 흘끗 돌아보았다. 낯설지? 네, 냄새가 좀. 냄새? 완은 비릿하면서 오래 삭은 듯한, 자극적인 것들이 뒤섞여 무색으로 뭉친 듯한 냄새를 어떻게 설명해야 할지 망설이다가 보행신호가 켜지자마자 걸음을 내디뎠다. 아버지의 차는 D구역의 구석에 세워져 있었다. 구형 칠 인승 SUV였다. 어머니가 완을 학교나 치과에 태워다주곤 하던 은색 승용차가 아니었다. 차가 바뀌었네요. 응. 이것도 바꿀 때가 됐어. 완이 조수석에 앉아 좌석 사이에 깊이 끼여 있는 안전띠의 버클을 찾는 동안 아버지가 내비게이션을 켰다. 버튼을 몇 번 조작하자 모니터에 '집으로'라는 글자가 나타났다.

　신도시로 접어들었지만 완은 방위조차 파악이 되지 않았다. 공터가 사라지고 하늘이 좁아진 대신 커다란 고층 건물군이 불쑥불쑥 눈앞을 가로막았다. 차가 아파트 단지로 들어선 뒤에야 완은 집 가까이 왔다는 걸 깨달았다. 동네의 간판도 모두 바뀌어 있었던 것이다. 예상하지 못했던 건 아니었다. 나무가 그렇게 높게 자랄 줄 몰랐을 뿐이었다. 완은 현관에 선 채 잠시 머뭇거렸다. 네 방 안 바뀌었어. 아버지의 말에 그제야 운동화를 벗고 현관 오른쪽에 있는 자신의 방문 앞으로 갔다. 손잡이는 쉽게 돌아갔지만 문틀이 휘었는지 문이 뻑뻑했다. 힘주어 밀고 나서야 삐걱 소리를 내며 틈이 벌어졌다. 커튼 없는 창문과 그 아래 놓인 탁자, 바닥에 깔린 대나무자리가 눈에 들어왔다. 구석에 개켜져 있는 여름이불과 스탠드형 옷걸이와 미니 서랍장도 처음 보는 물건들이었다. 완은 배낭을 벗어 탁자 위에 내려놓은 뒤 가방들을 방으로 들여왔다. 방문은 닫는 게 좋을지 열어놓아야 할지 몰라 그대로 두었다. 이제 짐을 풀어야 하는지 거실로 나가 아버지 곁에 앉아야 하는지도 알 수가 없었다.

완의 눈길이 자신이 한 손을 짚고 있던 탁자 위의 하얗고 둥근 얼룩에 머물렀다. 뜨거운 그릇을 올려놓아 칠이 변색된 자국이었다. 완은 그 탁자가 자신이 구 년 전 이 집을 떠나던 날 아침에도 앉은 적이 있는 식탁이었던 것을 알아보았다. 얼룩은 사 인용 식탁의 세 군데 자리에만 나 있었다. 완은 식탁 앞에 놓인 의자에 앉았다. 배가 고프긴 했지만 뭔가 먹고 싶은 생각은 들지 않았다. 목이 마른가 하면 한편으로 요의가 느껴졌다. 이모부 집에 처음 도착해서도 이런 기분이었다. 패밀리 룸과 부부 침실과 사촌의 방을 지나 복도 끝의 구석방에 가방 두 개와 함께 남겨졌을 때 완은 몹시 화장실에 가고 싶었지만 그 방을 나가기는 싫었다. 그 방 안에 있는 것 역시 미친 듯이 싫었다. 그러나 그때와 달리 완은 이 집의 화장실은 어디인지 알고 있었다.

텔레비전은 뉴스 채널에 맞춰져 있었다. 휴가철 고속도로의 교통 상황을 전하는 리포터의 얼굴이 익숙하다 싶었는데 생각해보니 공항에서 마주친 여자들과 비슷했다. 화장실에서 나온 완은 소파에 있는 아버지 곁에 가서 앉았다. 어색한 기분으로 텔레비전을 바라보고 있는데 아버지가 입을 열었다. 이제 뭐할 거냐. 머릿속으로 동네 산책을 하거나 한잠 자거나 밥을 먹겠다는 식의 대답을 찾는 완의 귀에 아버지의 다음 말이 들려왔다. 신검부터 받냐? 네. 완이 고개를 끄덕였다.

주민등록증부터 만들고, 핸드폰도 하고요. 완은 대학원 시험을 준비하겠다는 말도 덧붙였다. 동사무소가 주민센터로 이름이 바뀌었다고 알려주며 아버지가 이마에 주름을 잡았다. 참, 경찰서도 가야 할 거다. 경찰서요? 네 여권 찾았나보더라. 여권이요? 완이 카메라 가방에 넣어두었던 여권을 도둑맞은 것은 일 년 전 스페인에서였다. 전화 왔었어. 너 들어오면 외사과로 나오라고. 외사과가 뭔데요? 나도 모르지. 완의 이마에도 아버지와 같은 자리에 주름이 잡혔다.

여권을 잃어버린 뒤 스페인의 경찰서에 도난신고를 하고 다시 한국 영사관에서 이틀을 기다려 겨우 임시 여행허가서를 발급받았었다. 젊은 직원은 완의 부주의를 은근히 나무랐다. 한국 여권이 위조범들 사이에서 비싼 값에 팔린다는 거였다. 거기다 미국 비자까지 붙어 있고, 누군지 완전 대박났구먼. 부모가 함께 있지 않았다면 자신을 귀찮게 만든 완에게 싫은 소리를 더 퍼부었을 직원의 못마땅한 표정이 기억났다. 완은 누군가의 손에 넘어가 유럽 어딘가를 떠돌다가 한국의 경찰서로 돌아온 자신의 여권에 대해 생각했다. 그것을 지닌 누군가가 완의 행세를 했을 것이다. 자신을 그 이름으로 소개하고 완의 이름을 부르면 대답하고. 여권 안에 끼워져 있던 어머니의 사진은 어떻게 했을까. 완의 행세를 제대로 하려면 그대로 간직해야 하겠지만 곧바로 빼서 아무데나 버렸을 게 틀림없었다. 텔레비전에서는 조금 전 리포터와 비슷하게 보이는 다른 여자 기상캐스터가 지도를 가리키며 기상 통보를 하고 있었다. 그녀의 스커트 밑으로 태풍이 북상하고 있다는 자막이 천천히 지나갔다.

낯선 기후와 시차 때문에 완은 낮에 무기력했고 밤이면 잠을 이루지 못했다. 이튿날과 그다음 날에는 새벽에 귀가한 아버지와 함께 캔맥주를 마셔야 했다. 아버지는 말을 하기 위해서 술에 취하는 사람 같았다. 유럽 가족여행의 모든 밤에 실컷 경험했던 일이지만 아버지의 일방적이고 반복적인 어법에는 여전히 적응이 되지 않았다. 내용은 대부분 한국사회에 대한 부정적인 진단과 완의 미래를 위한 장황한 충고였다. 세번째 날에도 완은 전혀 잠이 오지 않았지만 자정쯤 대자리 위에 여름이불을 펴고 누웠다. 아버지가 뻑뻑한 방문을 발로 차서 열었을 때에는 깊이 잠든 척할 수 있었다. 완은 그뒤로도 두어 시간을 뒤척이다가 새벽에야 잠이 들었다. 늦은 아침 마루에 나가보니 아버지는 텔레비전을 켠 채 외출했던 차림 그대로 소파에 잠들어 있었다. 그것은 완의 기억에 저장돼 있는 아버지의 모습 중 가장 익숙한 모습이었다. 퇴직한 뒤, 그리고 이혼한 뒤에도 그다지 변한 게 없다는 뜻이었다. 늘 남을 외롭게 했고 자신의 외로움을 감추지도 못했다. 영원히 적응하지 못할 시차를 지니고 타인들의 섬 사이를 떠돌아다니는 사람인지도 모른다. 실은 완은 아버지에 대해 잘 몰랐다. 알 수 없는 사람이라는 게 더 정확한 표현일 것이다.

아침부터 무더운 날씨였다. 햇살이 들었다 나간 마룻바닥이 후끈 달아 있었다. 텔레비전에서는 북상하던 태풍의 세력이 약해지고 또다른 태풍이 올라오고 있다는 뉴스가 흘러나왔다. 완은 샤워를 한 뒤 옷걸이에 걸어두었던 옥스퍼드셔츠와 반바지를 입었다. 전날 개통한 핸드폰도 주머니에 넣었다. 현관을 나서면서 머릿속으로 그날의 동선을 그려보았다. 전화로 알아본 대로 주민등록증은 신청한 뒤 일주일이 지나야 받을 수 있었다. 임시 신분증을 발급해주기 때문에 은행 계좌를 여는 데는 문제가 없을 것이다. 주민센터에 갔다가 은행에 들른 다음 경찰서에서 운전면허 신청을 하면 이곳 사람으로서 필요한 신분증은 그럭저럭 갖춰나가는 셈이었다. 경찰서에 가는 김에 외사과에도 들를 생각이었다.

주민센터는 예상보다 쾌적했고 담당 직원도 친절했다. 지시된 매뉴얼에 의해 급조됐는지 어딘가 부자연스럽고 겉도는 느낌은 있었지만 완이 지난 사흘 돌아본 경험에 따르면 그런 분위기는 신도시 어디를 가나 마찬가지였다. 필요한 건 다 있었고 점점 더 편리하게 바뀌어가고 있었으며 그 속도에 적응하지 못하는 것들은 쉽게 버려졌다. 취향이 생겨날 시간조차 주지 않는 것 같았다. 아버지의 말대로 오래된 것은 천천히 변하지만 새로운 것은 더욱 빨리 변하는 건지도 모른다. 그 말에 덧붙여서 아버지는 결혼 전 어머니가 살던 동네가 그리 변하지 않았더라고 덤덤하게 말했다. 외할아버지가 죽은 뒤 어머니는 재산과 함께 자신이 태어난 집을 물려받았다. 완의 유학이 결정된 것도 그 무렵이었다. 외국인과 결혼한 이모에게는 아무것도 남겨지지 않았지만 완의 비싼 하숙비를 통해 어느 정도의 몫은 전달되었다고 할 수 있었다. 완은 이제 차를 타고 한 시간만 가면 어머니를 만날 수 있다는 사실이 실감나지 않았다. 하지만 어머니를 만나는 일은 최대한 미루고 싶었다. 화가 난 것은 결코 아니었지만 버림받은 느낌을 들키지 않으려면 시간이 필요했다.

은행에 들어섰을 때 완은 그곳이 오래전 어머니를 따라가서 순서를 기다리는 동안 소파에 앉아 만화책을 두 권씩 떼곤 했던 부산하고 시끌벅적한 장소가 아님을 알았다. 공간은 세련되었고 한산했다. 유학간 도시에서 처음 은행에 들어갔을 때와 비슷한 분위기였다. 은행 직원은 완을 집무실 앞자리에 앉혀놓고 삼십 분 넘게 수표책 쓰는 법과 은행 거래방법을 설명하고 연습을 해보게 했다. 생애 첫 통장 개설을 축하하는 은행측의 선물이라며 십 달러를 입금해주기도 했다. 그러나 평생 고객을 만들기 위한 갖가지 투자에 대한 감탄이 식기도 전에 완은 자신이 남의 나라에 와 있다는 걸 실감해야 했다. 직원은 완의 영어 이름을 누가 지었는지 물었고 자신에게 같은 이름을 가진 조카가 있다며 친근하고 교양 있는 표정을 지었다. 그러고는 가끔 조세핀이라든지 알렉산더 같은 이름을 갖다붙이는 어처구니없고 우스꽝스러운 동양인도 있더라고 말하자마자 갑자기 책상을 손바닥으로 쳐가면서 미친 듯이 웃어대는 거였다. 완은 그 웃음 속에 마치 그 나라 사람인 척 이름을 지은 완 자신에 대한 더 큰 조롱이 포함돼 있음을 깨달았다. 은행은 주기적으로 완이 믿을 만한 고객임을 감사하는 이메일을 보내왔지만 떠나올 때까지 신용카드는 발급해주지 않았다. 그것은 이곳 신도시도 마찬가지일 것이다. 그때보다 더 나쁜 것은 완이 열일곱이 아니라 스물여섯 살이라는 점이었다.

네 개의 창구에는 리본 달린 유니폼을 입은 젊은 여자들이 앉아 있었다. 한산해서 번호표를 뽑을 필요는 없을 것 같았다. 완은 문에서 가까운 쪽의 여자에게로 다가갔다. 여자가 완을 뚫어지게 바라보는 게 느껴졌다. 통장을 만들고 싶은데요. 완의 말에 여자가 말없이 신청서와 볼펜을 건네주었다. 첫번째 빈칸에 이름을 적으면서 완은 그녀가 자신이 작성하고 있는 서류 역시 지나치게 유심히 보고 있다는 느낌을 받았다. 다음 순간 완의 숙인 머리 위로 여자의 목소리가 들려왔다. 김완, 너 맞구나? 완은 눈을 들어 여자의 얼굴을 본 다음 이름표를 읽었다. 한소영. 얼굴도 이름도 기억이 나지 않았다. 언제 돌아왔어? 여자가 어쩐지 상기된 표정으로 물었다. 입술을 꾹 물고 있었다. 며칠 됐는데. 한국어의 존대법을 의식하며 완은 누군지 모르는 여자를 향해 조심스럽게 말끝을 흐렸다. 아주 온 거야? 완이 천천히 고개를 끄덕였다. 여자의 목소리가 조금 높아졌다. 구 년 만이다, 그치? 여자의 그 말에 그제야 완도 어설프게나마 웃음을 지어 보일 수 있었다. 동급생 중 하나일 거라는 생각이 들었기 때문이었다. 여자의 얼굴을 다시 한번 보았지만 여전히 누군지는 생각나지 않았다. 나 소영이야, 고1 때 같은 반. 아, 그리고. 완이 기억해내지 못할까봐 불안한 듯 여자는 다시 빠르게 덧붙였다. 내가 양악수술을 해서. 우리 치과에서 가끔 만났잖아. 바른이치과. 완을 올려다보는 여자의 표정이 어딘가 눈에 익다고 완도 생각했다. 너도 교정기 뺐네. 말을 마친 여자가 그제야 가지런한 이를 드러내며 웃었다. 키도 많이 크고. 불현듯 완은 소영을 알아보았다. 아래턱이 들어가 얼굴이 많이 달라졌지만 수지와 단짝이었던 소영이 맞는 것 같았다. 완의 입에서도 반말이 흘러나왔다. 한소영 너, 여기 다니는구나? 응. 소영이 말을 이었다. 너네 아직도 집이 5단지야? 응. 우리 집은 16단지로 이사갔어. 그래? 응. 소영은 자신이 전에 어디서 살았는지조차 알 리 없는 완에게 이사 이야기를 꺼낸 걸 후회했다. 그러자 더이상 다른 할말이 생각나지 않았다. 완은 다시 신청서를 쓰기 시작했다.

신청서를 소영 쪽으로 밀어놓으며 완은 비어 있는 직업란을 손가락으로 가리켰다. 무직인데 상관없어? 응? 아주 잠깐이었지만 소영

스페인 도둑 97

의 얼굴에 의아한 표정이 스쳐간 것을 완은 놓치지 않았다. 상관없어. 얼른 신청서를 훑어본 뒤 소영이 지어 보이는 환한 웃음이 완으로서는 썩 기분이 좋은 건 아니었다. 책상 위의 이면지에 뭔가 적은 뒤 소영은 볼펜을 내려놓고 서랍에서 새 통장을 꺼내며 말했다. 6월생이었네? 응. 나도 그런데. 완은 대꾸하지 않았다. 근데 그거 알아? 소영으로부터 건네받은 통장을 주머니에 집어넣고 있는 완에게 소영이 물었다. 우리 태어나던 해에 월드컵 열렸던 거? 응. 완은 소영에게 인사를 건네고 은행을 나왔다. 아주 잠깐 수지의 소식을 물어볼까 하는 생각이 머리를 스쳤지만 그만두었다.

은행 문을 열고 나가는 완의 뒷모습을 눈으로 좇으며 소영은 다시 위아랫입술을 꾹 물었다. 월드컵이라니. 차라리 어머니의 안부라도 물을걸 그랬다는 생각이 뒤늦게 떠올랐다. 군대에 가거나 회사에 취직하거나 대학원에 진학한 동창들의 소식을 전해도 좋았을 것이다. 얼마 전 반창회에서 들었던 소식들, 워킹 홀리데이에서 돌아오자마자 결혼해 아기 엄마가 된 수지의 소식이라도. 아니면 모교 운동장에 인조잔디가 깔린 것, 교문 건너편 피자집과 떡볶이집이 둘 다 핸드폰대리점으로 바뀐 것, 신도시에 새로 생겨난 백화점과 극장들, 완의 유학 시절에 대한 이야기 등등 할 이야기는 너무나 많았다. 소영은 유니폼의 블라우스 앞자락을 꼭 붙들고 있었다. 어린 시절 아버지의 고향인 남쪽 바다에 간 적이 있었다. 바닷물이 모래를 휘감고 멀리로 나갔다가 다시 돌아와 발밑에 그 모래를 토해놓는 것이 가장 신기했다. 바다는 언제까지고 그 일을 되풀이하고 있었다. 돌아오는 자리가 조금씩 밀려나고 있을 뿐 모래는 언제나 되돌아왔다. 그때의 기분과 비슷했다.

4

　완은 운전면허 필기시험을 어렵지 않게 통과했다. 미국 면허증을 제출하면 실기시험은 면제였다. 돌아가는 항공권이 없으면 돌려받지 못하게 되어 있었지만 완은 마지막 남은 그 나라의 신분증에 아무런 미련이 없었다. 그날 버스를 타고 집에 들어오던 완은 신도시의 백화점 앞에서 내렸다. 새 주민등록증과 운전면허증을 넣을 새 지갑이 필요했다. 어머니는 졸업 선물이라고 하기에는 지나치게 큰돈을 송금했었다. 일자리를 구하기까지 필요한 생활비를 빼고도 꽤 많은 돈이 남았다. 완은 백화점 옆의 은행에 들러 그 돈을 환전한 다음 새 통장에 입금했다. 그리고 새로 받은 현금카드와 보안카드도 다른 신분증과 함께 새 지갑에 집어넣었다.

　백화점은 신도시의 번화한 상업단지 가운데에 자리잡고 있었다. 완은 백화점 옆의 찻집에 들어가 커피와 햄치즈샌드위치를 주문했다. 유학했던 도시에서 자주 가던 커피 체인점이었고 그곳에서 자주 먹던 메뉴였다. 야외 테이블에 앉아 샌드위치를 씹으며 완은 간판이 어지럽게 붙어 있는 상가와 광장을 무심히 바라보았다. 광장 한가운데 높이 솟은 원뿔형의 금속 구조물 뒤쪽으로 공원의 나무숲이 눈에 들어왔다. 완은 불현듯 지금 앉아 있는 이 자리가 잡초가 우거진 공터였다는 걸 깨달았다. 오래전 광장을 가로질러서 그 구조물을 향해 자전거를 달렸던 기억이 났다. 어머니와 함께 공원에 갔다가 텐더바이크를 타고 광장까지 나왔던 기억도 떠올랐다. 중학교 여름방학이었을 것이다. 어머니와 완이 땀에 흠뻑 젖은 채 집에 돌아갔을 때는 해가 많이 기운 시각이었는데 그때까지도 아버지는 소파에서 자고 있었다. 술에서 깨어나는 중이었다.

완은 이제 시차에는 완전히 적응했다. 그러나 여전히 깊은 잠은 이룰 수 없었다. 아버지는 취해서 하루 종일 자거나 아니면 오후쯤 외출했다. 어디를 다니는지는 완이 짐작할 수 있는 일이 아니었다. 한밤중에 돌아와 한 손에 캔맥주가 든 비닐봉지를 든 채로 빽빽한 완의 방문을 발로 차서 열어젖히곤 했다. 그리고 매번 컴컴한 방안을 잠시 내려다보다가 문을 닫고 나가는 거였다. 아버지가 거실 소파에 앉아 부스럭거리며 캔맥주를 꺼내고 그것을 딴 다음 텔레비전을 켜놓고 혼자 투덜거리며 맥주를 마시는 기척은 잠든 척하고 있는 완의 귀에 꽤 오랫동안 계속되었다.

완은 다른 신도시에서 태어나서 이 신도시로 이사와 성장했다. 그러나 어느 곳도 고향이라는 생각은 딱히 들지 않았다. 단기간에 기획된 도시는 아무리 시간이 흘러도 워너비 도시 같은 느낌을 풍겼다. 또 그리움을 품기에는 모든 것이 너무 빨리 변해갔다. 간직할 만한 것이 아무것도 없을 정도였다. 정체성이나 소속감을 강요하지 않는 측면은 있었다. 신도시의 아이들이 세계 모퉁이의 이방인으로 자라는 건 어쩌면 자연스러운 일인지도 모른다고 완은 생각했다. 완은 차라리 그쪽이 마음 편했다. 이방인으로 살지 않으려 했다면 유학간 도시에서 훨씬 더 고독했을 것이다. 그런 완에게도 아버지는 알 수 없는 세계였다.

많은 시간 완은 책상 앞에 앉아 시간을 보냈다. 대학원 입학시험의 예상 문제들을 풀어가는 데 그다지 어려움은 없었다. 질문의 뜻을 파악하는 데 시간이 걸릴 뿐이었다. 한국식 용어를 머릿속에서 영어로 바꾸고 다시 한국말로 해답을 찾는 과정이 뭔가 낭비라는 생각도 들었다. 그러나 다음 순간 그것은 유학생 시절 몸에 밴 시간 강박이란 걸 깨닫곤 했다. 이제 완에게 시간은 지나칠 만큼 많았다.

'오른쪽 그림은 수상 60미터 다리 위에서 하는 번지점프 장면을 보여준다. 안전상의 이유로 줄이 최대한 신장되었을 때에도 수면 위로 10미터 이상을 유지하려고 한다. 줄의 강성은 24MPa, 단면적은 10제곱센티미터, 그리고 점프하는 사람의 체중이 70킬로그램이라 할 때 줄의 초기 길이는 얼마로 해야 하겠는가.' 이 문제를 풀면서 완은 불현듯 소영을 떠올렸다. 소영의 이면지 때문이었다. 소영이 통장 신청 서류를 처리하는 동안 완은 눈 둘 데가 없어 그녀의 책상 위를 물끄러미 바라보았다. 이면지에 완이 지금 번지점프 줄의 초기 길이를 계산하는 것과 비슷한 낙서가 수없이 휘갈겨져 있었던 것이다. 악필이 분명한 글자가 이면지 가득 꼬물꼬물 산만하게 퍼져 있던 걸 떠올리자 완의 얼굴에 피식 웃음이 떠올랐다. 왜 뜬금없이 1986년 월드컵 얘기를 꺼냈던 것일까. 그러고 보니 좀 맹한 데가 있는 애였다는 생각이 들었다. 치과 건물의 엘리베이터에 같이 탔던 기억도 났다. 언젠가 반 아이들과 함께 노래방에 갔을 때 교복 윗도리를 꼭 붙들고 떨리는 목소리로 노래하던 것까지. 월드컵 경기를 보러 집에 왔던 여자애들 중에 끼어 있었던 것도 같았다.

하이스쿨에 처음 입학해서 방과후 축구반에 들어가기 위해 테스트를 치른 적이 있었다. 두 팀으로 나누어 경기를 치르게 하는 그 테스트에서 지원자는 팀을 바꿔가며 십오 분씩 네 경기를 뛰어야 했다. 지원자가 많은 탓에 테스트는 이틀에 걸쳐 치러졌다. 단지 하이스쿨의 축구 취미반을 뽑는 시합에 많은 가족들이 응원을 나왔다. 하이스쿨 축구장이지만 전광판이 설치되고 잔디가 깔려 있었다. 완을 응원 온 사람은 물론 없었다. 이모에 비해 이모부는 근무시간이 훨씬 자유로 웠다. 그러나 월드컵 4강의 나라에서 왔는데 무슨 걱정이냐는 이모부의 웃음 속에는 언제나처럼 그만큼 내세울 게 없는 나라라는 은근한 멸시가 섞여 있었다. 해본 운동이 그것밖에 없어 지원했을 뿐 완의 축구 실력은 흙먼지가 이는 학교 운동장에서 친구들과 몇 번 일요일 오전시간을 보낸 정도였다. 한국에서도 작은 편이었던 완의 체구는 두 살 어린 동급생들 가운데서도 꼬마처럼 보였다. 완이 티셔츠 위에 팀을 구분하는 아우터를 겹쳐입고 있을 때 심사위원이기도 한 축구반 코치가 다가왔다. 그가 잔뜩 긴장한 완을 향해 호쾌한 웃음을 지어 보이며 코리아, 사커! 라며 엄지를 치켜세웠다. 주변에 있던 아이들이 한꺼번에 오우, 라고 감탄사를 보내며 박수를 쳤다.

첫날의 한 경기를 뛴 뒤 완의 이름은 더이상 지원자 명단에 없었다. 이틀째에 아침 식탁에서 사촌이 꼭 응원을 가고 싶었는데 못 가는 거냐며 비아냥댔다. 완이 가장 화가 났던 것은 같이 테스트를 받았던 아이들 가운데 반 이상이 지난 여름방학 남미에서 코치를 불러 축구 개인교습을 받았다는 사실을 뒤늦게 알았기 때문이었다. 그애들은 여름마다 떠났던 유럽 여행을 가지 못해 잔뜩 불만이라는 말을 하기 위해 그 얘기를 꺼냈다. 축구클럽의 유년반을 거쳐 주니어반에 소속된 아이들도 많았다. 완은 코리아 월드컵이란 말로 완을 추켜세우는 사람들을 무조건 불신했다.

자신이 태어나던 해에 열렸던 월드컵에 대해서는 어머니에게서 들어 알고 있었다. 서울 외곽에 첫번째 신도시가 들어서기 시작하던 무렵이었다. 들판마다 고층 아파트 부지의 흙이 벌겋게 파헤쳐져 있고 어디에도 나무 그늘이라고는 찾아볼 수 없었던 척박한 곳에서 어머니는 신혼 시절을 시작했고 그해 6월 만삭이 되었다. 끝까지 결혼을 반대했던 외할아버지와 사이가 안 좋을 때였고 가난했고 거의 언제나 혼자였다. 때이른 더위에 선풍기를 틀어놓고 누워서 뒤척이던 어머니에게 종일 가야 한 번도 울리지 않는 전화벨 소리가 들려왔다. 대학 시절 어머니를 짝사랑했던 남자였다. 월드컵 축구의 열기에 대해 취재중인 스포츠신문의 기자가 되어 있었다. 그는 삼십이 년만의 본선 진출에 얼마나 흥분이 되느냐, 예선전에서 일본을 꺾을 때처럼 아르헨티나와의 경기에도 열띤 응원을 보낼 생각이냐고 물었다. 네, 라고 대답하기로 되어 있는 질문이었다. 그러나 어머니는 그 대답을 함으로써 '모두가 한마음인 국민'의 한 사람이 되어줄 수가 없었다. 월드컵이 열리는지조차 몰랐던 것이다. 한때 어머니 앞에서 무릎을 꿇은 적까지 있었던 남자는 월드컵에 관심 없는 국민이 있을 수 있다는 데 진심으로 놀라며 너무 세상과 담을 쌓고 지내는 건 아니냐고 걱정스럽게 물었다. 온몸이 땀으로 젖은 채 숨을 헐떡이며 기운 없는 목소리로 어머니가 대답했다. 상관 마. 촌놈 자식. 어머니는 그 남자가 자신에게나 중요한 것을 세상의 전부로 보고 호들갑을 떨 뿐 아니라 자신과 다르거나 모르는 세계에 대해서는 무조건 깎아내리고 보는 촌스러움이 싫었다고 했다. 완의 생각에도 거기 비하면 아버지는 자기 방식을 전혀 강요하지 않는 사람이었다. 철저히 방치했다. 그러나 요즘 완이 새로 알게 된 것이 있었다. 방치하는 건 방향이 없다는 점에서

대처하기가 더욱 까다로운 폭력이었다. 자기 존중감을 박탈하기 때문만은 아니었다. 사랑을 좌절시킨다는 점에서 사람을 무력하게 만들었다. 사랑하는 사람에게 아무것도 해줄 수 없다는 것은 죽은 사람을 사랑하는 것과 마찬가지라는 어머니의 말을 완은 이제 어렴풋이 알 것도 같았다.

한밤중에 아버지가 잠들어 있는 완을 발로 걷어찼을 때 완은 악몽을 꾸고 있는 줄 알았다. 벌떡 일어나 앉는 완에게 다시 한번 발길질이 날아들었다. 어둠 속의 허공에서 비닐봉지가 흔들리는 걸 보고 완은 갑자기 상황을 깨달았다. 아버지는 비틀거리며 큰 소리로 욕을 퍼붓고 있었다. 우두커니 서 있는 완을 향해 주먹을 뻗었지만 몸의 중심을 잃었고 발을 들어 차봤지만 이미 이불 속에는 아무것도 없었다. 완이 전등 스위치를 누르자 아버지의 모습이 드러났다. 아버지는 책상에 몸을 기댄 채 식식대며 완을 노려보았다. 초점이 없는 눈이었다. 조용히 마주보는 완의 눈을 피해 아버지가 책상 쪽으로 고개를 돌렸다. 그리고 갑자기 의자에 털썩 주저앉더니 책상 위에 그대로 엎드려버리는 거였다. 비닐봉지가 손에서 미끄러졌다. 아버지의 얼굴은 뜨거운 그릇을 놓아 생긴 두 개의 하얀 얼룩 한가운데 정확히 놓여 있었다. 이혼 사실을 알려온 어머니의 편지에서 완이 끝내 이해할 수 없었던 구절이 있었다. 온몸이 멍들고 아픈 날 겨우 일어나 이 편지를 쓴다, 라는 첫 구절이었다. 왜 아팠을까. 물어보면 대답할 수나 있었을까. 그 일이 있은 후 완은 이따금 편의점에서 캔맥주를 사다놓고 거실 소파에 앉아 아버지를 기다렸다. 완은 어머니와 달랐다. 힘들게 이루어낸 사랑에 대해서도, 돌아갈 고향에 대해서도 알지 못했다. 비어 있는 의자에 이방인끼리 자리를 좁혀 앉는 법에 대해서는 알고 있었다. 그리고 이방인의 부축이란 사랑하는 이의 헌신이 결코 줄 수 없는 방심과 편안함을 제공하기도 한다는 것을.

완은 샌드위치 포장지를 접어 빈 커피잔과 함께 반납대에 갖다놓은 뒤 버스정류장을 향해 걸어갔다. 해가 기울면서 광장에는 길게 늘어선 메타세쿼이아나무 사이로 자전거와 보드를 타는 사람이 많이 눈에 띄었다. 산책을 나가는 듯 가족들이 줄지어 공원 쪽으로 걸음을 옮기고 있었다. 공원은 멀리서 보기에도 숲이 울창해져 있었다. 완은 정류장의 가판대로 다가가 버스카드를 산 뒤 새 지갑에 집어넣었다.

5

신도시 직원들의 통합 회식이 다시 돌아왔다. 유니폼을 벗은 옆자리 여직원은 들뜬 표정으로 정성스럽게 화장을 고쳤다. 지난여름 회식 때는 그렇지 않았다. 싫은 일은 왜 이렇게 빨리 돌아오니, 근무시간은 그렇게 안 가면서, 라고 투덜거렸다. 그러나 지금은 사회인 야구팀의 대리를 다시 만날 기대에 들떠 있었다. 남들 모두 축구할 때 야구를 선택하는 배짱 있는 남자한테 끌린다는 거였다. 받아주기만 하는 포수보다는 공을 던져주는 투수가 자기 타입이라고도 했다. 남자가 그럼 상대 팀이야? 소영의 말에 그녀는 그건 상관없어, 라고 뾰로통하게 대답했다. 소영씨는 어떤 타입 좋아해? 글쎄. 소영은 다른 생각을 하고 있었다. 이번 회식에서는 아무도 네번째 키커의 이름에 대해 궁금해하지 않겠지. 누군가 물어본다면 바로 알려줄 자신이 있는데 말이다. 마치 기억의 문을 여는 비밀스러운 작전명이라도 된다는 듯이. 하긴, 인생의 힌트를 주는 결정적 순간이란 분기별로 한 번씩 찾아오는 건 아닐 것이다.

석 달 만에 만난 타 지점 여직원들이 입을 모아 소영에게 예뻐졌다고 말했을 때 소영은 조금 어리둥절했다. 왜 그럴까. 아무것도 안 했는데. 에이, 뭔가 있었겠지. 여직원들이 자신의 턱선을 흘끗 보는 걸 느꼈지만 소영은 성형수술이 아니라 치아교정이었다는 설명은 더이상 되풀이하고 싶지도 않았다. 그나저나 뭐가 바뀌었다는 걸까. 곰곰이 생각해봤지만 다른 때에 비해 오히려 바꾼 것이 거의 없었다. 화장품도 머리모양도 안 바꿨고 소개팅에도 나가지 않았다. 한 가지 변화라면 버스를 갈아타게 된 것 정도였다. 집까지 한 번에 가는 노선을 두고 왜 갈아타면서까지 그 버스를 타냐고 묻는다면 대답할 말이 없었기 때문에 소영은 버스정류장에서 종종 주위를 살폈다. 퇴근 후면 거의 언제나 집안에 틀어박혀 있었다. 아, 그것 때문일지도 모르겠다. 소영의 머릿속에 한 가지 생각이 스쳐 지나갔다. 다음 순간 발설할 수 없는 즐거운 비밀을 입안에 가두며 하품을 참는 듯한 표정으로 창밖을 향해 고개를 돌렸다. 해가 점점 짧아지는 계절이었다. 석 달 전 이맘때에 비해 어둠이 꽤 짙었다. 커다란 통유리에 회식자리의 움직임이 그대로 반사되고 있었다. 조금 더 보고 있으려니 그 너머 빌딩의 불빛이 겹쳐졌고 가로등과 자동차의 불빛들과도 섞였다. 한참을 보고 있으면 자신의 몸이 불빛 속으로 빨려들어 빛의 입자 속에 섞인 뒤 시간과 공간을 가로질러서 어디론가 흘러갈 것만 같았다. 소영은 자주 그런 생각에 빠지곤 했다. 눈을 감았다 뜨면 어딘가 먼 곳에 가 있는 상상. 그러나 지금처럼 갈 곳이 뚜렷이 정해진 것은 처음이었다. 그것 때문에 예뻐 보이는 것이 틀림없었다. 맥주를 한 잔 마신 뒤 소영은 다시 검은 창에 얼룩진 화려한 불빛을 물끄러미 바라보았다.

소영은 모르고 있었다. 한 시간 뒤에 소낙비가 내리리라는 것을. 초여름 몇 차례 장마전선이 휩쓸고 지나간 뒤 지난여름에는 비가 거의 오지 않았다. 오랜 가뭄 끝의 소낙비. 버스정류장에 서 있던 소영은 편의점으로 뛰어가 우산을 사고 회색 줄이 들어간 그 검은색 우산을 쓴 채 다시 버스를 기다릴 것이다. 버스를 탈 때 접으면서 보면 우산은 그사이 흠뻑 젖어 있을 테고. 소영을 태운 버스가 젖은 밤거리 속으로 출발한다.

완은 모르고 있었다. 한 시간 뒤에 소낙비가 내리리라는 것을. 마지막으로 아버지를 보고 가려고 기다린다는 게 시간이 너무 늦어지고 있었다. 가방은 이미 꾸려놓은 뒤였다. 새 지갑에 몇 개의 신분증이 더해졌을 뿐 짐은 이 집에 도착했을 때와 똑같았다. 완은 가방을 한 개만 꾸렸고 나머지 물건은 쓰레기봉투에 넣었다. 그리고 식탁 의자에 앉아 석 달을 지냈던 방을 둘러보았다. 얼마 전부터 선득하게 느껴지던 여름이불은 구석에 개켜져 있었고 스탠드 옷걸이에는 아무것도 걸려 있지 않았다. 유학갔던 도시의 방을 떠날 때와 비슷했다. 다른 것은 작별인사에 필요한 담배와 깨뜨릴 머그잔이 없다는 점이었다. 마치 아버지 대신이라는 듯 식탁 위의 흰 얼룩에 한참 동안 눈길을 준 다음 완은 몸을 일으켰다. 뻑뻑했던 방문은 장마철이 지나면서부터 부드럽게 열렸다. 완은 알고 있었다. 이제 몇 시간 뒤면 어머니

집에 있는 어떤 방의 방문을 열게 되리라는 것을. 그리고 또 얼마 뒤에는 짧게 머리를 깎고 소지품을 챙겨 모르는 사람들 속에 섞여 살게 될 또다른 낯선 장소를 향해 떠나리라는 것을. 생각보다 입영통지서가 빨리 도착했다. 그 소식이 대학원 시험을 치른 뒤에 왔으면 했지만 어쩔 수 없는 일이었다. 어쩌면 세계란 처음엔 잘 열리지 않는 방문과 탁자와 침구와 그리고 여행가방을 기본단위로 이루어져 있는지도 모른다. 공동공간으로 나가면 화장실과 텔레비전이 있다. 그것들이 시간과 장소에 따라 다른 형식으로 복제 재생되고 그 세계들을 단계별로 하나하나 재편해가는 과정이 되풀이된다. 완은 그날은 일기예보를 보지 않았으므로 우산 없이 출발했다. 완은 비를 기다렸었다. 기상캐스터의 옷소매가 점점 길어지는 가운데 계절이 바뀌었지만 두어 차례 가벼운 비가 밤새 도시를 적시고 사라졌을 뿐 비는 오지 않았다.

완은 가을 소낙비를 맞으며 택시정류장에 서 있다. 택시가 자주 지나가지만 갑자기 내린 비 때문인지 모든 차에 손님이 타고 있다. 빈차는 좀처럼 오지 않는다. 소영을 태운 버스는 5단지 앞을 지나가고 있다. 이때쯤이면 소영은 늘 버스 창문에 얼굴을 바짝 갖다댄다. 언제나와 마찬가지로 그곳에 완의 모습은 없다. 그러나 버스가 사거리를 지나고 소영이 창문에서 얼굴을 떼려고 하는 순간 택시정류장에서 비를 맞고 있는 완의 모습이 나타난다. 소영은 벌떡 일어난다. 급히 문 앞으로 다가갔고 손잡이를 꼭 붙든 채 꼼짝 않고 버스가 지나온 쪽을 바라본다. 다음 정류장에서 버스 문이 열리자마자 뛰어내린다. 그리고 버스가 온 방향을 향해 달리기 시작한다. 우산을 펴긴 했지만 달리는 소영이 젖는 걸 막을 수는 없다. 소영은 모르고 있다. 택시를 기다리다 지친 완이 눈을 들어 지나가는 버스를 바라보았다는 것을. 가방을 끄는 게 번거로웠지만 버스정류장까지는 그리 먼 거리가 아니다. 백화점이 있는 번화가까지 나가면 택시를 쉽게 잡을 수 있을 것이다. 완의 머리카락을 타고 빗물이 흘러내리고 있다. 버스정류장을 향해 빠르게 걷기 시작한 완은 모르고 있다. 소영은 완의 전화번호를 외울 수 없었다. 이면지에 베껴놓고 싶었지만 그건 규칙을 어기는 것이라서 망설여졌다. 네번째 키커 호아킨의 결정적 실축은 자기 팀에 패배를 가져다주었다. 그에게 남겨진 비난이나 슬픔은 어디에서도 검색이 되지 않았지만 소영은 그의 마음을 이해했다. 그는 말라가 CF 소속이었다. 소영은 팀 이름을 이면지에 베껴놓고 다시 말라가를 검색했다. 그 도시는 피카소의 고향이었다. 소영의 손이 계속해서 연관 검색어를 클릭해나갔다. 스페인 남부 안달루시아 지방, 끝없이 펼쳐진 올리브 언덕과 포도밭, 골짜기를 빽빽이 덮은 하얀 지붕들, 벽화가 새겨진 동굴 안에서의 음악회, 파에야와 샹그리아, 로마극장, 세계에서 가장 작은 투우장, 론다의 계곡과 프리힐리아나의 계단, 열차의 차창으로 바라보는 코스타 델 솔, 태양의 해변. 소영은 스페인어는 한마디도 알지 못했다. 예와 아니요조차 몰랐다. 그러나 스페인 키커의 이름은 외울 수 있었다.

어깨가 흠뻑 젖은 것도 모른 채 소영은 뛰고 있다. 한 발을 앞으로 내디딜 때마다 입속으로는 마치 응원 구호라도 되는 듯 네번째 키커의 이름을 중얼거린다. 소영은 알지 못했다. 버스가 택시정류장 앞을 지나치는 순간 빗물이 얼룩진 차창 사이로 둘의 눈이 마주친 것을. 완도 알지 못했다. 그 순간은 두 사람도 깨닫지 못할 만큼 짧았다. 빗속에서 완은 버스정류장으로, 소영은 택시정류장으로 가고 있다. 아주 가까운 거리였지만 젖은 밤거리는 모든 것을 감추어버릴 만큼 깊고 검다.

버스정류장에 도착한 완은 차양 아래 앉아 길 건너 간판을 물끄러미 바라보고 있다. 어느 일요일 오후 아버지와 함께 갔던 해장국집이었다. 소주를 주문한 뒤 아버지가 종업원을 세워둔 채 완에게 물었다. 넌 맥주 할래? 내키지 않았지만 완은 고개를 끄덕였다. 참, 경찰서에 갔었냐? 네. 여권을 돌려주는 게 아니고요, 올봄에 어디 있었는지 확인하더라구요. 여권이 좀 이상한 데서 발견됐대요. 어디? 볼리비아요. 완은 간단히 설명했다. 완의 여권은 스페인에서 거래되었고 미국에 들어갔고 남미까지 흘러갔다. 마약조직에라도 팔려간 거냐? 소주잔을 들며 모처럼 아버지가 농담을 했다. 그건 말 안 하던데, 진짜 그랬는지도 모르겠어요. 아버지가 픽 웃었다. 그럼 인터폴에서 수사했대? 완은 빈속에 소주를 털어넣는 아버지 앞으로 해장국 뚝배기를 조금 밀어놓았다. 그것 참. 아버지가 숟가락을 들었다. 볼리비아에도 김씨가 돌아다니다니. 북한 사람이었나봐요. 완의 대답에 아버지는 확실히 놀란 표정이었다. 세상이란 참, 의외의 지점에서 얽히기도 한다니까. 네. 그 말을 끝으로 둘은 각자의 생각에 빠져들었다. 아버지는 완을 어머니에게 보내야 한다고 생각하고 있었다. 자신의 경우처럼 어떤 뜻밖의 순간에 끊어버리기도 하지만 세상이라는 천을 짜는 여신은 무늬를 만들기 위해서 처음 타래에서 풀었던 실을 반드시 남겨둔다. 헝클어진 실 중에서 어떤 것을 서로 이을지 모르지만 처음부터 무늬는 정해놓았을 것이다. 사람은 자기 운명을 짜고 있는 베틀을 엿볼 수 없다. 예측할 수 없을 때는 순리를 따르는 편이 나을 것이다. 오랜 시간 완은 부모의 아들이 아니라 어머니의 아들이었다. 아버지는 한 번도 가족이었던 적이 없는 상태로 완과의 인연을 끝내고 싶지는 않았다. 군대에 가기 전까지만 완과 함께 있을 생각이었고 그것은 일종의 작별기간이었던 셈이었다.

완은 초기 안전 길이를 계산하는 일을 생각하고 있었다. 번지점프의 줄을 얼마의 길이로 설정할 것인가. 스릴을 즐기기 위해서는 길게 뻗고 싶겠지만 그러나 안전해야 한다. 화분 속의 식물도 비슷한 계산을 할 것이다. 과학자들은 MRI 기술을 이용해 화분 속 식물이 뿌리를 내리는 과정을 촬영했다. 식물은 화분의 안쪽 공간은 거의 사용하지 않았다. 가장자리를 향해 뿌리를 뻗어나가다가 화분이라는 벽에 부딪히면 성장을 중단했다. 화분 크기만큼만 뿌리를 내리는 것이다. 번지점프에서처럼 화분 속의 식물에게도 안전한 초기 설계가 필요할는지 모른다. 완은 공학도였고 어릴 때 꿈은 과학자였다. 그때 신도시의 아이들 중에는 그런 꿈을 가진 아이들이 제법 많았다. 그애들은 화분에 갇혀 옮겨다니며 새롭게 초기 안전 설계를 해야 하는 이식의 과정과 스스로 성장을 멈추는 원리들을 밝혀내고 있을 것이다. 벽 속에 있으면 안전하다는 걸 밝히는 연구는 하지 않을 것이다. 거기에 대해서라면 세상 어디에나 너무 많은 선행연구가 있었다. 완은 스페인에서 잃어버린 것들에 대해서도 생각했다. 어머니의 사진은 먼 나라 어딘가에 버려졌다. 누군가 갖고 있을지 모르지만 카메라 역시 이제 완과는 아무 관련이 없다. 아무리 사칭한다 해도 여권 속의 완은 완일 것이다. 그러나 스페인 도둑이 훔친 것은 유효기간이 끝나버린 완이었다.

비는 계속 내린다. 소영은 흠뻑 젖은 채 뛰고 있다. 입술을 꾹 물고 있는 것은 습관이다. 이제 교정을 했기 때문에 이를 보여도 되는데 긴장하면 잊어버린다. 택시정류장이 가까워올수록 소영은 불안해지기 시작한다. 그러나 오늘 밤 완을 만나지 못해도 괜찮다고 생각한다. 내일 회사에 가면 완의 주소를 이면지에 베낄 것이기 때문이다. 그 주소로 엽서를 보낼 생각이었다. 엽서를 보내기 위해서는 낯선 여행지로 떠날 필요가 있었다. 무슨 말을 써야 할까. 또다시 너를 만날 수 있다면 아마 그때에는 더 많은 이야기를 나눌 수 있겠지. 책에서 베껴놓은 이 구절을 진짜로 쓰게 될지는 확실하지 않다. 확실한 것은 안부를 전하는 데에 스페인만큼 좋은 장소는 없으리라는 점이다. 스페인에서 보내온 소식이라면 완도 틀림없이 반가워할 것이다. 구 년 전 초여름, 흰 구름이 흘러가고 장미향이 퍼져나가고 한낮의 거리가 텅 비어버렸던 그날의 기억은 누구에게나 좋은 기억일 테니까.

T아일랜드의
여름 잔디밭

1

　이따금 고양이와 소년의 이야기를 생각한다. 소년은 높이 쌓아올린 장작더미 안의 비밀 은신처에 들어가 울고 있다. 그에게 주어진 세상은 수치심과 절망뿐이다. 소년은 머리 위의 커다란 더미를 버티고 있는 장작 하나를 빼내 무너뜨림으로써 그 자리에서 모든 걸 끝내버리기로 결심한다. 주머니 속의 과자가 기억났으므로 일단 그것을 꺼내서 먹는다. 그런 다음 장작을 향해 손을 뻗으려는 순간 고양이 한 마리가 나타난다. 고양이가 다가와 젖은 뺨을 핥기 시작했을 때 소년은 그 축축하고 까끌까끌한 감촉에 스르르 눈을 감고 만다. 그것은 소년의 비통한 계획을 철회할 만큼 충분히 따뜻하다. 소년은 알고 있다. 고양이가 핥는 것은 소년의 눈물이 아니라 입가에 붙어 있는 과자 부스러기다. 훗날 소년은 이렇게 쓴다. '진정 순수하게 사랑받고 싶거

든 주머니 안에 과자 부스러기를 조금쯤 갖고 있는 편이 좋다.'* 이것
은 내가 좋아하는 이야기이다. 사랑의 외피 뒤에 무슨 일이 개입하고
있는지 캐내려 하지 말고 그 순간의 온기에 온몸을 맡기라는 충고 때
문만은 아니다. 나는 알고 있다. 이 이야기는 배고픈 고양이와 슬픔에
빠진 소년의 이야기이다. 허기와 절망. 그런 감정들은 행복의 변방에
서 서로를 알아본 순간 경계를 넘어 조용히 연대한다. 서로 이용하지
만 거짓은 끼어들지 않는다. 스치듯 짧은 포옹을 끝낸 뒤 영원히 다시
만나지 않기를 바란다는 점에서 아마 세상에서 가장 쓸쓸한 연대일
것이다. 내 생애 가장 아름다운 날씨로만 이루어졌던 열세 살의 그 여
름날, 어떤 고독과 죽음도 그렇게 만났다.

2

차창 밖으로 지나쳐가는 풍경을 바라보며 나는 생각하고 있었다.
모든 것이 내 예상과는 다르다.

어쩌다 영화에서 본 대로 그 나라에서는 하루 종일 경찰차 소리가
들리고 지저분한 도시의 뒷골목에서는 흑인이 쫓겨다니는 줄 알았다.
아이들은 매일 햄버거를 먹고 누구나 길에서 끌어안고 키스를 하며
깊게 팬 옷에 큰 젖가슴을 흔들며 걷는 여자들이 많고 갑자기 슈퍼마
켓과 은행에 복면 쓴 남자가 나타나 총으로 뒤통수를 쏘아버리는 나

---

* 로맹 가리, 『새벽의 약속』 중에서.

라. 그러나 그 도시의 첫인상은 관광엽서 속의 멋진 그림 같았다. 눈부시게 파란 하늘 아래 만년설이 덮인 산맥이 펼쳐졌고 투명한 햇살이 수면에 부딪쳐 반짝반짝 부서졌다. 능선을 따라 나지막한 지붕들이 짙은 숲에 에워싸여 있었다. 더구나 T아일랜드는 거대한 호수 가운데에 있는 동네였다. 도시의 다운타운과 연결된 긴 다리를 지나가니 창문이 많은 호숫가의 집들이 눈에 들어오기 시작했다. 데크마다 보트가 묶여 있었고 자기 집 베란다에서 낚시를 하는 모습도 보였다. 섬 안쪽으로 들어가자 울창한 숲과 언덕이 나타났는데 그 사이로 잘 가꿔진 정원과 테니스 코트를 갖춘 집들이 드문드문 박혀 있었다. 동네 전체가 마치 커다란 공원 같았다.

운전석의 카타 아줌마가 룸미러로 뒷자리의 나를 흘끗 보았다. 나는 차창에 붙이고 있던 얼굴을 슬그머니 떼고 자세를 고쳐 앉았다. 아줌마가 말했다. 유대인이 많이 사는 곳이야. 부자 동네란 뜻이지. 이 동네 사람들은 아침 운동으로 제트스키를 타. 집 뒤 숲에서 승마도 하고. 말을 마친 뒤 아줌마는 곁눈으로 조수석에 앉은 엄마의 반응을 슬쩍 살폈다. 아무 대꾸도 하지 않는 엄마 대신 내가 입을 열었다. 밤엔 좀 무서울 것 같은데요. 슈퍼랑 식당 같은 데는 없어요? 차로 십오 분만 가면 큐에프씨가 있고 십 분 더 가면 호울푸드도 있어. 거긴 유기농만 팔지. 버스로는 못 가요? 아줌마가 픽 웃었다. 여긴 차 없이는 못 사는 나라야. 땅덩이가 얼마나 큰데. 한국 같은 데하고 비교하면 안 되지. 아줌마가 엄마 쪽으로 고개를 돌렸다. 애가 야무지네. 너는 분명 아니고, 아빠 닮았니? 비행기에서 잠을 거의 못 잔 엄마는 피곤한 표정으로 시들하게 대꾸했다. 닮았겠지, 아들인데. 그 말은 사실이었다. 나는 언제나 내가 엄마보다는 아빠 쪽에 가깝다고 생각해왔다.

또다른 것들도 예상과 달랐다. 엄마는 한국을 떠나기 전 카타 아줌마와 여러 번 국제전화를 했고 이메일도 주고받았다. 그때마다 카타 아줌마는 아무것도 가져올 필요 없다고 강조하곤 했다. 근데 돈 들어갈 데가 점점 많아지네. 아줌마와 통화를 끝낸 뒤면 엄마는 작게 한숨을 내쉬었다. 카타 아줌마는 엄마가 먼저 그 나라 커뮤니티 칼리지의 어학연수과정에 들어가는 방법을 권했다. 유학생의 자녀가 되면 나는 비싼 학비 걱정 없이 공립학교에 다닐 수 있다는 거였다. 엄마는 끌어모을 수 있는 데까지 최대한 돈을 마련해서 송금했다. 그리고 그 나라에 가기만 하면 안정된 신분을 얻고 한국 사람들이 많이 사는 동네에 자리잡은, 당장 들어가 생활하기에 전혀 부족함이 없는 집으로 들어가는 줄 알았기 때문에 바퀴가방 두 개에 옷과 간단한 생활용품만 챙겨 한국을 떠났다. 다른 가방 하나에는 작년 가을 아빠에게서 생일선물로 받은 나의 랩탑이 들어 있을 뿐이었다. 내 생각도 엄마와 비슷했다. 침대와 책상이 세트로 갖춰진 내 방에 가방을 던져놓은 뒤 동네 구경을 하고 카타 아줌마의 안내를 받아 패밀리 레스토랑에 가고 저녁엔 거실 소파에 앉아 과일을 먹으며 텔레비전을 보다가 아빠에게 잘 도착했다고 전화를 하면 되는 줄 알았다. 그러나 아니었다.

우리를 태운 낡은 소형차는 계속 달리고 있었다. T아일랜드를 통과하더니 다시 다리를 건너갔다. 나무가 빽빽한 굽고 외진 길을 한참이나 운전해 들어간 뒤 마침내 우리가 살 동네에 도착했다. 카타 아줌마는 두 동뿐인 허름한 아파트 앞에 차를 세웠다. 아파트 외벽은 칠이 군데군데 벗겨졌고 잡초가 수북이 자란 잔디밭 여기저기에 쓰레기가 굴러다녔다. 어깨까지 내려오는 긴 고수머리에 얼굴이 붉은 남자 둘이 웃통을 벗은 채 잔디밭에 의자를 내놓고 앉아 맥주를 마시고 있었다. 그중 한 남자가 헤이, 차이니즈. 왓츠 업? 하고 손을 흔들었다. 재수없는 히스패닉들. 카타 아줌마가 낮게 중얼거렸다. 엄마는 입을 꾹 다문 채 차 트렁크에서 바퀴가방을 꺼내 들고 아줌마가 일러준 대로 삼층을 향해 계단을 올라가기 시작했다. 아파트 안은 어둡고 퀴퀴했다. 문을 열자마자 불쾌한 냄새가 확 끼쳐왔다. 가구는 아무것도 없었고 낡은 냉장고와 먼지가 잔뜩 앉은 전기오븐이 있을 뿐이었다. 접시 하나 숟가락 한 짝 없었다. 아줌마가 급히 창가로 다가가 창문을 활짝 열어젖히더니 손에 묻은 시커먼 먼지를 탁탁 털어냈다.

예상과 다른 건 그뿐이 아니었다. 필요한 서류를 보내고 학비를 송금했는데도 엄마는 아무 곳에도 등록돼 있지 않았다. 관광비자로 입국한 다음 곧바로 학생비자로 바꿀 거라고 했지만 그게 언제가 될지는 수속이 끝날 때까지 기다려봐야 안다는 거였다. 내가 다닐 학교에 대해서는 가을 개학까지 두 달이나 남아 있으니 천천히 알아보자고 말했다. 먼저 한국인이 운영하는 영어학원을 다니는 게 낫다는 말이었다. 내가 초등학생 영어웅변대회에서 이등을 한 실력을 갖췄고 유학 준비반에서 원어민 개인지도를 받았다는 엄마의 말에 아줌마는 한국에서 배운 건 되도록 빨리 잊어버리는 편이 오히려 도움이 된다고 코웃음을 쳤다. 학원은 차로 사십 분 거리에 있었다. 아줌마는 자동차란 겉으로 보아서는 상태를 알 수 없기 때문에 믿을 만한 사람한테 사야 한다고 충고했다. 엄마는 텅 빈 거실 한가운데에 우두커니 서 있었다. 당장 아줌마의 고물차를 사지 않으면 엄마와 나는 우리를 아는 모든 사람들로부터 비행기로 열두 시간 거리 밖에 있는, 숲으로 둘러싸인 그 외진 동네에서 한 발짝도 움직이지 못하는 처지였다. 그리고 굶어 죽을 생각이 아니라면 집에 가만히 앉아 있을 수는 없었다. 갑자기 엄마가 창가로 다가가더니 아줌마가 열어놓은 창문을 거칠게 닫아버렸다. 거의 동시에 창밖에서 낄낄거리는 소리가 들려왔다. 잔디밭에서 맥주를 마시던 남자들이었다. 나가자. 아줌마가 핸드백 안에서 차키를 꺼내며 말했다. 나가서 쇼핑하고, 돌아오는 길에 나를 우리 집 앞에 내려줘. 카타 아줌마의 집은 T아일랜드였다.

아줌마는 우리를 '이케아'로 데려갔다. 끝이 보이지 않는 통로들을 경계로 주생활에 필요한 모든 물건들이 진열돼 있었다. 침대나 옷장 같은 큰 가구에서부터 서랍의 손잡이와 클립 같은 문방구에 이르기까지 품목과 디자인과 사이즈가 천차만별이었다. 선반과 의자만도 수십 종류였고 정원용 장화와 이쑤시개통까지 없는 게 없었다. 누군가 한 번쯤 갖고 싶다고 생각한 건 뭐든지 만들어서 늘어놓은 것 같았다. 나는 마음에 드는 책상과 침대를 발견했고 문구 코너에 이르러서는 반쯤 정신이 팔렸다. 엄마는 예쁘게 색깔을 맞춰 식탁 세팅을 해놓은 주방 코너 앞에서 떠날 줄을 몰랐다. 그러나 정작 우리가 산 것은 이불 두 채와 창문을 가릴 블라인드와 펜꽂이가 하나뿐이었다. 카타 아줌마는 물건값보다 배달비가 더 비싸다며 큰 물건 사는 걸 만류했다. 차에 실을 수 있는 물건까지도 사지 못하게 하는 데는 다른 이유가 있었다. 그 도시 사람들은 주말이면 차고나 다락에 쌓아두었던 낡은 물건을 자기 집 앞마당에 내놓고 팔았다. 카타 아줌마는 그것을 '가라지 세일'이라고 알려줬다. 부잣집에서 쓰던 고급 물건을 건지려면 그런 세

일은 반드시 T아일랜드로 가야 한다는 게 아줌마의 주장이었다. 한국에 있을 때 나는 갖고 싶은 물건이 별로 없었다. 필요한 것은 엄마가 미리 마련해놓았고 이따금 옷을 고르러 백화점에 따라갔을 뿐이었다. 지금처럼 흥미를 끌 만한 물건이 잔뜩 쌓여 있는 장소에는 가본 적도 없었다. 그러므로 개러지 세일 같은 건 처음부터 나의 관심 밖이었다. 나는 불만스러운 얼굴로 차에 올라탔다. 그것이 그 여름날 기나긴 순례의 시작이 되리라고는 전혀 짐작하지 못했다.

T아일랜드에 들어서자 아줌마는 무조건 동네 안으로 차를 운전해 들어갔다. 그리고 속도를 줄인 채 좌우를 살피다가 사람들이 몇 명 모여 있는 곳을 발견하면 차를 세우곤 했다. 그 동네의 집들은 거의 담장이 없었다. 카타 아줌마는 잔디를 밟고 성큼성큼 안쪽으로 다가갔고 엄마와 나는 내키지 않은 걸음으로 그 뒤를 바짝 붙어 따라갔다. 잔디밭에 내놓아진 물건은 그리 많지 않았다. 카타 아줌마가 말한 부자들의 소장품이 아니라 그냥 남이 쓰던 물건들이었다. 믹서와 토스터 같은 가전제품 몇 가지와 도자기 접시와 유리컵, 플라스틱 그릇, 그리고 숟가락, 빵칼 따위를 선반에 늘어놓았고 스탠드 등과 액자와 의자들, 그리고 어디에 쓰는지 모를 물건들이 바닥에 놓여 있었다. 옷과 신발과 책과 음반 같은 소소한 물건들 하나하나에도 손글씨로 가격이 쓰여 있었다. 주인인 듯한 금발 여자가 우리를 보더니 하이! 라고 인사를 건넸다. 어? 저 여자 집이었네. 카타 아줌마는 금발 여자에게 다가가 호들갑스럽게 인사를 나누었다. 그러고는 엄마 곁으로 돌아와서 말했다. 우리 둘째애 친구 엄마야. 재혼한다더니 살림을 처분하나봐.

엄마는 그 세일에 전혀 의욕을 보이지 않았다. 아줌마가 골라주는 대로 그릇과 냄비와 프라이팬 같은 것을 넘겨받아 손에 든 채 아줌마 뒤를 따라다녔다. 그나마 관심을 보인 건 나무식탁이었다. 나무의 결이 그대로 드러나고 모서리에 각이 들어간 그 식탁은 가격표 옆에 'OAK!'라고 강조한 종이가 붙어 있었다. 사 인용이었지만 가운데에 여분의 나무널을 끼워 넣으면 팔 인용으로까지 늘릴 수 있는 조립식 식탁이었다. 엄마가 손바닥으로 나뭇결을 쓸어보는 걸 본 카타 아줌마가 못마땅한 표정을 지었다. 식탁이 뭐가 급하다고. 눈을 가늘게 뜨고 식탁을 내려다보며 한마디 덧붙였다. 두 식구한테는 너무 크지 않아? 그 말을 듣는 순간 갑자기 엄마는 멍한 표정을 지었다. 그렇네. 엄마의 혼잣말은 들릴락 말락 작게 흘러나왔다.

금발의 주인 여자는 그 식탁을 무척 아꼈던 모양이었다. 예민한 물건이니 아끼고 손질해가며 사용해달라고 몇 번이나 당부를 했다. 한 달에 두 번은 레몬오일로 닦아주고. 닦을 때는 절대 화학세제를 쓰면 안 돼요. 꼭 천연오일을 사용하세요. 설명을 듣는 동안 엄마는 그녀에게서 시선을 떼지 않았다. 카타 아줌마가 삼십 달러나 깎았는데도 흥정은 쉽게 이루어졌다. 금발 여자는 또 식탁에 딸려 있던 의자를 가리키며 자신이 천을 떠다가 직접 등받이와 바닥을 만들었다며 그것들을 가져가서 한 세트로 사용해달라고 싼 가격을 제시했다. 카타 아줌마가 엄마 귀에 대고 속삭였다. 네가 마음에 드나봐. 돈을 지불한 뒤 엄마와 내가 트렁크에 실을 수 있도록 식탁을 분해하기 시작했다. 금발 여자는 우리 곁에 그대로 선 채 마치 작별인사라도 하듯이 두 손을 가슴께에 모으고 물끄러미 식탁을 내려다보았다. 잔디밭 안쪽에서 무뚝

뚝한 인상의 대머리 남자가 부르지 않았다면 그대로 울음이라도 터뜨릴 듯한 얼굴이었다. 금발 여자가 남자에게 다가가 얘기를 주고받는 게 보였다. 남자는 식탁을 너무 싸게 팔았다고 불평했는데 그것은 내 귀에까지 들려올 만큼 큰 소리였다. 차가 출발하자마자 카타 아줌마가 금발 여자에 대한 소문을 늘어놓기 시작했다. 그 대머리 남자와 헤어지려는 참이었는데 애가 생겨서 할 수 없이 합치는 것이며 죽은 지 일 년밖에 안 된 전남편도 암에 걸려 여자를 오랫동안 고생시켰다는 내용이었다. 그렇게 아끼는 식탁을 왜 팔까? 엄마의 혼잣말에 아줌마가 냉큼 대꾸했다. 남자 것까지 두 개라서 내놨대. 그럼 남자 걸 팔지 왜 자기 걸 팔아? 저 여자, 재혼도 잘못하는 거야. 엄마는 입을 다물고 앞만 바라보고 있더니 한참 뒤에 갑자기 고개를 끄덕였다.

몇 군데 개러지 세일을 더 들르고 난 뒤에야 카타 아줌마는 우리를 슈퍼마켓으로 안내했다. 세상의 모든 먹을 것이 전시된 듯한 대형 슈퍼마켓에서 엄마는 최소한의 식료품을 샀다. 객지에서는 돈밖에 믿을 게 없다고 카타 아줌마가 계속 검소한 생활에 대한 충고를 해댔기 때문이었다. 마침내 카타 아줌마가 구불구불한 골목을 돌아 한눈에도 주위의 다른 집과 어울리지 않게 작고 초라한 집 앞에 차를 세웠다. 잡초와 민들레로 뒤덮인 아줌마의 집 앞마당은 그날 처음 그 도시에 온 우리가 보기에도 몹시 어수선했다. 집안으로 들어오라는 말을 하지 않아 다행이었다. 아줌마를 내려준 뒤 엄마와 나는 운전석과 조수석으로 자리를 옮겨앉았다. 콘솔박스를 열어본 나는 아줌마가 차를 미리 깨끗이 비워놓았지만 지도만은 잊고 갔다는 걸 알았다. 지도를 펴서 무릎에 얹어놓자 엄마가 철컥 소리와 함께 안전벨트를 맸다. 긴장과 약간의 해방감이 섞인 얼굴로 엄마가 차를 출발시켰다. 그리고 즉시 길을 잃었다.

엄마는 끔찍하게 길눈이 어두웠고 방위도 파악하지 못했다. 교차로에 이르면 어느 방향으로 가야 할지 몰라 머뭇거렸다. 카타 아줌마가 가르쳐준 길 이름은 하나도 외우지 못했다. 표지판도 낯설었다. 특히 신호등이 없는 교차로에서 일단 정지한 다음 차가 도착한 순서대로 한 대씩 출발해야 하는 'STOP' 같은 사인에 대해서는 전혀 알지 못했다. 엄마는 번번이 그것을 그냥 지나쳤다. 경찰차가 뒤따라왔지만 영문을 몰랐으므로 도망치듯 더욱 속도를 높였다. 그리고 경찰에게 그날이 우리가 그 나라에 도착한 첫날이라는 사정을 더듬더듬 설명하는 것은 엄마가 아니라 나였다. 엄마의 국제면허증을 돌려주면서 경찰은 우리가 가야 할 길을 친절히 알려주는 동시에 다시 또 그런 식으로 난폭운전을 하면 구속될지도 모른다고 겁을 주었다. 어느 순간 우리는 또 프리웨이 위를 달리고 있었다. 지도에서 우리의 현재 위치를 찾아 내가 엄마에게 빠져나가야 할 출구의 번호를 일러주었다. 그러나 숫자 또한 전혀 외우지 못하는 엄마는 듣자마자 번호를 잊어버렸다. 내 지적을 받고 출구를 지나쳤다는 걸 알아차린 다음에는 당황한 나머지 황급히 차선을 서너 개씩 한꺼번에 바꾸었다. 뒤에 오던 차들이 경적을 울리고 욕을 퍼부으며 빠른 속도로 지나쳐갔다. 그때부터는 엉금엉금 기듯이 차를 몰기 시작했다. 다시 또 경찰차가 나타나 차를 세우라고 지시했을 때에 엄마는 이번에도 무슨 말인지 알아듣지 못했다. 속도위반이긴 한데 최저속도 위반이었다. 그러고도 한 시간이 넘도록 더 헤맨 뒤에야 가까스로 집에 도착했을 때 우리 둘 다 땀에 젖어 윗도리가 구겨질 대로 구겨져 있었다.

트렁크에 실린 박스와 봉투들을 모두 꺼내 삼층의 집으로 옮기기까지 몇 번이나 계단을 오르내렸다. 그것들을 풀어놓고 정리를 끝마칠 때까지 우리는 한마디도 나누지 않았다. 내가 식탁을 조립하고 창에 블라인드를 다는 동안 엄마는 계란을 부치고 햄을 구워서 낯선 나라에서의 첫 밥상을 차렸다. 정신을 차려보니 나는 식탁 상판에다 여분의 나무널을 모두 끼워넣고 있었다. 좁은 거실을 거의 다 차지할 만큼 큰 팔 인용 식탁을 만들어놓은 것이다. 그사이 날이 어두워져 있었다. 우리는 부엌 불을 켜고 커다란 식탁 귀퉁이에 앉아 말없이 저녁을 먹기 시작했다. 음식이 모두 짰기 때문에 나는 계속 생수병으로 손을 뻗었다. 사방이 무서울 만큼 적막했다. 이따금 위층에서 발소리가 쿵쿵 들려왔는데 그때마다 우리는 깜짝깜짝 놀라며 손을 멈춘 채 그 소리에 귀를 기울이곤 했다. 주차장으로 차가 들어올 때마다 창문에 비치는 불빛이 우리를 긴장시켰다.

어느 순간 엄마가 식탁 위에 포크를 내려놓고 벌떡 일어섰다. 대체 왜 이렇게 어둡게들 하고 사는 거니! 그러고는 갑자기 집안 여기저기를 돌아다니며 모든 곳의 불을 켜기 시작했다. 어떻게 천장등 하나가 없어! 이렇게 캄캄한 데서 밥을 어떻게 먹으라는 거야! 욕실과 방과 현관과 마루와 부엌의 전등 스위치를 전부 올렸지만 그중 두 개는 전구가 나가 있었다. 부엌에 들어간 엄마는 바닥에 놓여 있던 박스에다 마구 물건을 내던지기 시작했다. 도마, 접시, 국자, 볼, 주걱 등 개러지 세일에서 샀던 물건들이 요란한 소리를 내며 박스 안으로 들어갔다. 아직 식지도 않은 프라이팬과 뒤집개마저 던져버린 뒤 엄마는 식탁으로 돌아와 털썩 의자에 주저앉았다. 다음 순간 어깨를 들먹이며 울기 시작했다. 온 집안을 환하게 밝힌 채 흐느끼고 있는 엄마를 나는 묵묵히 바라보았다. 엄마의 울음은 시작할 때만큼이나 갑자기 그쳤다. 식탁 위에 팔꿈치를 올려놓고 두 팔을 엇갈려 얼굴을 가린 채 엄마는 잠시 숨소리를 죽였다. 이윽고 고개를 숙이고 다시 포크를 쥐었다. 햄 한 조각을 찍어 입안에 넣고 천천히 씹기 시작했다. 그것을 삼킨 뒤까지도 한참이나 계속해서 입을 오물거렸는데 마침내 고개를 들었을 때는 눈가가 젖어 조금 멍한 표정이었다. 한 손에 포크를 든 채 한참이나 나를 물끄러미 바라보던 엄마는 불현듯 입을 열어 중얼거렸다. 나는 어떤 사람이니? 그러고는 내 대답을 기다리지 않고 그대로 포크를 입으로 가져갔다. 위층에서 다시 발소리가 들려왔지만 별 반응 없이 계속 밥을 먹었다.

어쩌면 그날의 일들은 열세 살 내 인생에서 거의 처음으로 모험이라고 이름 붙일 수 있을 만한 사건이었다. 그때까지의 나의 인생은 단순하고 명확했다. 목표는 명문 외국어고등학교를 거쳐 일류 대학에 가는 것이었고 그런 다음에는 고소득이 보장되는 직업을 갖고 가정을 꾸리도록 정해져 있는 셈이었다. 나는 주어진 문제에 열심히 정답만 맞히면 되었다. 전혀 복잡하지 않았다. 나의 유년은 유복하고 화목해 보이도록 프로그래밍되어 있었으며 그 시스템 안에서 엄마와 나는 사이가 좋은 편이었다. 나는 학교와 학원에 다니느라 늘 바빴고 엄마는 엄마대로 시간을 보냈다. 사교적인 성격이 아니었던 엄마는 혼자 있는 걸 좋아했고 나 역시 그랬다. 규칙적이고 정돈된 환경을 좋아하는 점도 비슷했다. 아빠가 엄격한 데 반해 엄마는 나에게 관대했다. 때로는 무심해 보일 만큼 덤덤했는데 나는 거기에 별다른 불만은 품지 않았다. 엄마에게서 바라는 게 그 정도였기 때문이었다. 아빠는 달랐다. 아빠에게서는 기복과 힘이 느껴졌고 나는 그 힘을 선망했다. 아빠가 집에 들어오지 않는 날이 많아지면서 엄마와의 말다툼이 잦아졌을 때도 나는 아빠 편이었다. 아빠의 사업이 부도 직전이었다. 아빠는 엄마와 나를 위해서 서류상의 거짓 이혼이 필요하다고 엄마를 설득하려 했다. 그러나 엄마는 사업 실패 다음에 이혼이라는 상투적 수순, 그다음에 또 어떤 파탄의 도미노가 기다리고 있을지 두려워했다. 아빠가 말했다. 우리가 다 같이 사는 길은 이것뿐이야. 지금은 같은 편이 되면 불리해. 편을 나눠서 각자 살아남는 게 서로 돕는 일이라니까. 아빠는 엄마가 사업가의 아내뿐 아니라 한 사람의 성인으로 살아가기에도 너무 나약하고 무능한 사람이라고 비난했다. 요행과 그리고 타인의 호의에 의존하는 인생이라고도 했다. 그리고 한 번이라도 아빠의 인생에 적극적으로 도움이 돼보라고 몰아붙이기에 이르렀다. 그때의 아빠에게 중요한 것은 오직 엄마와 같은 편이 되지 않는 일뿐인 듯했다.

카타 아줌마는 엄마의 언니뻘 되는 먼 친척이었다. 오래전 미국으로 이민간 뒤 소식이 끊겼다가 유학 알선 일을 하게 되어 한국에 잠깐 들렀다며 연락을 해온 것이 바로 그 무렵이었다. 아줌마는 '편하게 그냥 카타라고 불러'라며 카타리나 박이라는 이름이 박힌 명함을 주고 갔다. 카타 아줌마에게서 연락이 올 때마다 엄마는 난처하고 성가신 표정을 지었다. 아빠의 뜻에 따라 나에게 각종 조기교육을 시켜왔지만 유학을 보낼 생각은 해본 적이 없었다. 그 생각이 바뀐 것은 아빠가 일주일이나 집에 들어오지 않았을 때였다. 엄마는 이혼하는 대신 몇 달 동안 아빠를 떠나 있기로 결심하여 카타 아줌마를 기쁘게 만들었다. 나는 그 결정이 나를 아빠가 아닌 엄마 편으로 만든다고는 생각하지 않았다. 아빠의 말대로 불리한 상황에서 벗어나기 위한 임시방편이라고 여겼는데, 자신이 원하는 방식으로 편을 나눈 것은 세 식구중 아빠뿐이라는 사실을 눈치챌 만한 나이도 아니었다. 그때 내가 알게 된 것은 내가 그동안 엄마와 사이가 좋았던 게 아니라 엄마에게 관심이 없었다는 사실이었다. 그리고 불리한 쪽으로 편입될까봐 불안할 뿐이었다.

3

카타 아줌마는 그뒤로 이틀을 더 찾아왔다. 우리에게 팔아넘긴 것보다 큰 차에 우리를 태우고 관공서와 은행을 돌았다. 우리는 신분증을 만들고 차량 등록 스티커를 받고 은행 계좌를 연 뒤 체크카드를 발급받았다. 또 한국인이 많이 사는 도시 외곽의 동네에서 핸드폰을 개설한 다음 한국 슈퍼마켓으로 가서 쇼핑을 했다. 엄마는 비상식량이라도 마련하듯 많은 양의 쌀과 라면과 김치를 샀고 번들 사이즈의 냉동식품과 싸구려 와인, 그리고 텔레비전을 샀다. 내가 다닐 학원에 가서 등록을 마치는 것으로 아줌마가 우리에게 해줄 일은 모두 끝났다. 덕분에 우리는 빠른 속도로 가난해졌다. 엄마는 나보다 훨씬 더 물정에 어두운 것 같았다. 손가락으로 셈을 하는 엄마보다 돈 계산도 내가빨랐다. 엄마는 집에서 나와 모퉁이를 도는 순간 길을 잃어버렸고 영어 실력은 어학연수에 대비해 초급 회화책 몇 챕터를 읽어본 정도였다. 나 없이는 운전과 쇼핑을 못 하는 것은 물론이고 혼자서는 집 밖으로 나가는 것도 곤란하다는 뜻이었다. 그 나라에서 열세 살은 완전한 미성년이었다. 보호자 없이 혼자 집에 남겨져 있기만 해도 이웃이 경찰에 신고를 하는 나이였다. 결국 엄마와 나는 한 발짝만 움직이려해도 장님과 앉은뱅이처럼 한 팀을 이룰 수밖에 없는 운명이었다.

우리 집의 첫 방문객은 인터넷을 설치하러 온 기사였다. 그 젊은 기사는 카타 아줌마가 전화로 잡은 약속시간보다 삼십 분 늦게 왔다. 현관 앞에서 잠시 망설이더니 신발을 벗고 실내로 들어왔는데 양말 뒤꿈치에 커다란 구멍이 나 있었다. 그는 시간을 어겼으니 자신이 받을 수당에서 오 달러를 깎아주겠다고 말했다. 작업이 끝날 때까지 나는 기사의 옆에 붙어 있었다. 그가 돌아가자마자 곧바로 인터넷에 접속해 아빠에게 이메일을 썼다. 주소와 전화번호를 알려주고 나니 더이상 할 말이 없었지만 아빠와 연락이 됐다는 것만으로 조금 마음이 편해졌다.

엄마는 먹을 것이 떨어졌을 때에만 슈퍼마켓에 갔다. 지도를 펼치지 않고도 나는 엄마에게 가는 길을 지시해줄 수 있었다. 주유소에서 셀프 주유를 하는 일도 내 몫이었다. 우리의 카트는 자주 남의 카트와 부딪쳤다. 얼마 안 가 나는 카트의 동선이 한국과 다르다는 걸 알아차렸다. 한국에서는 진열대에 가까이 붙어서 물건을 고르는데 그 나라에서는 반대편 진열대를 등지고 멀찌감치에서 물건을 골랐다. 카트가 부딪칠 때마다 고개를 숙이고 '쏘리'를 연발하던 엄마는 내가 그 사실을 알려주자 얼른 카트를 끌고 뒷걸음질을 쳤다. 엄마는 세탁세제와 부엌세제와 섬유유연제와 모발영양제도 구분하지 못했다. 카트에 담아놓은 애완동물용 간식, 무좀 연고와 테스터용 샴푸 등 몇 가지는 내가 다시 원래 있던 자리로 가져다놓아야 했다. 계산대의 점원은 일을 무척 열심히 하는 것 같았다. 카트에 담겨 있던 싸구려 와인들을 볼 때마다 엄마에게 파티를 하냐고 친절히 물었다. 곡물 시리얼을 봉투에 담아주면서 건강식이 최고라고 엄지를 치켜세웠고 스팸을 가리키며 자기가 제일 좋아하는 고기라고 농담을 던졌다. 그때마다 엄마는 무턱대고 고개를 끄덕였다. 점원이 언제 이사왔냐고 질문을 던졌을 때도 똑같았다.

엄마의 실수가 그다지 많은 것은 아니었다. 실수를 저지를 만한 상황을 애써 피했기 때문이다. 기부금을 모금하는 자원봉사자들이 초인종을 누른 적이 있었다. 엄마는 문 뒤에서 숨을 죽인 채 문을 열어주지 않았다. 계단이나 뒷마당의 공동 쓰레기장에서 종종 마주치는 사람들에게 인사도 건네지 않았다. 도착한 첫날 잔디밭에서 맥주를 마시던 남자들까지 합쳐 얼굴을 익힌 이웃이 네댓 명은 되었지만 그들과 마주치는 즉시 엄마는 고개를 푹 숙이고 가던 방향을 바꾸거나 걸음을 빨리해서 피해버리곤 했다. 가까운 공원을 발견한 뒤부터 우리는 이따금 산책을 시도했다. 그러나 주차장에 차를 세우고 나오는 순간부터 엄마는 내 팔을 꼭 붙잡았다. 누군가 부르는 소리만 들려도 마치 잘못이라도 들킨 것처럼 당황했고 내가 잔디밭을 가로질러 가려 하면 금지 표지판이 있을지 모른다며 두리번거렸다. 지나가던 사람이 의례적인 인사를 던져도 곧바로 불안한 표정이 되는 엄마가 산책에서 얻는 건 위축감과 피로뿐이었다. 주문할 때 수많은 질문에 대답해야 하는 식당 역시 좋아할 리 없었다. 팁을 계산하는 일에 특히 스트레스를 받았다. 늘 계산이 틀리기 때문만은 아니었다. 적게 주면 무시당하고 주제넘게 많이 주었다가는 비웃음을 살 거라며 종업원들의 눈치를 살폈다. 그리고 무엇보다 외식은 너무 비쌌기 때문에 나의 바람과 달리 그것은 우리가 하지 않아야 할 일로 간단히 분류되고 말았다.

생필품을 사거나 공원 산책을 나갔다 급히 돌아와버리는 것 외에 정기적인 외출은 일주일에 한 번씩 영어학원에 가는 것뿐이었다. 학원은 나의 흥미를 끌지 못했다. 그 나라에 처음 온 여섯 명의 한국 아이들이 모여앉아 서툰 대화를 시도하며 두 시간을 때웠다. 커리큘럼은 나보다 두어 살씩 아래인 아이들의 수준에 맞춰져 있었다. 그애들과는 아무런 공통점도 어울릴 일도 없었다. 무엇보다 수업이 끝나기를 기다리는 동안 혼자 있을 엄마가 불안해서 집중이 되지 않았다. 엄마는 한국 사람과 얘기를 나누는 것조차 꺼려했다. 한국말을 쓸 뿐, 겉으로 친절해도 속마음을 알 수 없는 낯선 사람이기는 마찬가지라며 경계심을 품었다. 엄마는 학원 근처의 찻집에 꼼짝 않고 앉아 있다가 내가 나타나면 의자 끄는 소리를 내며 곧바로 자리에서 일어나곤 했다.

집에 돌아와 현관문을 열면 제일 먼저 눈에 들어오는 것이 식탁이었다. 그 식탁을 보는 순간 엄마의 얼굴에는 안도감이 스쳐갔다. 가뜩이나 좁은 집의 거실을 거의 다 차지하고 있어 불편하다고 몇 번이나 말했지만 엄마는 식탁의 크기를 줄일 생각이 전혀 없었다. 달리 공간이 없었으므로 우리는 주로 식탁에 앉아 시간을 보냈다. 엄마는 빨래를 개켰고 가계부를 썼고 이마를 찡그린 채 텔레비전을 봤다. 슈퍼마켓에서 가져온 무가지를 펼쳐놓고 영어 공부를 하기도 했다. 나는 텔레비전을 보고 학원 숙제를 하고 랩탑으로 컴퓨터 게임과 인터넷 서핑을 했다. 그리고 아빠에게 편지를 썼다. 안부를 전하는 간단한 내용이었지만 아빠의 기대와 믿음을 잃지 않도록 수없이 문장을 고쳤다. 답장은 없었다. 우편함을 확인하는 것은 나의 주요 일과였지만 우편함에 꽂혀 있는 것은 언제나 광고전단과 전에 살던 사람 앞으로 배달된 체납 고지서뿐이었다.

한국에 있을 때 나는 혼자 있는 시간을 좋아했다. 친구도 별로 사귀지 않았고 일요일이면 컴퓨터 게임을 하거나 만화책을 보며 집에 틀어박혀 있곤 했다. 어디를 가나 거리가 붐비고 사람들이 북적이며 부대끼는 경쟁적 분위기가 마음에 들지 않았다. 하지만 아름다운 숲과 호수에 파묻혀 있는 그 도시의 여유로운 간격과 쾌적함과 조용함은 더욱더 지겨웠다. 밤의 깊은 정적 속에 이불 속으로 기어들어가며 때로 나는 걷잡을 수 없는 두려움과 슬픔을 느끼곤 했다. 세상으로부터 버림받은 채 그대로 잊혀지고 말 것이라는 생각이 들 때도 있었다. 아파트 동네를 구석구석 돌며 뜰채로 먹이를 포획하듯 아이들을 태우는 학원버스가 그리웠고 학원에 갔다 오는 길 밤늦게 집 앞 편의점에서 컵라면과 핫바를 먹던 기억이 떠올라 잠을 이루지 못하고 뒤척였다.

밤이면 엄마는 식탁에 앉아 싸구려 와인을 마셨다. 엄마는 레몬오일로 식탁을 닦다가 다리 안쪽에서 메이드 인 핀란드라는 글자를 발견한 이후 그 식탁을 더욱 마음에 들어했다. 북구 동화 속 아이들이 스케이트를 타고 운하를 건너가는 이야기와 핀란드의 숲과 운하에 가보고 싶었다는 어린 시절 꿈에 대해서도 들려주었다. 취한 엄마는 잘 웃고 말도 많아졌다. 식탁을 판 여자가 그 무뚝뚝한 남자와 결혼을 했는지, 이제는 어떤 식탁에서 밥을 먹는지 궁금하다고 말했다. 엄마는 여자의 전남편이 핀란드 사람일 거라고 멋대로 추측했다. 그 식탁은 전남편의 물건이었고 그 이유로 새 남자가 팔아치우라고 명령했다는 거였다. 그 남자도 이해가 가. 생각해봐라. 전남편이랑 함께 그 식탁에 앉아 얼마나 많은 시간을 보냈겠니. 오랫동안 함께 밥 먹은 사람은 쉽게 잊지 못하는 거야. 이따금 나는 엄마가 따라주는 대로 와인을 몇 모금씩 마셨다. 엄마는 열아홉 살 때 처음으로 남쪽 바닷가에 있는 고향을 떠나 서울에 올라왔다며 그때의 두려움과 외로움에 비하면 지금은 아무것도 아니라고 말했다. 입시학원에서 만났던 남학생을 짝사랑했는데 눈 내리는 크리스마스 날의 데이트는 지금도 기억에 생생하다고도 했다. 나의 유치원 시절 생일파티 때 왔던 주근깨가 많고 웃을 때 볼우물이 패던 여자애가 첫사랑이냐고 물어보기도 했다. 그 여자애가 우리 집에 놓고 간 빨간색 스웨터를 다음날 돌려주었던 게 갑자기 기억났다고 말하자 엄마는 식탁이 요술을 부려서 행복했던 시간들을 기억나게 해주는 거라고, 그런데 그 요술은 술 취한 사람에게만 통한다고 깔깔 웃었다. 엄마가 빈 병을 치우고 새 와인병을 꺼내오면 나는 자리에서 일어났다. 엄마는 나를 주저앉혔다. 그때부터는 더욱 횡설수설하며 외할머니에게서 들은 속담까지 끄집어냈다. 남의 옷 얻어입으면 걸렛감만 남고 남의 서방 얻어가면 송장치레만 한댔어. 그 말이 맞는지 두고 볼 거야. 내가 혼자 이불 속에 누운 뒤까지도 깊은 밤 정적 속에 엄마의 혼잣말 소리가 들려왔다. 문 두드리는 소리에 잠을 깼다면 그것은 엄마가 누군가의 문을 노크하듯 식탁을 똑똑 두드리는 소리였다.

4

내 생애 가장 길었던 그 여름 우리에게 규칙적인 일과가 한 가지 있긴 했다. 주말이면 언제나 우리는 차를 몰고 T아일랜드로 갔다. 건기라서 맑은 날만 계속되는 여름은 그 도시에서 가장 아름다운 계절이었다. T아일랜드 주민들은 호수에서 카약이나 요트를 타며 주말을 보냈다. 공원으로 피크닉을 가서 바비큐를 하고 연을 날리고 블랙베리덤불 아래 누워 책을 읽다가 지루해지면 열매를 따먹었다. 수십 개의 분수대에서 일제히 물이 솟아오르는 중앙광장에서는 주말마다 음악회가 끊이지 않았다. 다운타운에 있는 야구경기장으로 향하는 길고 긴 자동차의 행렬이 다리를 가득 메우기도 했다. 제트기 부대의 에어쇼가 벌어지는 날도 있었고 독립기념일에는 불꽃놀이를 보기 위해 담요와 맥주를 싸들고 호숫가 언덕으로 나갔다. 그 모든 일은 가족 단위로 이루어졌다. 그런 풍경을 먼발치로 바라보며 엄마와 나는 부지런히 동네를 돌아다녔다. 개러지 세일에 가는 것이었다.

무가지나 인터넷 게시판에서 세일하는 집 주소를 적어가기도 했지만 대개는 동네의 교차로와 골목 입구에 붙어 있는 안내 팻말을 보고집을 찾아 들어갔다. 그런 팻말에는 대개 멀리서도 알아보기 쉽게 풍선이 달리거나 알록달록한 종이접시가 붙어 있었다. 엄마는 어느 정도 운전에 익숙해졌다. 앰뷸런스 소리가 들리거나 스쿨버스가 정차해 있으면 즉시 차를 세우고 기다려야 하는 규칙을 익혔다. 세일하는집 잔디밭에 성큼 들어서는 일과 주인에게 웃음과 함께 인사를 건네는 일에도 조금씩 익숙해지는 것 같았다. 집 안팎을 모두 개방하는 에

스테이트 세일도 알게 되었다. 처음에는 남의 집 현관문을 열 용기가 나지 않아 문 앞에서 돌아와버리기 일쑤였지만 거기에도 차츰 적응이 되는 눈치였다. 그러나 가장 큰 변화는 그게 아니었다.

우리는 어느 집에 가나 비슷비슷해 보이던 물건들에서 이제 조금씩 차이를 발견할 수 있었다. 그 집의 가족 구성과 직업이나 취미, 라이프스타일까지도 짐작이 되었다. 엄마는 점점 물건을 고르는 것보다 집안을 엿보고 논평하는 데 흥미를 느끼는 것 같았다. 대개는 비판적이었다. 그곳 사람들은 오래된 물건이라도 사용설명서와 포장박스를 버리지 않고 차고에 보관해두었다가 중고품의 시세를 높였다. 가전제품은 수시로 신제품으로 바꾸기보다 오랜 기간 사용하는 편이었다. 거기에 대해 엄마는 검소하고 친환경적인 것 같지만 실은 부자들의 도덕적 자기만족이라고 일축했다. 여행지에서 산 기념품과 크리스마스용 선물박스들이 끝없이 나오는 집에 대해서도 엄마는 시니컬했다. 싼 물건이 넘쳐나는 거야. 못사는 나라에서 물자랑 노동력을 싸게 사오니까. 꼬마들이 쿠키와 레모네이드를 파는 개러지 세일에 갔을 때는 『아버지보다 돈 잘 버는 법』『소년들의 주식투자』 같은 책이 나와 있는 걸로 보아 유대인이 분명하다고 단정짓기도 했다. 자주 보이는 어떤 흑인의 흉상에 대해 물어보았을 때 엄마는 거만한 전문가처럼 대답했다. 저거? 킹 목사야. 나에겐 꿈이 있습니다, 라는 말을 한 사람인데 저건 언제나 팔려. 흑인들은 누구나 꿈을 갖고 싶어하거든.

나는 내 또래 남자아이들의 물건에 관심을 가졌다. 주로 야구카드나 게임팩, 스크래블 같은 보드게임 종류였다. 다트판과 스노보드 같은 것도 있었다. 가끔은 그 물건의 주인이었던 소년들이 아버지와 함께 잔디밭 한쪽에서 공을 차고 있기도 했다. 내가 그쪽으로 눈길을 돌리면 엄마는 내 귀에 대고 속삭였다. 우리 보라고 저러는 거야. 여기 사람들은 가정적으로 보이는 걸 좋아하거든. 부자 아버지들이 놀아줄 시간이 어딨니. 내가 알던 엄마는 험담을 할 만큼 남에게 관심을 갖고 있지 않았다. 그런데도 그 나라의 가족 분위기에 대해서 언제나 비판적이었다. 개러지 세일을 찾아 돌아다니다보면 살 만한 물건이 전혀 없는 경우도 있었다. 하이틴 소녀들이 여름 휴가비를 벌기 위해 옷장과 화장대에 처박혀 있던 어수선한 물건들을 꺼내놓기도 했는데 입던 팬티와 병에 반쯤 남은 매니큐어까지 있었다. 그녀들은 라디오를 크게 틀어놓고 누가 오든 말든 아무 관심 없다는 듯 선글라스를 쓴 채 선탠의자에 일광욕 자세로 누워 있었다. 어떻게 저런 걸 돈 받고 팔 생각을 하니. 엄마는 그 나라 소녀들이 뻔뻔스럽고 변덕이 심할 것 같다고 멋대로 단정지었다.

태도를 완전히 바꾸어 사소한 친절에 감동하는 일도 있었다. 내 자전거를 산 날이었다. 주인 남자는 키가 크고 미남이었는데 아침 운동 후에 샤워라도 하고 나온 참인지 로션 냄새가 강하게 풍겨났다. 그는 선물이라며 나에게 아동용 헬멧을 덤으로 주며 말했다. 자전거는 조심해서 안전하게 타는 물건이야. 안 그러면 저기 아름다운 엄마가 슬퍼하실 거야. 그러자 엄마는 웃음을 지으며 남자에게 '땡큐'라고 전에 없이 신속하게 대답하는 것이었다. 엄마가 고마움의 뜻으로 그 자리에서 헬멧을 써보도록 종용했지만 나는 끝내 고집을 피우고 쓰지 않았다. 그 물건의 주인이었던 소년이 남자의 뒤편에서 새 자전거를 타고 있는 걸 엄마가 보지 못했을 리는 없었다. 엄마는 값을 치른 뒤에도 그 집을 떠나지 않고 물건을 고르는 척하면서 흘끔흘끔 집안을 엿보았다. 엄마의 가장 큰 변화는 그것이었다. 남에게 관심을 가졌고 남의 인생을 엿보는 데 흥미를 느꼈으며 거기에서 어떤 새로운 규칙이라도 발견하려는 것 같았다.

개러지 세일에서 돌아오는 저녁마다 나는 뒷좌석과 트렁크에서 덜컹거리는 그릇들, 바스락거리는 비닐봉지 소리에 넌더리를 냈다. 무엇보다 싫었던 것은 그다음 과정이었다. 개러지 세일에서 돌아오면 우리는 다음날부터 사온 물건들을 손질했다. 접시와 플라스틱통을 세제에 담그고 전기포트와 믹서를 닦고 이쑤시개로 대나무 흔들의자에 낀 묵은 때를 벗겨냈다. 녹슨 유대식 청동촛대에 윤을 내고 등산램프의 그을음을 닦았다. 그런 일에 이틀이나 사흘을 꼬박 매달리다보면 낡은 물건들의 묵은 때와 초라함이 모조리 나에게로 옮아오는 기분이었다. 물건들을 버리거나 쓰리프트숍에 갖다주지 않고 가격표를 붙여 개러지 세일에 내놓는 부자들에게 화가 나기도 했다. 이제 우리 집 부엌에는 커피메이커와 토스터가 있었고 베란다에는 흰색 야외용 의자와 탁자가 놓여 있었다. 현관에는 매트가 깔리고 식탁에 식탁보가 씌워졌다. 구석구석 스탠드 등이 세워졌고 그 옆의 벽에는 동네 사람이 취미로 그린 그림 액자가 걸렸다. 그리고 아직은 필요 없지만 나는 책장과 책가방으로 쓸 헌 배낭도 갖게 되었다. 문양이 독특한 머그잔이나 대리석 체스판 같은 필요 없는 물건도 많았다. 남의 집 차고에 처박혀 있던 그 물건들은 모두 합해야 한국에 있을 때 내가 다니던 한 달 치 학원비도 안 되었다.

남의 것이었던 물건들에 둘러싸여 있다보면 이따금 그 물건의 주인이었던 사람들을 상상하게 되었다. 그 물건들에 깃든 시간에 대해서도 생각해보았다. 개인의 역사와 추억이 돈으로 환산되고 거래된다는 것이 마음에 들지 않았다. 한때 소중했던 것들이 필요 없어지고 결국 작은 이득을 위해 손쉽게 버려지고 만다고 생각하면 불현듯 격렬한 배신감과 슬픔에 사로잡히기도 했다. 그런 날은 아빠에게 편지를 쓰기 위해 책상에 앉았다. 하지만 더이상 아빠에게 할말이 없다는 것을 깨달을 뿐이었다. 깊은 밤 엄마가 식탁에 앉아 싸구려 와인을 기울일 때 그 팔 인용 식탁에 엄마와 나 이외에 다른 사람이 와서 함께 앉는 날은 영영 오지 않을 거라는 불길한 예감이 나를 혼란에 빠뜨렸다. 전등갓을 통과한 불빛이 짙은 음영을 드리워 엄마의 얼굴은 한층 지치고 늙어 보였다. 아빠가 자신과 한 팀이 되기에 유리한 파트너를 이미 찾아냈다 해도 놀랍지 않을 것 같았다.

나는 엄마를 집에 남겨두고 혼자 외출하기 시작했다. 자전거를 타고 공원을 몇 바퀴 돌면 온몸이 땀에 젖었고 잡념에서도 조금 벗어날 수 있었다. 혼자라는 게 무엇보다 좋았는데 한국에서와 달리 그것은 엄마로부터 벗어난다는 걸 의미했다. 그러나 나와 달리 여전히 혼자서는 외출할 수 없는 엄마와 함께 주말이면 어김없이 T아일랜드에 가야 했다. 엄마는 필요 없는 물건은 모조리 사버렸는지 이제는 이상한 물건을 사들이기 시작했다.

T아일랜드에서 보기 드문 작은 스튜디오에 간 적이 있었다. 집은 어두컴컴했고 청소도 잘 되어 있지 않았다. 헝클어진 머리에 무릎이 튀어나온 운동복 차림의 젊고 뚱뚱한 여자가 주인이었는데 슬리퍼 끄는 소리를 내며 쉴새없이 실내를 서성거렸다. 거실 한가운데에 늘어

놓은 물건은 모조리 옷과 구두였다. 행어에 빽빽이 걸려 있는 옷들은 게다가 모두 파티 드레스였다. 그 옆에 몇 줄로 늘어놓은 구두 역시 파티에 어울릴 만한 하이힐뿐이었다. 드레스에는 가격표가 그대로 붙어 있었고 구두 바닥은 깨끗했다. 새 물건들이었다. 엄마는 목이 깊게 패고 스팽글이 많이 달린 푸른색 드레스 한 벌을 꺼내 가슴에 대보았다. 보라색과 흰색이 섞인 롱 드레스와 그 옆에 걸려 있던 검은색 끈 드레스도 꺼냈다. 그리고 그 드레스 세 벌과 구두 두 켤레를 모두 샀다. 엄마에게 전혀 필요 없는 물건이었고 사이즈도 맞지 않았다. 불만스러운 얼굴로 뒷자리에 옷봉투를 던져넣는 나에게 엄마가 말했다. 저 아가씨는 한 번도 파티에 초대받지 못했어. 그리고 말야. 옷도 구두도 그 아가씨한테는 작은 사이즈였어. 저 외로운 아가씨는 자기를 더 작고 늘씬하다고 믿고 있는 거야.

어떤 무명 작가의 집에서도 비슷한 일이 있었다. 그 집 역시 길모퉁이에 있는 작은 집이었는데 내놓은 물건도 몇 가지 안 되고 구경하는 사람도 없었다. 다른 때 같으면 우리 역시 차에서 내리지도 않고 지나쳤을 집이었다. 그러나 엄마는 뙤약볕 아래 나무의자에 혼자 앉아서 책을 읽고 있는 주인 남자를 보자 길 옆에 차를 세웠다. 잔디밭 위의 물건은 모두 낡은 책들이었다. 집에 있는 모든 책장을 비웠는지 엄청나게 많았다. 희끗희끗한 머리에 중절모를 눌러쓴 남자의 옆에는 출간된 지 오래된 듯 누렇게 변색한 똑같은 책이 몇 줄로 높이 쌓여 있었다. 남자가 읽고 있던 책도 그중 한 권이었다. 남자가 엄마에게 말했다. 필요하면 그냥 가져가요. 많이 가져가주면 더 좋구요. 나는 이제 다시는 책을 안 읽을 생각이니까. 엄마가 웃으며 남자의 손에 들려 있는 책을 가리켰다. 아, 이건 내가 쓴 책인데 오늘까지만 읽을 거요. 그러고 보니 남자의 얼굴은 책 표지에 박혀 있는 작가의 사진과 같았다. 남자는 오랜만에 말을 들어주는 사람을 만났다고 생각했던지 엄마를 붙들고 계속 이야기를 늘어놓았다. 십삼 년 전에 썼는데 지금까지 서른일곱 권밖에 팔리지 않았어요. 오늘까지 팔고 나머지는 태울 겁니다. 일 달러예요. 엄마가 돈을 꺼내자 남자는 주머니에서 펜을 꺼냈다. 그러고는 청하지도 않았는데 '나의 서른여덟번째 독자가 되어주기를 바랍니다'라고 적은 다음 손목을 과장되게 움직여가며 사인을 했다. 이 책을 쓸 때는 내가 어리석었어요. 다시 읽어보니 이제야 그걸 알겠어. 우리가 차를 출발시키자 남자는 차를 향해 모자를 벗고 정중하게 인사를 했다. 그런 다음에는 다시 의자에 앉아 십삼 년 전에 쓴 자신의 책을 읽기 시작하는 거였다. 엄마는 그 책을 비어 있는 나의 책장에 표지가 정면으로 보이도록 세워놓았다. 세상에는 불행해졌을 때 명작을 쓰는 사람들이 많다며 그 책이 유명 작가의 처녀작이 될지도 모른다는 거였다. 엄마는 마치 불행을 수집하는 사람 같았다. 사고로 걷지 못하게 된 청년의 집에서 엄마는 그 청년이 즐겨 신던 조깅화를 샀다. 혼자 사는 아줌마에게서는 이혼한 전남편에게 결혼기념일 선물로 받았다는 주전자를 샀는데 그것은 물이 새고 주둥이도 깨져 있었다.

　언제부터인가 엄마는 에스테이트 세일만 골라 다니고 있었다. 집 안의 모든 방과 부엌과 욕실과 창고를 개방하고 그 안에 있는 것이면 무엇이나 파는 에스테이트 세일에는 온갖 물건들이 다 있었다. 그러나 살 만한 물건은 별로 없었다. 양로원이나 병원에 들어가는 노인들의 집이 대부분이었기 때문이다. 죽은 노인의 집도 많았는데 먼 데 사는 자식들은 전문회사에 맡겨 죽은 노인의 집과 유품을 통째로 팔아버렸다. 그런 집들은 잡초가 우거진 앞마당부터가 폐가를 연상시켰고 나무가 높이 자란 탓인지 대체로 습기가 많고 어두웠다. 벽과 바닥은 묵은 때로 덮여 있었으며 물건들은 퇴색하고 망가진 것투성이였다. 서랍에는 앨범과 편지 들이 그대로 들어 있었고 약병과 휠체어와 목발, 심지어는 변기통까지 굴러다녔다. 돈을 주고 사고 싶은 마음은커녕 낡고 망가진 물건들에 둘러싸여 죽어가는 노인들이 떠올라 보기만 해도 꺼림칙한 그런 물건들을 찾아다니며 고장난 시계나 곰팡이가 핀 무거운 스웨이드 재킷, 맞춤양복점 전화번호가 새겨진 나무 옷걸이를 사오는 엄마를 나는 도무지 이해할 수 없었다. 생면부지의 외국인 노인이 젊은 시절 수집했던 그림엽서의 먼지를 닦아내고 골동품도 못 되는 나무 스키를 닦고 기름 치는 엄마는 애초에 나와는 한편이 될 수 없는 존재였다. 나는 에스테이트 세일에 가더라도 집안으로 들어가지 않고 엄마가 나올 때까지 현관 밖에서 기다렸다. 그런 날은 점점 많아졌다. 죽음이 스며든 노인들의 집에 다녀온 뒤면 엄마는 언제나 깊은 생각에 잠기곤 했다. 교통신호를 보지 못하고 무심히 지나치기 일쑤였다. 차를 뺄 때 뒤쪽을 살피지 않고 무심히 후진시키는 일도 종종 있었다.

엄마가 무심히 후진을 하는 순간 우리 차 뒤를 지나가던 자동차가 있었다. 백인 중년 부부가 탄 그 유럽 세단은 급정거를 했고 이내 운전석과 조수석의 문이 동시에 열렸다. 그들은 차창을 마구 두드리며 하얗게 질린 엄마에게 면허증을 요구했다. 엄마의 국제면허증에서 국적을 확인한 뒤에는 험악한 표정으로 훈계를 했다. 너희 나라에서는 이런 식으로 운전을 가르치냐는 거였다. 당장 너희 나라로 돌아가! 죄송합니다. 엄마의 입에서 한국말이 튀어나왔다. 우리나라에서 살고 싶으면 우리나라 말을 써! 말을 알아듣지 못해 멍하니 바라보고 있는 엄마에게 그들이 소리쳤다. 살인자! 주차장에 있던 사람들 모두가 우리 쪽으로 고개를 돌렸다. 중년 부부가 자기들의 유럽 세단으로 돌아가 주차장을 완전히 벗어나 사라질 때까지 엄마는 숨조차 쉬지 못하고 얼어붙어 있었다.

차는 집을 향해 출발했다. T아일랜드와 우리 집 사이에는 몇 개인가 숲이 우거진 공원이 있었다. 십 분쯤 가다가 엄마는 갑자기 운전대를 꺾어 숲길로 접어들었다. 그리고 깊고 한적한 나무 아래 차를 세웠다. 발밑으로 바로 호수가 내려다보였다. 날씨는 한없이 맑고 아름다웠고 나뭇잎 하나하나에 햇살이 깃들어 바람이 불어올 때마다 사방으로 빛의 입자가 쏟아져내리는 것 같았다. 엄마는 호수를 물끄러미 내려다보고 있었다. 멀리서 들리는 새소리가 공원을 더욱 조용한 장소로 만들었다. 엄마 역시 조용했다. 곁눈으로 보니 등받이에 기댄 채 눈을 꾹 감고 있었다. 나는 엄마가 울음을 참고 있다고 생각했다. 그러나 조용하던 운전석에서 갑자기 흐느끼듯 길게 끄는 숨소리가 들려 고개를 돌려보니 엄마는 잠이 들어 있었다. 숨소리가 점점 규칙적이 되어갔다. 한차례 부드러운 바람이 지나가면서 머리 위의 나뭇가지를 흔들었다. 나뭇잎이 일제히 흔들리며 초록빛 속에 머금고 있던 햇살을 사방으로 되쏘았다. 그처럼 아름다운 풍경은 본 적이 없었다. 나는 숨을 죽이며 한참을 울었다. 내가 갇혀 있는 T아일랜드가 세계로부터 완전히 고립된 섬처럼 느껴졌다. 나는 거기 실려서 알 수 없는 곳으로 흘러가고 있는 것이다. 이 세상에는 더이상 깨어지지 않는 안전함이나 변하지 않는 소중함 따위는 존재하지 않는다는 생각이 들었다. 그러나 이 여름이 지나가고 가을이 되면 모든 것이 달라질 거라고 나는 믿었다. 가을에는 언제나 좋은 일이 적어도 한 가지는 있었다.

5

가을이 되었다. 나는 식탁에 앉아 공과금을 계산하고 그 금액대로 수표를 써서 봉투에 넣었다. 그리고 그것을 우편함에 넣기 위해 현관으로 나갔다. 우편함에 편지가 한 통 들어 있었다. 내 이름으로 보내온 우편물을 받는 것은 처음이었다. 나는 황급히 봉투를 열었다. 아빠가 생일카드를 보냈다는 건 이메일을 통해 이미 알고 있었지만 그렇다고 기쁨이 줄어드는 건 아니었다. 카드에는 다음주면 나의 선물이 도착할 예정인데 풀어볼 필요도 없는 것이 아빠 자신이 바로 그 생일 선물이기 때문이라고 적혀 있었다.

6

많은 시간이 흘렀지만 여전히 엄마는 길눈이 어둡고 계산에도 서툴다. 그러나 혼자 여행을 자주 떠난다. 지난가을, 긴 여행을 떠나기 전 엄마가 내게 전화를 걸어 고양이를 부탁했다. 사흘에 한 번 정도 엄마 집에 들러 자동급식기를 점검하고 물통의 물을 갈아주고 똥을 치우는 일이었다. 그쯤이야 어려울 것 같지 않았다. 나는 걱정 말고 떠나라며 그러나 너무 늦게 돌아올 생각은 말라고 큰소리를 쳤다. 그런데 엄마가 떠난 뒤로 계속 술 약속이 이어졌고 또 게으름을 피우다보니 일주일 뒤에야 집에 들르게 되었다. 엄마의 고양이는 무척 새침해서 내가 집에 들어서면 금세 어딘가로 숨어버리곤 했는데 그날은 현관 앞까지 달려나와 두 발을 모으고 야옹, 소리를 내며 동그란 눈으로 나를 올려다보았다. 고독 앞에서는 거만한 고양이도 어쩔 수 없는 모양이었다. 엄마가 시킨 세 가지 일을 마친 뒤 나는 식탁에 앉아 물 한 잔을 마셨다. 내가 앉아 있는 오크 식탁과 아프리카 문양의 금 간 머그잔 모두 오래전부터 눈에 익은 물건들이었다. 식탁 옆의 스탠드 등과 벽에 걸린 아마추어의 그림과 탁자 위의 장식 촛대 또한 익숙했다. 그리고 촛대 옆에 세워져 있는 계란 모양의 작은 액자, 거기에는 여전히 사라의 사진이 들어 있었다.

엄마는 사라를 만난 적이 없다. 당연한 일이다. 1923년생 사라가 칠십팔 세로 죽은 뒤에야 그녀를 알게 되었으니까. 사라는 아름답고 부유한 여성이었다. 옷장에는 모피코트와 승마복과 이브닝드레스가 걸려 있었고 서랍장에는 실크와 리넨과 레이스로 된 침대보며 식탁보들이 가득했다. 은식기와 고급 도자기와 크리스털잔을 세트로 갖추었다. 옷장 한 개를 차지한 구두와 모자 또한 모두 맞춤 세트였다. 그러나 그것들은 하나같이 아주 오래전에 유행이 지난 것들이었고 색깔이 바랜 채 먼지를 잔뜩 뒤집어쓰고 있었다. 에스테이트 세일에 나온 사

144

라의 오래된 집 역시 낡고 커다란 저택이었다. 여기저기 좁은 계단과 복도가 있어 미로처럼 복잡했으며 고목에서 뻗어나온 가지가 이층 창밖까지 올라와 있어 음산한 분위기를 풍겼다. 최근 몇 년 사이에 새로운 물건을 산 흔적이 전혀 없이 노파의 낡고 부서진 가재도구로 가득한 집 특유의 기묘한 냄새도 떠돌았다. 목발과 보행 보조기로 보아 사라는 홀로 병을 앓다가 죽은 것 같았다. 사라의 집이 에스테이트 세일에 나온 다른 어떤 노인의 집보다 방문객의 발길이 뜸한 것은 십 년은 청소를 하지 않은 듯 집안이 몹시 지저분했기 때문일 것이다. 거동이 불편한 노파가 오랫동안 혼자 살아온 집이라서 더러운 것만은 아니었다. 그 집은 사라의 시신을 옮긴 뒤 그대로 현관문을 닫아걸었다가 처음으로 연 것인지 죽음의 시간을 보존한 현장을 연상시켰다. 에스테이트 세일을 대행하는 회사가 앤티크 상품이 될 만한 물건만 골라가고 청소를 제대로 하지 않은 탓인지도 모른다. 그리고 고독하고 병들어 이해받지 못한 채 죽어간 노파의 커다란 이층집에 사라의 자식들은 아예 발걸음을 하지 않은 게 분명했다. 침대 주변에는 여기저기 물건들이 흩어져 있었다. 때 묻은 실크가운, 테두리의 금속장식에 녹이 슨 가죽 여행가방, 솔기가 뜯어진 스웨터 등 죽기 전의 사라가 가까이 두었던 것들이었다. 사이드 테이블에는 바닥에 찌꺼기가 말라붙은 찻잔 하나와 제본이 헐거워진 하드커버 소설책이 놓여 있었다. 그리고 침대 헤드에 원피스 한 벌이 걸쳐져 있었다. 레이스가 겹겹이 달린 그 푸른색 원피스의 목깃에는 '1946년 사라, 결혼식 때 입다'라고 쓰인 빛바랜 표식이 보였다. 사이드 테이블 위에 놓인 사진 액자를 보면 그 무렵의 사라의 모습을 알 수 있었다. 고풍스러운 벽돌건물 앞에서 학사모를 쓴 남자의 팔을 낀 채 웃고 있는 사진 속의 사라는 아름답고 행복해 보였다. 그러나 그녀의 발에서 미끄러진 해진 슬리퍼가 바닥에 뒹굴고 있을 뿐 사라는 그곳에 없었다. 아무리 기다려도 엄마가 나오지 않자 문득 불길한 생각이 든 나는 집안으로 들어갔다. 미로 같은 이층 저택 안을 한차례 헤매고 나서야 엄마의 뒷모습을 찾을 수 있었다. 사라의 망가진 흔들의자에 한 손을 짚은 채 방 한가운데 멍하니 서 있던 엄마는 등 뒤의 기척을 느끼고 고개를 돌렸다. 그때 왜 그렇게 느꼈는지 모르겠다. 나를 돌아보는 엄마의 얼굴은 평온하고 무심했다. 죽음의 무정한 허무가 깃들어 있었다. 그리고 그것은 벌써 오래전처럼 느껴지는 시절의 내가 알던 엄마의 얼굴이었다.

때때로 그해 여름을 떠올리곤 한다. 엄마는 늘 텔레비전의 볼륨을 높였고 집안의 모든 전등을 밝혀놓았다. 소리를 크게 한다고 영어를 더 잘 알아들을 수 있는 것도 아니었고 불을 켜놓는다고 해서 삶이 명쾌하게 보이는 것도 아니었다. 그러나 엄마는 자기를 둘러싼 어둠에 최소한이나마 저항의 신호를 보내야만 했다. 그때 엄마와 한편이 되어준 것은 불행한 여인의 식탁과 초대받지 못한 처녀의 파티 드레스, 그리고 잊혀진 작가의 후회스러운 젊은 시절 등 행복 바깥의 것들이었다. 그때 좀 이상했던 건 사실이잖아. 내 말에 엄마는 고개를 저었다. 너는 보수적인 열세 살이었거든. 엄마는 인생에 대단한 것은 없고 모두가 고독 속에 죽어갈 거라고 생각하면 행복하지 않다는 사실이 조금은 견디기 쉬워진다고 한다. 아마 그런 식으로 사라의 죽음이라는 목차에다 자신의 고독을 슬쩍 끼워넣었을 것이다. 죽음같이 센 쪽에서 있는 그대로의 모습을 드러낸다면 그 앞에 잠시 고독을 내려놓는 것쯤 대수롭지 않은 일일지도 모른다. 엄마에게서 슬픈 소년과 배고픈 고양이의 이야기를 들었을 때 나는 내가 둘 중 어느 쪽인지를 생각해보았다. 둘 다 아니었다. 나는 부스러기 정도인 것 같았다. 결코 보수적이지 않은 게으른 삶을 살고 있는 지금의 나에게도 어울리는 말이다. 하지만 나쁜 뜻은 아니다. 가끔씩 고양이를 부를 수 있다면 부스러기로 사는 것도 나쁘진 않을 것 같다. 길고 아름다웠던 그 여름날 한 번도 엄마와 같은 편이 되어주지 않아 미안해서 하는 말이다.

독일 아이들만 아는
이야기

1

일기예보와 달리 비는 오지 않았지만 잔뜩 흐린 날씨였다. 밤이 깊어 기온이 영하로 내려가면 눈이 쏟아질지도 모른다. 이원은 버스 차창 밖에 무심히 시선을 주고 있었다. 안내방송이 다음 정차할 정류장을 반복해서 알려주었지만 듣지 않고 있었다. 방송이 끝난 뒤의 짧은 정적. 비로소 이원의 얼굴색이 변했다. 뒤이어 의구심과 깨침과 당황, 세 단계의 표정이 한 묶음으로 빠르게 스쳐 지나갔다.

급히 몸을 일으키는 이원의 무릎 위에서 핸드폰이 발밑으로 굴러떨어졌다. 이원은 허리를 굽혀 한 손으로 핸드폰을 주웠다. 다른 손으로는 옆자리에 내려놓았던 가방과 우산을 모아쥐고 서둘러 출구로 달려갔다. 닫히려는 문틈으로 몸을 던져 가까스로 버스에서 내릴 수 있었다. 버스카드를 단말기에 스캔할 시간까지는 없었다. 버스가 출발한 뒤에야 그녀는 목이 허전하다는 걸 깨달았다. 목도리를 놓고 내렸다.

이원은 물건을 자주 잃어버렸다. 거의 일과라고 할 수 있었다. 물건이 보이지 않으면 잃어버린 걸로 단정짓고 찾아보지도 않을 정도였다. 그러므로 뭘 잃어버리면 상실감이 아니라 좌절이 찾아왔다. 좌절의 연륜이 깊어져서 체념도 빨랐다. 그런 이원이 선뜻 걸음을 떼지 못하고 버스가 떠난 방향을 망연히 바라보고 서 있는 데는 이유가 있었다. 목도리는 이원의 것이 아니었다. 빌린 것도 아니었다. 사실 잃어버리면 약간 난처한 물건이었다.

오피스텔까지 걸어가는 동안 목도리에 대한 생각이 떠나지 않았다. 그 목도리에 손댈 수 있는 사람은 이원뿐이었다. 모른다고 잡아뗄 상황이 아니었다. 손뜨개라서 똑같은 물건을 사다놓는 것도 불가능했다. 돈으로 변상할 수는 있을 것이다. 그렇게 되면 목도리를 잃어버렸다는 사실을 털어놓아야 하는데 어쩐지 억울한 마음이 들었다. 목도리를 욕심낸 것도 아니고 꼭 필요해서 걸친 것도 아니었다. 환기를 시킨 뒤 실내가 추워서 스탠드 행어에 걸려 있던 목도리를 무심코 둘렀을 뿐이었다. 외출 준비를 다 마치고도 시간이 남았던 게 탈이었다. 텔레비전을 보기 시작했고 불현듯 약속시간에 늦은 걸 깨닫고는 코트를 집어들고 급히 오피스텔을 나서야 했다. 엘리베이터에 이르러서야 탁자 위에 빼놓은 지갑이 생각나 다시 오피스텔로 돌아갔다. 그리고 현관문을 나서다 일기예보가 떠올라서 우산까지 챙겼고 내친김에 새 구두를 낡은 운동화로 갈아신느라 마음이 바빴다. 뒤늦게 목에 맨 목도리를 발견했지만 그것을 벗어놓으려 되돌아가기에는 시간이 너무 지체돼 있었다. 게다가 왜 미리 준비를 하는데도 매일같이 약속시간에 늦으며 꼼꼼히 챙기는데도 빠뜨리는 게 많은지 자책이 시작돼버려 머릿속에 다른 생각은 끼어들 틈이 없었다.

목도리는 유나의 것이었다. 이원은 유나가 유럽 연수를 떠난 동안 그녀의 오피스텔을 빌려 살고 있었다. 유나의 화분들을 돌보고 규칙적으로 청소를 했다. 유나의 원룸 오피스텔에는 많은 것이 갖춰져 있었다. 세련된 가구에 대형 텔레비전과 오디오세트, 책과 시디 들, 아로마 캔들과 고급 욕실용품 들, 운동기구, 그리고 스키세트까지. 신발장과 옷장도 가득 찼고 커다랗게 확대된 유나의 사진 액자만도 여섯 개나 되었다. 그 많은 물건이 유나의 성격대로 깔끔하게 정돈돼 있다. 이원은 수학여행을 빼고는 부모의 집을 떠나본 적이 없었다. 공무원시험을 준비하는 중이었지만 합격 가능성이 적다고 생각했으므로 그다지 열의가 없었다. 대학 때 서울로 올라와 오피스텔에 살기 시작했고 경력 사 년차 직원에게 두 달씩이나 연수를 보내주는 회사에 다니는 유나와는 많은 점에서 달랐다. 집에서 나와 살고 싶다고 입버릇처럼 말했지만 이원에게는 그럴 만한 적극성도 능력도 없었다. 집을 떠나 있겠다고 하자 부모는 반기는 눈치였다. 최근 들어 부모의 결혼생활에 그늘이 드리워졌다는 건 이원도 알고 있었다. 아무 일도 없는 척하느라 모두가 불편한 상태였다.

유나는 이 기회에 심야극장과 새벽 술집 같은 곳을 실컷 돌아다니며 놀라고 이원에게 말했다. 늦잠을 잔 뒤 느긋하게 즐길 수 있는 브런치 카페도 몇 군데 알려주었다. 오피스텔에 있는 자전거든 트레드밀이든 마음껏 사용해도 좋다는 말은 살을 빼라는 뜻이었을 것이다. 본인이 아니어도 사용할 수 있다며 피트니스센터의 회원권까지 빌려주었다. 유나의 충고가 아니라도 이원은 자신이 뚱뚱하다는 걸 잘 알고 있었다. 유나의 라이프스타일을 따라 해보고 싶은 마음도 있었다. 그러나 이원이 아르바이트로 모은 돈으로는 두 달 생활비를 감당하기도 빠듯할 것 같았다. 이원은 분에 넘치는 일에 돈과 시간을 낭비하는 게 아닌지 망설여졌다. 하지만 유나의 호의를 거절하기가 어려웠다. 유나는 집안에 있는 물건은 뭐든 쓰고 만져도 된다고 선선하게 말했다. 금지한 건 한 가지, 남자를 데려오는 일이었다. 몇 년 동안이나 안 나타나던 남자친구가 한두 달 안에 불쑥 생겨날 것 같진 않다는 이원의 말에 유나는 손뼉까지 치면서 깔깔 웃었다. 이원이 그처럼 솔직하고 욕심 없고 착한 성격이라 친구 중에 가장 믿음이 간다는 거였다. 하지만 목도리를 마음대로 두르고 나간데다 잃어버리기까지 했으니 이제 욕심 없고 착하기는 틀린 일이었다. 하나 남은 것은 솔직함이었다.

자기도 모르는 사이 이원은 길 가는 사람들의 목도리를 계속해서 흘끔거리고 있었다. 빨간색이면 더욱 유심히 보게 되었다. 유나의 스탠드 행어에 걸려 있던 빨간 목도리는 무늬가 없는 기본형이었다. 유나가 직접 떴을지도 모른다. 왜 그것만 밖에 걸어놨을까. 유나의 다른 목도리들은 옷장 안에 걸려 있었는데. 이원은 여행가방을 꾸린 유나가 목도리를 두르고 나가다 생각이 바뀌어 그것을 벗어서 행어에 걸쳐놓는 상상을 해보았다. 아니면 마지막에 두르려고 걸어놨다 잊어버리고 나간 건지도 모른다. 마지막까지 유나를 망설이게 할 만큼 아끼는 물건일 수도 있었다. 그렇다면 두 달이 지났다고 해서 잊어버릴 유나가 아니었다. 이원은 자신도 모르게 큰 사고를 친 것 같아서 점점 마음이 무거워졌다. 실수투성이인 자신이 난감하고 한심했다.

우편함 위에 잠시 올려놓은 장갑에서부터 찻집의 의자 등받이에 걸쳐둔 쇼핑백까지 이원은 늘 물건을 잊어버리고 나왔다. 공중화장실에 가방이나 우산을 놓고 나온 게 몇 번인지 모른다. 그런 일이 매일같이 일어나다보니 각성을 촉구하는 뜻에서 '오늘의 바보짓'이라는 항목을 만들어 적어본 일까지 있었다. 그걸 적어놓은 노트마저 잃어버렸지만 말이다. 잃어버리는 물건뿐 아니라 흘리고 빠뜨리는 물건도 많았다. 머리핀이나 볼펜이나 립글로스 같은 소소한 것은 수시로 없어졌다. 열쇠 뭉치나 필통처럼 결코 작지 않은 물건 역시 걸핏하면 달아나고 없었다. 떨어뜨린 물건을 남이 주워주는 일도 다반사였다. 식당 주인이 뒤쫓아 나온다거나 모르는 남자가 뒤따라오며 애타게 부른다거나 모두 그런 경우였다. 오래전 일이지만 남자친구에게 결별 선언을 하고 울면서 찻집을 뛰쳐나왔다가 탁자 위에 두고 온 핸드폰을 가지러 되돌아간 일도 있었다.

하지만 사람은 살게 마련이었다. 이원은 자신의 잦은 실수에 대한 이유를 마련해놓고 있었다. 그것은 자신이 너무나 빠르기 때문이라는 거였다. 이원은 눈도 빠르고 생각도 빨랐다. 돌발상황에 대처하는 동작도 빨랐다. 그렇게 빠르다보니 다른 사람보다 한 발 앞서서 미래로 넘어가는 것이고, 이미 과거가 되어버렸기 때문에 과거에 속한 물건에 대한 생각과는 단절이 되는 것이다. 그리고 빠른 것은 부주의하거나 조급한 것과는 엄연히 달랐다. 오히려 성격은 느긋하고 여유로운 편이었다. 약속장소에서 한 시간 걸리는 곳에 있다 해도 약속시간까지 오 분이 남아 있다면 아직 늦은 게 아니니 오 분만이라도 마음을 편히 먹기로 하는 식이었다. 오늘 일은 곧잘 내일로 미뤘다. 이원은 자신의 그런 긍정적 성격을 스스로에게 환기시켰다. 유나가 돌아오기까지는 많은 시간이 남아 있었다. 천천히 생각해도 늦지 않을 것이다.

2

케이블방송에서 방영되는 영화를 보다가 새벽에야 잠이 든 이원은 벨소리에 눈을 떴다. 신경질적으로 현관문을 쾅쾅 두드리는 소리에 이어서 성마른 여자의 목소리가 들려왔다. 소독이에요! 시계를 보니 정오가 넘어 있었다. 이원은 일어나 문을 열었다. 소독가운을 입은 여자는 비난이라도 하듯 큰 소리로 어유 추워, 하며 냉큼 현관 안으로 들어섰다. 여자는 연고처럼 끈적해 보이는 액체를 테이프에 묻히더니 싱크대 아래와 욕실에 붙였다. 바퀴벌레 있어요? 여자가 사무적으로 물었다. 아뇨. 그럼 이제부터 나타날 거예요. 네? 유인 살충제거든요. 유인이요? 걱정 마세요. 그래봤자 다 죽으니까. 네. 소독하는 집이 몇 집 안 되네요. 여자가 확인서류에 사인을 받고 돌아간 다음에야 이원은 확실히 잠이 깼다. 벌레를 막아주는 게 아니라 유인해서 시체를 치우게 하는 것이 소독이라니. 뭔가 '오늘의 바보짓'에 적어야 할 것 같은 기분이었다. 벽 뒤에서 몰려오던 바퀴벌레들이 놀라서 발길을 멈출 만큼 청소라도 깨끗이 해야 할 것 같았다.

청소를 마친 뒤 이원은 쓰레기를 버리기 위해 패딩점퍼를 걸쳤다. 슬리퍼를 신으려다 추워하던 소독원 여자가 생각나 어그부츠를 꺼냈다. 신발장 위에 벗어놓았던 털모자도 눌러썼다. 두 개의 플라스틱 바구니에 담긴 재활용 쓰레기와 음식물 쓰레기봉투는 양손에 나눠 들었다. 그런 다음 손가락으로 현관문 손잡이를 돌렸다. 순간 귀청을 찢을 듯이 요란한 경보음이 울렸다. 가끔 있는 일이었다. 디지털 도어록이 제대로 작동되지 않는 것이다. 이원은 얼른 도어록 박스의 뚜껑을 열고 그 안의 건전지를 빼냈다. 소리는 즉시 멈추었다. 조심스럽게 음극과 양극을 확인하며 다시 건전지를 끼운 다음 손잡이를 돌려보았다. 이번에는 아무 소리 없이 부드럽게 문이 열렸다. 번번이 그런 식이었다. 이원은 자신이 만지기만 하면 모든 기계들이 망가져버리는 것도 이해할 수 없었지만 무슨 이유로 저절로 고쳐져 있는지 또한 이해가 가지 않았다. 양손에 짐을 들고 엘리베이터를 향해 걸어가며 이원은 중얼거렸다. 생수, 라면, 달걀, 세제, 택배, 다섯 가지. 그동안에도 모자가 눈썹까지 흘러내려와 두 번이나 걸음을 멈추고 고쳐써야 했다.

편의점에서 물건을 산 뒤 이원은 경비실에 들러 택배상자를 찾았다. 이 짐을 다 들고 가려고요? 경비가 물었다. 괜찮아요. 이원은 옆구리에 택배상자를 낀 다음 한 손에 무거운 비닐봉투를 들고 다른 손에는 빈 플라스틱 바구니 두 개와 지갑을 겹쳐 들었다. 엘리베이터 버튼은 팔꿈치로 겨우 누를 수 있었다. 엘리베이터 안에 들어간 뒤 얼른 닫힘 버튼을 눌렀다. 그런데 문이 닫히려는 순간 엘리베이터가 다시 열렸다. 코가 빨개진 젊은 남자가 입김을 날리며 서 있었다. 남자는 이원을 향해 가볍게 고개를 숙여 보이고는 엘리베이터 안으로 들어왔다. 야상점퍼의 지퍼를 턱 밑까지 올리고 후드를 덮어썼는데도 몹시 추워 보였다. 마른 체격에 장갑과 목도리가 없어서 그렇게 보였는지도 몰랐다. 어쨌거나 잘생긴 얼굴이었다. 이원의 빠른 눈은 남자의 점퍼 주머니에 꽂힌 작고 흰 물건이 그 동네 제과점에서 파는 마카롱 상자라는 걸 놓치지 않았다. 남자는 불이 들어온 숫자판을 흘끗 보더니 그대로 이원의 대각선 방향으로 가서 섰다. 같은 층에 사는 사람일까. 아니면 리본 묶인 상자를 들고 친구를 찾아가는 방문객일까. 마카롱 상자를 받는다면 아마 여자일 것이다. 신혼의 남편일까. 그러기에는 얼굴이 너무 앳되었다. 이원처럼 그냥 마카롱을 좋아하는 사람일 수도 있었다.

엘리베이터에서 내린 이원은 빠르게 걸음을 옮겼다. 몇 발짝 뒤에서 계속 남자의 발소리가 들려왔다. 엘리베이터 앞에서 복도가 두 방향으로 갈라졌지만 남자는 이원과 같은 쪽을 택했다. 이원의 걸음은 점점 빨라졌다. 문 앞에 멈춰 서면 남자가 지나쳐가면서 오피스텔의 호수를 볼 수도 있었다. 남자의 의도가 아니라 해도 사적인 정보가 모르는 사람에게 노출되는 것은 꺼려졌다. 그러나 옷을 껴입어 몸이 둔했고 무거운 생수봉투가 자꾸 무릎을 치는 바람에 똑바로 걷기가 쉽지 않았다. 복도가 구부러지는 곳에 이르러 결국 이원의 손끝에 매달려 있던 지갑이 바닥으로 미끄러졌다. 허리를 굽히는 순간 택배상자도 옆구리를 빠져나갔다. 이어서 털모자가 완전히 눈을 덮었고 머리쪽으로 손을 들어올리다가 바구니들을 놓치고 말았다. 이원은 작은 체격이 아니었다. 균형을 잃고 뒤뚱거리는 품이 금방이라도 고꾸라질 것 같았다. 그러나 이원은 순식간에 상황을 수습했다. 얼른 모자를 올려쓰고 지갑을 바구니에 담고 봉투 주둥이를 한꺼번에 그러모아 끌어안은 채 질질 끌듯이 해서 현관문 앞에 가져다 내려놓았다.

남자의 발소리가 등 뒤에서 멈추는 게 느껴졌다. 이원은 급히 도어록의 비밀번호를 눌렀다. 창피하고 다급했지만 한 손으로 차양을 만들어 숫자를 감추는 건 잊지 않았다. 두 번 세 번, 반복해서 숫자를 눌렀다. 그러나 문은 열리지 않았다. 고집스러운 삑삑 소리로 불만을 표시할 뿐이었다. 2131도 아니고 2321도 맞지 않는 숫자였다. 그때 등 뒤에서 남자의 목소리가 들렸다. 2231로 해보세요. 숫자를 듣는 순간 이원은 그게 맞다는 걸 알았다. 집 호수를 거꾸로 누르면 돼요. 남자가 다시 말했다. 경쾌한 열림음을 울리며 잠금이 해제되었다. 번호 안 바꿨네. 남자가 또 한마디 했다. 이원이 돌아보니 그는 벌써 바닥에 내려놓았던 이원의 짐을 양손에 들고 있었다. 문 여세요. 이원은 얼떨결에 남자가 시키는 대로 했다. 남자가 짐을 잘 들여놓을 수 있도록 문을 활짝 열고 손잡이를 잡아주기까지 했다. 남자를 들이지 말라는 유나의 말이 떠올랐다. 하지만 그는 유나가 말하는 의미에서의 남자가 아닐 뿐 아니라 설령 그렇다 해도 이원이 아닌 유나의 손님이었다. 남자는 컨버스 운동화를 아무렇게나 벗어놓고 성큼 안으로 들어갔다. 싱크대 앞에 짐을 내려놓자마자 곧바로 스탠드 행어 쪽으로 걸어갔다. 그러고는 자신이 기대하던 것을 찾지 못했는지 실망한 얼굴로 팔짱을 끼는 것이었다. 이원은 최대한 태연한 표정을 지으며 천천히 어그부츠를 벗었다. 그러니까, 그렇게 된 거였다. 목도리의 주인은 유나가 아니었다.

3

　남자의 이름은 태현이었다. 태현은 자신을 유나와 잘 아는 사이라고만 소개했다. 근처에 볼일이 있어 지나가는 길에 잠깐 들러봤다고 심상하게 말했다. 유나가 유럽으로 연수를 떠난 것은 모르고 있었다. 유나가 있을 때보다 집이 훨씬 깨끗한데요? 그런가요? 그것을 끝으로 유나와 관련된 화제는 더이상 이어지지 않았다. 그가 마카롱을 건네며 자연스럽게 커피를 청했을 때 이원은 선선히 자리를 권했다. 이원에게는 가뜩이나 추워 보이는 태현을 그대로 돌려보내기 미안한 이유가 있었던 것이다.

　태현이 목도리 얘기를 꺼낸 건 커피를 마시고 자리에서 일어날 때였다. 한번 찾아볼게요. 이원이 말했다. 태현은 야상점퍼 주머니에서 핸드폰을 꺼냈다. 찾으면 전화 주실래요? 태현의 전화번호를 핸드폰에 입력하는 과정에서 이원의 번호도 그의 핸드폰에 남았다. 이원은 문을 열어주기 위해 태현보다 한 발 앞서 현관으로 나갔다. 조마조마한 마음으로 도어록의 손잡이를 돌렸다. 그러나 귀청을 찢을 듯한 경보음은 여지없이 터져나왔다. 소리를 멈추게 하려면 또다시 케이스를 열고 건전지를 빼내는 수밖에 없었다. 태현은 이원이 건전지를 뺐다가 도로 끼우는 것을 물끄러미 바라보고 있었다. 변명이라도 하듯 이원이 말했다. 됐다 안 됐다 해요. 왜 그런 줄 알아요? 이원은 깜짝 놀랐다. 그 말과 함께 태현이 등 뒤로 바짝 다가왔기 때문이었다. 태현은 손잡이 위에 얹힌 이원의 손가락 위에 자신의 손가락을 겹치고 힘을 주어 손잡이를 돌렸다. 문이 열렸다. 조용히. 태현과 이원의 눈이 마주쳤다. 태현이 말했다. 끝까지 안 돌렸거든요. 손잡이를 반만 돌려서 그래요. 태현의 얼굴에는 장난기 어린 웃음이 떠올라 있었다. 혹시 나무젓가락 잘 못 쪼개지 않아요? 이원은 정곡을 찔린 듯했지만 아무 대답도 하지 않았다. 짝짝이로 쪼개지죠, 맞죠? 반만 쪼개서 그런 거예요? 이원도 피식 웃고 말았다. 태현이 그것 보라는 듯 이원의 등을 가볍게 쳤다. 아까 마카롱 포장 벗길 때 알아봤어요. 봉지 같은 거 막 잡아뜯죠? 그거요. 이상한 거 아녜요. 그냥 뭔가 남들 하는 방식하고는 핀트가 안 맞는 거예요.

태현이 돌아간 뒤 이원은 라면을 끓였지만 반을 남겼다. 괜히 집안을 서성이며 화분의 줄을 맞추고 책장에서 빼놓았던 책을 제자리에 꽂았다. 식기건조대의 접시들을 크기에 맞춰 다시 정리했다. 머릿속이 복잡했다. 이제 목도리와 관련된 사람은 둘로 늘어나 있었다. 왜 나한테는 이렇게 복잡한 일들만 일어나는 것일까. 어쨌거나 방법은 세 가지였다. 태현과 유나 둘 다에게 목도리를 잃어버린 걸 털어놓고 잘못을 비는 것. 둘 다에게 본 적 없다고 시치미를 떼는 것. 태현에게 시치미를 떼고 유나에게는 잘못을 비는 것. 하지만 세 가지 다 내키지 않았다. 거짓말하는 건 자신이 없었고 잘못을 빌기는 더 싫었다.

갑자기 스쳐가는 생각이 있었다. 이원은 욕실로 들어가 체중계를 꺼냈다. 몸무게뿐 아니라 체지방과 근육량까지 알려주는 그 체중계는 사용자의 정보를 입력하게 되어 있었다. 기계 다루는 게 서툰 이원은 처음에는 그 체중계를 조작할 엄두가 나지 않았다. 유나의 회원권으로 피트니스센터에 나가기로 결심한 날에야 처음으로 설명서를 읽어가며 사용법을 익혔다. G라는 기호에 일련번호를 붙여 여섯 명까지

등록할 수 있었다. G1은 키 162, 나이 27. 이것은 유나였다. 이원은 자신의 정보를 G3로 등록했었다. G2가 이미 등록돼 있었기 때문이다. 이원은 재빨리 체중계의 버튼을 눌러 G2를 찾아보았다. 178, 28. 태현이 맞는 것 같았다.

뭔가 남들의 방식과 핀트가 안 맞는 것. 그게 뭘까. 이원은 태현의 말을 곰곰이 생각해보았다. 자신이 뭔가 남들과 어긋나 있다는 건 이원도 늘 생각해온 것이었다. 그런데 뭐가 어떻게 안 맞는지는 도무지 알 수가 없었다. 노력을 안 해본 건 결코 아니었다. 남들처럼 학원에 들락거리며 여러 가지를 배웠다. 하지만 모두 실패였다. 수영 강습을 두 달이나 다녔지만 물에 뜨지 못했다. 운전도 마찬가지였다. 필기시험에 합격한 뒤 일 년의 유효기간이 지나도록 실기시험을 통과하지 못해 결국 포기하고 말았다. 다이어트 때문에 가장 의욕적으로 시작했던 요가 역시 석 달 만에 그만두었다. 그때는 이원이 포기한 게 아니라 학원이 문을 닫은 것이긴 했다. 이원은 다른 학원을 알아보지는 않았다. 유나의 피트니스센터에 간 건 딱 두 번이었다. 세 번째 날 운동가방을 챙겨 나가긴 했지만 버스정류장에서 도로 들어와버리고 말았다. 각기 기구를 붙들고 땀을 흘리는 사람들 틈에서 쭈뼛거리며 시간을 보내다 돌아올 게 뻔했기 때문이다. 유나의 자전거는 안장에 올라타는 것부터 난관이었다. 올라타는 데까지는 성공했지만 넘어질 때마다 사람들이 흘끗거리는 바람에 일찌감치 집으로 끌고 돌아왔다. 이원은 자신이 잘 배우지 못한다는 걸 알고 있었다. 남의 말을 귀담아듣지 않고 혼자 잡념에 빠지곤 했다. 늘 머릿속이 복잡하고 산만했다. 끈기와 배짱이 없는 것 또한 사실이었다. 그 모든 것에 대해 살아오는 동안 귀에 못이 박이도록 지적을 받았기 때문에 잘 알고 있었다.

　이원은 소파에 앉아 스탠드 행어를 멍하니 바라보았다. 그리고 긴 한숨을 내쉬었다. 그 모든 배움의 장애에도 불구하고 잃어버린 목도리를 대신해서 자신이 직접 목도리를 뜨는 것 외에 다른 방법이 전혀 떠오르지 않았다. 거짓말을 하기는 싫었다. 그렇다면 잘못을 빌어야 했고 잘못을 빌 바에야 빈손을 비비는 것보다는 뭐라도 들고 있는 편이 나았다. 남의 집을 공짜로 빌려 사는 처지에 그 정도의 자존심은 지켜야만 비굴해지지 않을 것 같았다. 물건을 자주 잃어버리는 일이 좌절을 일상화시켰다면 실패한 배움은 자신을 둘러싼 세계의 위축 같은 것이었다. 어릴 때 이원은 부모를 따라 자주 산에 갔다. 가을 산에는 물이 말라갔다. 바위를 훑고 흘러내리던 물줄기가 사라지고 바위 틈에 조그만 웅덩이가 고이기 시작했다. 그것들은 점점 크기가 작아져 나중에는 보자기만해졌다. 이원은 웅덩이가 물고기들의 집이라고 생각했다. 점점 좁아지는 집. 그 속에서 한사코 지느러미를 흔들던 물고기를 잊을 수 없었다. 한 가지를 실패할 때마다 집이 좁아지듯 자신을 둘러싼 세계가 오그라들며 좁혀져왔다. 그리고 열고 나가려 할 때마다 문에서는 경보음이 울렸다. 하지만 태현의 말대로 반만 돌렸거나 남들과 핀트가 안 맞는 것뿐일지도 모른다. 이원은 일단 그렇게 믿어보기로 했다.

4

이원은 인터넷 검색으로 가까운 뜨개방을 찾아냈다. 동네 상가 이
층이었다. 경기가 좋지 않은 탓인지 여기저기 비어 있는 점포에 '임대'
라는 글자가 붙어 있었다. 계단을 올라가며 이원은 뜨개방이 문을 닫
았을지도 모른다고 생각했다. 차라리 그랬으면 하는 마음이었다. 그
러나 뜨개방 간판이 쉽게 눈에 들어왔다. 정교한 손뜨개 원피스 위에
망토를 두른 마네킹이 쇼윈도에서 이원을 맞아주었다. 모자와 목도리
에 가방까지 온통 털실로 휘감은 마네킹 옆으로 '손뜨개 강습, 수강생
모집'이라고 쓰인 이젤형 칠판이 보였다. 이원은 처음 가는 장소의 문
을 선뜻 열지 못했다. 식당이나 가게에 들어갈 때는 언제나 일행의 뒤
에 섰다. 쇼윈도를 기웃거리며 두어 번 왔다갔다 마음의 준비를 한 후
에야 뜨개방의 문을 열 수 있었다.

온갖 색깔의 실로 가득 채워져 있는 선반들이 먼저 눈에 들어왔다.
벽에 걸린 액자는 물레에서 황금색 실을 뽑는 금발 여인의 그림이었
다. 맞은편에는 커다란 탁자를 중심으로 소파와 의자 들이 놓였고 거
기 앉은 몇 명의 여자들이 일제히 뜨개질을 하고 있었다. 그중 아무도
얼굴을 들지 않았다. 이원은 실을 구경하는 척하면서 머쓱하게 서 있
었다. 소파 가운데에 앉은 돋보기를 쓴 호리호리한 여자가 주인이자
뜨개질 선생 같았다. 여러 색이 배합된 복잡한 무늬를 뜨고 있었는데
손놀림이 거침없고 빨랐다. 자리도 가장 많이 차지하고 있었다. 그 옆
의 세 여자는 수강생으로 보였다. 한눈에도 손놀림이 주인과는 차이
가 났고 본을 내려다보거나 콧수를 세느라 자주 손을 멈췄다. 이원은

164

탁자 모서리에 앉아 있는 몸집이 큰 젊은 여자가 수제자 아니면 직원일 것이라고 짐작했다. 다른 수강생들과 달리 등받이가 있는 나무의자에 앉아 있었고 손뜨개 베레모를 쓰고 있었기 때문이다.

이윽고 베레모 여자가 고개를 들고 이원을 홀끗 보았다. 실 사시게요? 여자의 말투는 심드렁했다. 네. 여자가 턱으로 선반을 가리켰다. 보세요. 그 말을 던진 뒤 여자는 다시 고개를 숙이고 뜨개질을 계속했다. 그대로 나가고 싶은 마음을 억누르며 이원이 말했다. 저기, 뭘 사야 할지 몰라서요. 그제야 여자는 뜨갯감을 탁자에 내려놓고 귀찮다는 듯 몸을 일으켰다. 자신이 뜨고 있는 것과 비슷한 색깔의 스웨터를 입었는데 그것 때문에 더 뚱뚱해 보이는 것 같았다. 이원은 아무래도 다시 다이어트를 시작해야겠다는 생각을 잠깐 했다. 여자가 이원 쪽으로 다가왔다. 목도리 뜨실 거죠? 그걸 어떻게 단박에 알았을까. 어쨌든 이원은 고개를 끄덕였다. 여기 샘플이 있으니까 보세요. 여자가 가리키는 행어에는 다양한 색깔과 모양의 목도리가 걸쳐져 있었다. 어떤 걸로 뜰지 결정하면 그것과 똑같은 실을 주는 모양이었다. 뜨는 법은 가르쳐주죠? 목도리는 안 돼요. 여자가 잘라 말했다. 저기 강습이라고 써 있던데. 모자부터예요. 여자는 얼른 뜨개질을 계속해야 한다는 듯 탁자 쪽을 돌아보며 단문으로만 대답했다. 목도리는 실만 팔아요. 알아서 뜨셔야 해요. 네? 어떻게요? 책도 있고 유튜브에도 많이 있잖아요. 제가 뜨개질이 처음인데, 할 수 있을까요? 여자가 이원을 빤히 바라보며 대꾸했다. 다들 하잖아요. 바보 아니냐는 눈길이었다. 이원은 긴 한숨을 내쉬었다. 벌써부터 세계가 좁혀드는 첫 단계로 내쳐졌다는 막막한 느낌이 왔다.

그때 뒤쪽에서 점잖고 권위 있는 목소리가 들려왔다. 코 잡는 건 가르쳐드려요. 이원은 몸을 돌려 소파 쪽을 바라보았다. 양손에 대바늘을 쥔 채 주인이 돋보기 너머로 이원을 건너다보고 있었다. 주인이 입을 떼자 수강생들도 이원에게 힐끗 눈길을 주었다. 실 고르시고 이쪽으로 와 앉으세요. 품위와 너그러움이 느껴지는 목소리였다. 이원은 주인이 뜨개질계의 장인이자 권위자일 거라는 강한 확신에 사로잡혔다. 베레모 여자가 조금 친절해진 말투로 이원에게 물었다. 남자 목도리 뜨실 거죠? 어떻게 알았을까. 그럼 여섯 타래는 있어야 해요. 이원은 여자가 권하는 대로 알파카 털실 여섯 타래를 샀다.

주인은 원장으로 불렸다. 자, 보세요. 원장은 엄지와 검지 사이에 실을 걸고 그 가운데에 대바늘을 끼워넣었다. 이렇게 한 다음 두 손가락에 걸린 실에 번갈아 바늘을 넣는 겁니다. 한 번 넣으면 한 코가 만들어지죠? 따라 해보세요. 원장은 노련한 손놀림으로 순식간에 코를 만들었다. 이원도 자신의 빨간 실을 당겨가며 더듬더듬 따라 했다. 코를 만드는 건 실을 훑쳐 구멍을 만드는 것과 비슷했다. 원장이 말했다. 그렇게 육십 코를 만들어요. 다 되면 저한테 말씀하세요. 이원이 양손에 대바늘을 붙잡고 실과 씨름하는 사이 원장은 옆의 수강생이 잘못 뜬 부분을 풀어서 새로 떠주고 다른 수강생에게는 무늬에 맞게 콧수를 계산해 알려주었다. 그런 다음에는 다시 자신의 뜨갯감으로 돌아가 잽싸게 손을 놀리기 시작했다. 뜨개질은 생각처럼 한가롭고 정적인 일이 아니었다. 한순간도 바늘에서 시선을 뗄 수 없기 때문에 몹시 바쁜 작업이었다. 끊임없이 팔과 손을 움직이는 정밀하고 다이내믹한 작업이기도 했다. 자칫 콧수를 놓치고 무늬가 틀어질 수 있기 때문에 작업 분위기는 도서관 못지않게 정숙했다. 음소거 상태에서 바쁘게 기계가 움직이는 작업장 같다고나 할까. 이원이 들어왔을 때 거들떠보지도 않던 것이 이해가 갔다.

이원은 공손하게 두 손으로 자기가 만든 코를 원장에게 내밀었다. 여기요, 원장님. 원장이 이마를 찌푸렸다. 육십 코가 아니라 팔십 코네요. 네? 딴생각하다보면 콧수를 놓쳐요. 풀고 다시 만드세요. 이원은 시키는 대로 얼른 다시 코를 만들기 시작했다. 그런데 갑자기 원장이 만들라고 한 코가 육십 코인지 팔십 코인지 헷갈렸다. 둘 중 어느 쪽이 뜨라고 한 숫자인지 뜨지 말라고 한 숫자인지 생각이 나지 않았다. 고심 끝에 팔십 코로 하기로 했다. 남자 목도리는 여자의 것보다 코를 더 많이 잡는다는 말이 기억났던 것이다. 그러나 이번에도 퇴짜였다. 원장은 콧수를 세어보지 않고 흘끗 보기만 해도 알았다. 다시 뜨세요. 겨우 코 잡는 걸 세 번씩이나 해요? 한심하다는 듯 원장이 덧붙였다. 어른이 육십이라는 숫자 하나 못 외우세요? 수강생 둘이 눈길을 교환했다. 둘 다 웃음을 참고 있는 눈치였다. 사실 이원은 숫자에 약했다. 외우는 전화번호는 두 개를 넘지 않았고 주소나 통장번호 같은 것도 듣는 순간 잊어버렸다. 심지어 성묘에서 네 번 큰절을 올릴 때 세 번에서 멈추기 일쑤였다. 고유명사도 잘 외우지 못했다. 이름이나 지명에 약해서 학교 다닐 때에 암기과목의 성적이 제일 나빴다. 적는 습관을 들이려 했지만 적어놓은 메모지를 어디에 뒀는지 기억하지 못해서 수첩을 쓰기 시작했는데, 수첩마저 어디 있는지 찾아다녀야 했다. 생각다 못해 여러 개의 수첩을 여기저기 두고 쓰기로 했더니 어떤 내용을 어떤 수첩에 적어놓았는지 몰라 종일 뒤지고 다니는 게 일이었다. 그러나 원장의 지적은 맞는 말이 아니었다. 이원은 못 외운 게 아니라 헷갈린 거였다.

5

　코를 완성하고 나자 원장은 돋보기 너머로 이원을 넘겨다보며 물었다. 더 배워도 되겠어요? 이원은 고개를 끄덕였다. 배우시겠어요? 한 번 더 다짐을 받은 뒤에야 원장이 시범을 보이기 시작했다. 대바늘로 실을 끌어다 코 안에 집어넣은 다음 바깥쪽의 실을 걸어서 빼냈다. 그것만 반복하면 되었다. 뜨개질이란 선으로 면을 만들어가는 일이었다. 방법은 딱 두 가지였다. 대바늘을 아래에서부터 위로 꽂아 실을 감아 뜨면 겉뜨기이고 반대로 가로로 꽂아 감아 뜨면 안뜨기였다. 두 가지를 몇 코씩 섞느냐에 따라 무늬가 결정되었다. 아무리 크고 복잡한 옷도 그 두 가지 방법으로만 뜨는 거였다. 간단한 만큼이나 신기했다.
　이원은 실을 빨간색으로 골랐던 것과 같은 이유로 무늬가 안 들어간 목도리를 원했다. 원장이 지시했다. 그럼 한 줄은 겉뜨기로 뜨고 다음 줄은 안뜨기로 뜨세요. 그런데 제일 중요한 건. 이원은 그다음부터는 듣지 않았다. 원장의 말이 끝나기만을 기다렸다. 설명을 마친 원장이 아시겠죠? 라고 물었을 때 이원은 엉뚱하게 대답했다. 원장님, 저는 무늬를 안 넣으려고요. 그냥 겉뜨기로만 할게요. 원장의 목소리가 높아졌다. 아니, 설명을 잘 들으셔야지 혼자 멋대로 생각하면 어떡해요. 겉뜨기로 뜬 걸 뒤집으면 안뜨기가 되잖아요. 뜨개질은 뒤

집어가면서 왕복하는 거예요. 뒤집었을 때는 반대로 떠야죠. 네. 이원이 곧바로 대답하자 원장이 조금 말투를 누그러뜨렸다. 성격이 급하세요. 급하신 분들이 설명은 잘 안 듣고 나중에 딴소리를 하시더라구요. 하지만 이원은 그렇게 생각하지 않았다. 뒤집어 뜬다는 사실을 미처 몰랐을 뿐이지 급했던 건 아니었다. 또 첫 단계에서 납득을 못했는데 다음 단계의 설명을 알아들을 리 없었다. 들으나 마나 모를 것이라서 안 들은 거였다. 이원이 남의 말을 잘 듣지 않는 것은 대개 그런 경우였다.

이원은 수업태도는 좋았지만 교사의 말을 거의 듣지 않고 혼자만의 생각에 빠져 있곤 했다. 물론 질문도 하지 않았는데 그것은 아는 게 없어서 궁금한 점이 없기도 했지만 나중에 혼자 궁리해서 알아보겠다고 미루는 것이 몸에 밴 학습태도였기 때문이었다. 그 태도가 지금처럼 이원을 잡념 많은 독학자로 만들었다. 공무원시험 공부도 처음엔 남들처럼 학원에서 시작했다. 하지만 모르는 게 나오는 순간부터 수업에 집중하지 못했다. 대신 강사의 말투와 몸짓과 옷 입는 스타일과 편애하는 학생에 대해서는 세세한 부분까지 파악하고 있었다. 학교 교사들은 이원에 대해 성실하고 차분하다거나 학습의욕이 없고 산만하다고 상충되는 평가를 내렸다. 눈에 보이는 대로 이원이 자신의 말을 열심히 듣는 줄 알았던 교사와 딴생각에 빠져 있다는 걸 눈치챘던 교사와의 차이였다. 이원은 둘 다 틀렸다고 생각했다. 자신은 성실하다기보다 고지식했고 차분하다기보다 소심했다. 그리고 교사가 가리켜 보이는 게 아닌 다른 방향에 집중하고 있었을 뿐 결코 산만하지 않았다.

아시겠어요? 원장이 다시 설명했다. 중요한 건 힘 조절이에요. 초보자는 힘이 너무 들어가서 빽빽하게 떠요. 나중에 목도리 끝이 돌돌말리는 것도 그래서 그런 거고. 중년 남자들이 그런 목도리 매고 있으면 틀림없이 어린 딸이 떠준 거예요. 맞아. 수강생 하나가 웃으며 고개를 끄덕였다. 그렇다고 너무 느슨하게 떠도 안 돼요. 구멍이 숭숭나서 보기 싫어요. 근데 제일 나쁜 건 들쭉날쭉한 겁니다. 그래서 힘조절이 중요하다는 거예요. 그리고 이걸 아셔야 해요. 이원은 그때부터 초조해지기 시작했다. 그 이상은 외우기 힘들었기 때문이다. 이원은 여러 단계의 정보를 한꺼번에 기억하지 못했다. 길을 물었을 때에도 여러 단계로 가르쳐주면 앞의 두어 개밖에 기억하지 못해 영락없이 헤매고 말았다.

방위감각이 없다거나 공간지각력이 없다는 식으로 이원의 성격을 규정하려는 남자가 있었다. 혈액형과 별자리 같은 걸로 사람을 판단하는 남자였다. 그는 이원이 B형이라 사교적이고 예민하다고 단정지었다. 본인이 아니라고 해도 소용없었다. B형이 원래 자기 자신에 대해 잘 모른다며 자기 결론을 밀어붙였다. 이원은 전갈자리였다. 그렇기 때문에 경쟁심이 강하다는 것도 어이없었지만 섹스에 관심이 많을 텐데 아니라고 하는 건 내숭이라고 말하는 데는 은근히 화가 났다. 그는 테스트도 좋아했다. 이원의 성격이 급한 걸 증명해 보이겠다며 조급증 진단 테스트를 다운받아온 적도 있었다. '외출할 때 물건을 놓고 나와 들락날락한다'는 맞았고 '남의 말을 자른다'도 조금은 맞다고 할 수 있었다. '지하철에서 사람이 내리기 전에 먼저 탄다'와 '도로에 뛰어내려 택시나 버스를 탄다'는 전혀 아니었다. 이원은 비난받을 일을 하기에는 소심하고 겁도 많았다. '사탕을 끝까지 녹여 먹지 못한다.' 이건 정반대였다. 이원은 종이처럼 얇아진 사탕이 혀끝에서 녹아 없어지는 순간의 아슬아슬한 단맛을 좋아했다. '엘리베이터 안에서 걷는다'는 장난으로 만들어놓은 항목 같았다. 결정적으로 이원에게 해당되지 않는 게 있었다. '하루를 되돌아보거나 명상에 잠기는 시간이 없다.' 이원은 그런 일로 거의 하루 전부를 보냈다. 몇 개의 질문으로 사람을 분류한 다음 유형화하는 방식을 이원은 믿지 않았다. 그 남자에게 잘 보이기 위해 사상체질이나 애니어그램에 관심을 가지려고 한 적이 있긴 했다. 이원은 거기에서 제시한 유형 중 자신이 어디에 속하는지 도무지 알아낼 수가 없었다. 그것부터가 문제인지도 모른다. 배움이란 대다수가 따르는 틀에 맞추는 것이고 그 보편적 규칙 안에 편입되는 일이었다. 이원은 자신이 어디로 끼어들어가야 할지 자리를 찾을 수가 없었다.

그사이 뜨개방에는 몇 명의 손님이 다녀갔다. 모두 목도리를 뜨려는 젊은 여자들이었다. 그중 한 명만 실을 샀을 뿐 나머지는 이것저것 물어보더니 다음에 오겠다며 그냥 나갔다. 베레모 여자는 여전히 불친절했는데 이제는 그런 태도도 이해가 되었다. 겨울이 되면 수많은 여자들이 남자에게 선물하기 위해 목도리 뜨기를 시도했다. 특별하고 멋진 선물이 되기를 원하는 욕심은 크지만 대부분 돈이 풍족하지 않은 연령대였다. 인터넷의 가격 비교 사이트와 할인 앱스토어 덕분에 정보는 많았다. 이원은 그녀들이 어떻게 그렇게 취향이 까다롭고 의심과 질문이 많으며 베레모 여자의 노골적인 불친절에도 불구하고 꿋꿋하게 자신이 원하는 대화를 끝까지 이어갈 수 있는지 감탄스러웠다. 그들은 뜨개질을 배워 계속하려는 게 아니라 목도리 하나만을 목표로 하고 있었다. 실을 사는 것도 이번 한 번일 것이다. 목도리 수강생을 받지 않는 데에는 이유가 있었다.

사실 이원도 그중 하나였다. 태현의 목도리를 뜬 다음에 다시 뜨개질을 할 마음은 없었다. 하지만 다른 여자들과 결정적으로 다른 게 있었다. G2를 위한 G3의 노동은 G1로 수렴될 뿐이었다. 이원을 빼고는 다른 수강생들 모두 가까운 사람을 위해 뜨개질을 하고 있었다. 한 수강생은 남편의 조끼를, 그 옆의 수강생은 중학생 딸의 생일선물이 될 모자와 장갑 세트를 떴다. 소파에 기대앉은 만삭의 임신부는 아기옷을 뜨고 있었다. 베레모 여자까지도 남자친구와 커플로 입을 스웨터를 뜨느라 그렇게 열심인 거였다. 원장만이 이원처럼 잘 모르는 남자가 입을 카디건을 뜨고 있지만 그것은 주문품이었다. 이원은 갑자기 의욕을 잃었다. 친구의 남자친구 목도리를 뜨고 있어서일까. 태현이 자신의 남자친구가 아니기 때문인지도 모를 일이었다.

어느 순간 이원은 코가 쉰아홉 개밖에 되지 않는다는 걸 깨달았다. 아무리 세어봐도 한 코가 모자랐다. 원장에게 보이고 물어볼 수밖에 없었다. 코를 빠뜨리고 떴잖아요. 뒤집어서 첫 바늘을 뜰 때 코가 안 빠지게 신경썼어야죠. 원장은 깐깐한 목소리로 덧붙였다. 손님들 들락거리는 거 신경쓰지 말고 집중하세요. 네. 이원은 코바늘을 잽싸게 놀려 빠진 코를 만들어넣는 원장의 손놀림을 열심히 바라보았다. 이제 틀리지 마세요. 다음번에는 안 고쳐줍니다. 네. 원장의 태도가 싸늘해 이원은 자기도 모르게 고개까지 숙이고 말았다. 그때부터는 한 줄을 완성할 때마다 코를 두 번 세 번씩 세어 확인해가며 뜨개질을 했다. 목도리 하나를 완성하는 데 시간이 얼마나 걸리는지 물어보려고 몇 번인가 원장 쪽을 바라보았지만 엄한 분위기에 위축된 나머지 이원의 시선은 맞은편 벽에 걸린 액자 위를 스쳐 제자리로 돌아오곤 했다.

이원은 그 그림 액자 속의 이야기를 알고 있었다. 황금실에 둘러싸인 아름다운 여자는 액자 속에서 긴 머리카락을 늘어뜨리고 물레를 돌리는 중이었다. 구석에 작게 그려져 있는 흉측하게 생긴 난쟁이 역시 실을 잣고 있었다. 황금실을 만드는 것은 물론 여자가 아닌 난쟁이다. 어릴 때 이원은 왕이나 공주가 등장하고 결혼식을 올리는 동화를 좋아하지 않았지만 그 이야기만은 마음에 들었다. 착하고 훌륭한 사람은 아무도 없고 나쁜 사람만 등장하는 동화였다. 그 액자를 선택한 사람은 그림 형제의 이야기까지는 몰랐을지도 모른다. 물레와 황금실과 여인의 모습만 보고 뜨개질의 낭만적인 이미지를 만드는 데에 적당한 그림이라고 생각했을 것이다.

화장실에 다녀오던 베레모 여자가 이원의 발밑을 손가락으로 가리켜 보였다. 이원이 탁자 아래를 내려다보니 빨간 실뭉치가 바닥에 떨어져 저만치 굴러가 있었다. 이원은 탁자 밑으로 얼굴을 숙이고 발밑에서 실뭉치를 주웠다. 그 바람에 무릎 위에 올려놓았던 대바늘이 바닥으로 떨어졌다. 다시 탁자 아래로 한쪽 팔을 뻗는 이원에게 원장이 점잖게 타일렀다. 하나씩 하나씩, 순서대로 하세요. 이원은 아무 대답도 하지 않았다. 그다음 받을 지적이 무엇일지 알 것 같은 기분이었다. 다시 바늘을 잡은 이원은 어쩐지 목도리 폭이 좁아졌다는 느낌을 받았다. 세 코나 빠져 있었다. 그것도 한가운데였다. 마지막 코에 신경을 쓰는 동안 중간에서 코가 한꺼번에 빠져나간 걸 몰랐던 것이다. 눈에 잘 띄는 자리에 손가락이 들어갈 만한 크기의 구멍이 숭숭 나 있었다. 이원은 원장의 눈을 피해 짐을 챙기기 시작했다. 집에 돌아가 원장이 하던 대로 혼자서 어떻게든 해결해볼 생각이었다.

이원이 자리에서 일어나자 베레모 여자가 따라서 몸을 일으켰다. 원장도 고개를 들며 뜨다가 막히면 언제든 나오라고 말해주었다. 베레모 여자가 일 회분 수강료를 요구했을 때 이원은 당황함을 감춘 채 급히 지갑을 꺼냈다. 원장과 수강생 모두 말없이 뜨개질에 열중해 있었다. 이원에게는 왠지 내부자 세계처럼 느껴지는 풍경이었다. 그 세계는 이원이 빠짐으로써 더욱 보편적이고 정연해진 것 같았다.

6

알고 보니 잡념과 뜨개질은 서로 존중하고 독려하는 관계였다. 간섭을 일으키지도 않았다. 공부를 하든 아르바이트를 하든 친구를 만나든 이원의 머릿속에서 끊임없이 풀려나오는 잡념은 집중을 방해했다. 그러나 뜨개질할 때는 달랐다. 마음껏 생각을 돌아다니게 놔두면서 기계적으로 손을 놀리다보면 목도리가 한 뼘쯤 늘어나 있고 복잡한 생각 몇 가지가 지나가 있었다. 마치 손끝에서는 목도리가 풀려나오고 머리 쪽에서는 암호로 가득 찬 텔레그래프 용지가 풀려나오는 것 같았다. 게다가 그 과정이 고스란히 몸에 새겨지면서 미묘한 생각의 파장을 일으켰다. 뜨개질이란 바늘을 이용해 실을 엮는 간단한 일이었다. 특히 평면인 목도리는 잇거나 줄이거나 하는 기술 없이 직사각형을 늘려가기만 하면 되었다. 그러나 이 단순한 목도리 뜨기의 세계에는 수많은 선택과 좌절과 성취, 그리고 인생의 드라마가 들어 있었다.

목도리 뜨기의 드라마는 실의 선택에서부터 시작되었다. 이원은 실의 굵기나 재질에 대해 아는 게 없었으므로 별로 신경쓰지 않았다. 하지만 몇 시간이나 손을 놀렸는데도 조금밖에 진전되지 못했을 때 첫번째 후회가 찾아왔다. 굵은 실을 선택했더라면 훨씬 시간을 줄일 수 있었을 것이다. 그러나 목도리의 모양이 잡혀가면서 생각이 바뀌었다. 목도리는 뭐니뭐니해도 포근하고 부드러워야 했다. 굵은 실이었다면 너무 투박했을 게 틀림없었다. 그런 의미에서 감촉이 까슬까슬한 알파카 실을 선택한 것은 실수인 것 같았다. 앙고라 실 쪽이 훨씬 부드러웠던 것이다. 그 생각도 반드시 옳은 것은 아니었다. 목도리 길이가 늘어나면서 중량감이 느껴지기 시작했고 그때부터는 가벼운 알파카 실의 장점이 두드러졌다. 이원은 이 과정이 사람들의 관계와 비슷하다고 생각했다. 시간이 흘러가고 상황이 바뀌는 데 따라 한 사람의 장점과 단점이 역전되는 일을 흔하게 보아왔기 때문이었다.

뜨개질은 금방 손에 익었다. 속도가 빨라지면서 실뭉치가 금방금방 작아지는 게 눈에 보였다. 이때쯤이면 실뭉치에서 조금씩 실을 풀어가며 뜨는 게 귀찮아 한꺼번에 뭉텅이로 풀어놓게 되었다. 그러면 영락없이 엉키고 말았다. 그때그때 뜨개질을 멈추고 엉켜 있는 실을 풀어야 하는데도 속도 내는 데 열중해서 미루다보면 나중에는 엉킨 실을 푸는 게 엄청나게 복잡한 일이 되어 있었다. 귀찮아서 가위로 잘라

내고 매듭을 지으면 그 자리가 두고두고 눈에 거슬렸다.

전체적으로 고르게 뜨기가 가장 어려웠다. 원장이 말하는 힘 조절이었다. 좀 빽빽해졌다 싶어 실을 느슨하게 하면 앞부분과 균형이 맞지 않았다. 다시 빽빽하게 뜨면 얼마 안 가서 다시 느슨하게 떠야 했다. 그런 과정을 반복하게 되면 모양은 여지없이 망가졌다. 고르지 않다고 느꼈을 때 곧바로 포기하고 풀어버리는 게 최선책이었다. 그걸 알면서도 결정을 내리기가 쉽지 않았다. 아까운 마음에 몇 줄 더 뜨다보면 자연스러워질 거라며 헛된 기대로 자기를 속이게 마련이었다. 결국 스무 줄만 풀어도 되는 기회를 놓치고 백 줄을 풀고 다시 떠야 했다.

중간에 과감히 포기하고 풀어버리는 사람이 있는가 하면 그르친 상태로 어떻게든 이어가는 사람도 있을 것이다. 잘못된 줄 알면서도 돌이키기가 아까워 계속한 사람은 목도리를 일찍 완성하지만 모양은 엉망이다. 코를 빠뜨려 다시 이은 자국, 실을 끊어버린 자리에 튀어나온 매듭, 넓어졌다 좁아졌다 우스꽝스러운 모양. 그래도 자신의 선택이니 애정을 갖고 의미를 부여하려 노력할 것이다. 과감히 풀어버린 사람은 다시 시작하여 자신이 원하는 목도리를 완성했을까. 그것은 알 수 없다. 그 과감성으로 목도리 뜨기를 그만두어버렸을지도 모르고 또 곧 계절이 바뀔 테니 목도리 따위는 필요 없다고 결론지었을 수도 있다. 이원은 오랜만에 부모를 생각했다. 결혼을 유지하는 건 목도리를 이어 뜨는 일 같은 게 아닐까. 부모님은 서로에게 어떤 목도리를 떠주었을까. 이원은 길에서 돌아다니는 수많은 커플의 모습을 머릿속으로 그려보았다. 그들은 인생의 겨울에 어깨를 움츠리고 거리로 나왔다. 그리고 목에는 모두 목도리가 둘러져 있다. 대부분 우스꽝스럽고 서툰 솜씨지만 그러나 실패작이라고 할 수는 없을 것 같았다.

이원은 그동안 실패했던 수많은 배움에 대해 생각했다. 운전강사는 공식을 외워야 한다고 강조했다. 어깨와 대시보드와 주차선이 일직선이 됐을 때 운전대를 한 바퀴 반 돌린 다음 후진 기어를 넣는다, 룸미러의 중간에 선이 닿으면 정지한다. 다시 어깨와 선이 일직선이 될 때까지 전진한다. 이원은 납득할 수가 없었다. 어깨와 일직선이 된다는 게 무슨 뜻일까. 사람마다 앉음새가 다르고 어깨를 내미는 각도도 달랐다. 의자에 앉을 때 몸을 내미는 습관이 있는 이원으로서는 공식이 외워지지 않았다. 수영은 왜 실패했을까. 수영강사가 멋져서 의욕적으로 시작했는데. 친절하게도 강사는 매번 이원의 허리를 들어주었지만 그 손을 떼는 즉시 이원은 물속으로 가라앉았다. 힘을 빼셔야죠. 그 말을 도무지 이해할 수 없었다. 힘을 주는 건 잘 알았다. 하지만 힘을 빼는 건 어떻게 하는지 알쏭달쏭했다. 차라리 온 힘을 다하는 것이 힘을 빼는 것보다 훨씬 쉬울 것 같았다. 이원은 가위질을 하거나 선을 그을 때 똑바로 된 적이 없었다. 그 역시 힘 때문이 아니었을까. 걸핏하면 블라인드를 고장내는 것도 힘 조절에 실패했기 때문인지도 모른다. 나무젓가락을 짝짝이로 가르는 것도.

7

보름쯤 지난 뒤 이원은 태현에게 문자를 보냈다. 목도리 가져가세요. 처음 친 문장은 그게 아니었다. 목도리 찾아가세요, 였다. 하지만

독일 아이들만 아는 이야기 177

적당하지 않은 표현 같아 지우고 다시 썼다. 마침표를 찍은 뒤 한참을 들여다보았더니 이번에는 뭔가 부족한 것 같았다. 뒤에 한 문장을 덧붙여보았다. 마음에 들지 모르지만. 역시 없는 편이 나은 것 같아 지워버렸다. 그런 다음 조심스럽게 전송 버튼을 눌렀다. 핸드폰을 손에 쥔 채로 한참을 기다렸지만 태현에게서는 답장이 오지 않았다. 답장이 온 것은 나흘 뒤 저녁 무렵이었다. 태현이 보낸 것도 한 문장이었다. 지금 갈까요? 이원은 그 문장을 한참 동안 내려다보았다.

유나에게서 엽서가 온 것은 목도리를 완성하고 며칠이 지난 뒤였다. 주말에는 주변의 여러 도시로 여행을 다니는 모양이었다. 스페인 세비아의 성당 앞 야외 찻집에서 엽서를 쓴다고 적혀 있었다. 안부를 전하기보다는 여행길에 만난 새 남자친구에 대한 흥분을 전하고 싶은 것 같았다. '네가 가보고 싶어하던 말라가에는 못 들를 것 같아'의 다음 문장은 '남자친구와 여기서 주말을 다 보내기로 했거든'이었다. '우리가 백화점에서 함께 봤던 스페인 인형을 본토에서 보니 네 생각이 많이 났어.' 그 뒤는 남자친구가 플라멩코 인형을 선물했다는 말로 이어졌다. 스페인 도자기 인형의 이름은 이원도 아직 기억하고 있었다. 야드로. 아무리 해도 외우지 못하는 이원에게 유나가 예수의 두 제자 이름을 합해보라고 했을 때 이원의 대답은 베고보였다. 이원은 태현에게 유나가 보낸 엽서 이야기는 하지 않았다. 하지만 베고보 이야기는 해주었다. 태현은 고개를 젖히고 큰 소리로 웃었다.

태현은 극단에서 일했지만 겨울철 아르바이트로 스키 강습을 하고 있었다. 첫 시간에 뭘 배우는지 알아요? 안 넘어지는 법? 이원이 대답했다. 그럴 것 같죠? 넘어지는 법을 제일 먼저 가르쳐요. 안 넘어지려고 버티면 다치거든요. 넘어지는 게 안전하다구요. 하지만 자신은 얼음판에서는 절대로 넘어지지 않는다며 태현이 싱긋 웃었다. 얼음판에서 넘어지는 건 미끄러지는 순간 비명을 지르기 때문인데 자신은 그걸 생략하고 시간을 아껴서 몸의 균형을 잡는다는 거였다. 물론 소리도 안 내고. 그러고는 이원도 비슷하지 않느냐고 물었다. 빠른 사람은 잘 안 넘어지거든요. 그게 아니라 균형을 잘 잡으니까 안 넘어지는 거잖아요. 이원이 반박했다. 균형감각도 중요하죠. 피겨선수들이 턴할 때처럼. 태현은 피겨스케이팅 경기를 가까이에서 본 적이 있다고 말했다. 점 하나를 찍고 거기를 계속 바라본대요. 그래야 턴을 하고 제자리로 돌아왔을 때 안 넘어져요. 이원은 잠시 생각해보았다. 균형이란 여러 개 사이에서 저울질하는 것 같지만 실은 자기에게 집중하는 일이다. 하나만을 바라보는 게 균형이라니. 처음 듣는 소리지만 어쩐지 납득이 되었다.

8

이원은 두 달을 채우지 않고 조금 일찍 유나의 오피스텔을 나왔다. 아빠에게서 문자가 왔기 때문이었다. 집에 돌아오는 게 좋겠다. 문자를 보낸 사람이 엄마가 아닌 아빠라는 게 마음에 걸렸다. 이번 주말에 갈게요. 마침표 뒤에 이원은 웃는 눈 모양의 이모티콘을 붙였다.

떠나기 전날 유나의 오피스텔을 구석구석 청소했다. 화분에 물을 주고 싱크대의 그릇을 모두 꺼내 씻었다. 현관 바닥과 자전거 위의 먼지를 닦고 욕실 청소도 마쳤다. 체중계를 꺼내 G3의 기록을 지우기 전 마지막으로 몸무게를 쟀다. 처음 재봤을 때보다 3킬로그램이 줄어 있었다. 피트니스센터에서 나눠주었던 소책자가 떠올라 이원은 피식 웃었다. 뜨개질을 한 시간쯤 하면 백 킬로칼로리가 소모된다고 적혀 있었던 것이다. 이원은 그동안 네 개의 목도리를 떴다. 자신의 것은 태현과 똑같이 빨간색이었다. 나머지 두 개의 겨자색 목도리 역시 커플용이었다. 집으로 돌아가는 가방 안에 가장 먼저 챙겨넣은 짐이었다. 이원은 체중계의 G3을 삭제했다. G2는 그대로 두었다. 유나가 떴을지도 모르는 빨간 목도리를 어딘가로 가져가서 잃어버린 것만으로도 충분했다. 딜리트 키를 완벽하게 누른 셈이었다.

실을 사러 다시 뜨개방에 들렀을 때 베레모 여자는 반갑게 이원을 맞았다. 두번째 목도리를 뜨려고 한다고 하자 활짝 웃기까지 했다. 이원은 답례로 액자 속의 이야기를 들려주었다. 금발의 여자는 황금실을 만들겠다고 왕을 속여 왕비가 되었다. 황금실을 만들 수 있는 것은 난쟁이다. 난쟁이는 황금실을 만들어주는 대가로 왕비에게 태어날 아이를 달라고 요구한다. 왕비가 애원하자 한 가지 조건을 제시한다. 자신의 이름을 맞히면 그대로 사라져준다는 것이다. 그런 이름이 쉽게 맞힐 수 있는 이름일 리가 없다. 비탄에 빠진 왕비에게 한 시종이 숲에서 우연히 보았던 실 잣는 난쟁이와 그가 부르고 있던 노래에 대해 말해준다. 얼마나 좋은지 몰라. 아무도 모르지. 내 이름은 룸펠슈틸츠헨. 룸펠슈틸츠헨. 왕비가 이름을 맞히자 화가 난 난쟁이는 울부짖으며 발을 구르더니 스스로 몸을 찢고 자살해버린다. 이 독일 이야기가 영국으로 전해질 때는 난쟁이 이름이 톰팃톳으로 바뀐다. 프랑스에서는 릭댕릭동이다. 마지막 장면이 너무 잔인하다 해서 결말도 난쟁이가 사라지거나 놀림감이 되는 내용으로 바뀌었다. 그러므로 난쟁이가 죽었다는 건 독일 아이들만 아는 이야기이다. 그런데 난쟁이가 찢어져 죽는 내용이 그렇게 무서운 이야기일까. 이원은 그렇게 생각하지 않았다. 아이들이 무서워한 것은 따로 있었다. 난쟁이가 아이를 빼앗으려고 했다는 사실이다. 어느 나라 아이들이나 마찬가지일 것이다. 아이들에게는 부모로부터 떨어지는 것이야말로 세상에서 가장 무서운 이야기였다.

이원은 부모의 집 앞에 가방을 내려놓고 도어록의 뚜껑을 열었다. 숫자를 못 외우는 이원을 위해 비밀번호는 이원의 생일에 맞춰져 있었다. 비밀번호를 누르자 잠금이 해제되는 소리가 새어나왔다. 문 손잡이를 잡고 돌리려던 이원은 잠깐 손을 멈췄다. 문 뒤에 있는 풍경을 떠올려보았다. 마루와 부엌, 탁자와 커튼과 의자들, 가족사진, 부모님의 방. 모든 것이 떠날 때와 같은 자리에 그대로 놓여 있을 것이다. 물고기들의 집처럼 증발해버리는 세계가 아니었다. 거기에 이원이 똑같은 모양의 목도리 두 개가 든 가방을 들여놓을 것이다. 이원은 손에 힘을 주어 손잡이를 끝까지 돌렸다. 이원은 왜 그 문이 고장났다 안 났다 하는지 이상하다고 투덜거리곤 했다. 문을 연 뒤 닫을 때마다 튀어나온 걸쇠에 걸려서 완전히 닫히지 않고 틈이 벌어졌던 것이다. 어느 순간 고쳐져 있다 싶으면 그런 일이 또다시 생겼다. 이제 생각하니 오피스텔의 문처럼 손잡이를 반밖에 돌리지 않은 거였다. 반을 돌리다 멈춘 것. 그게 아니었다. 태현의 표현대로라면 너무 빠른 나머지 중간 단계에서 그만 동작이 완결돼버린 것이다.

금성녀

1

    그 옛날 J읍에 살았던 유리와 마리 자매가 얼마나 예뻤는지 기억하는 사람은 이제 거의 없다. 대부분 고인이 되었을 것이다. 봄햇살이 내리쬐는 기와집 마루에 나란히 앉아 종아리를 대롱거리며 뻐꾸기처럼 노래 부르던 소녀들. 그들은 이제 주름투성이 얼굴을 베개에 묻고 흐릿한 동공에 어리는 새벽 어스름 속에 누워 뼈마디에 활기가 돌기를 기다리는 노파가 되었다. 그때로부터 많은 시간이 흘렀다.

    유리의 이름을 지은 사람은 아버지였다. 아버지는 작은댁을 거느린 봉건 가장이었고 기생이 시중드는 요릿집의 단골손님이었지만 신식 교육을 받은 로맨티시스트이자 문화 애호가이기도 했다. 딸들에게는 다정하고 자상한 아버지였는데 당시로는 흔치 않은 일이었다. 유리는 일본 말로 백합이란 뜻이었다. 아기 때부터 속눈썹 그늘이 짙고 유난히 얼굴이 희어 그렇게 붙여졌다. 삼 년 뒤 태어난 둘째딸은 유리만큼 예쁘지는 않았지만 샛별처럼 빛나는 눈이 사랑스럽고 영특해 보였다. 처음에 아버지는 성녀라는 이름을 떠올렸다. 김이라는 성을 붙이면 금성녀, 즉 샛별의 소녀가 되었기 때문이었다. 그러나 그 이름은 버려져야 했다. 유리라는 첫손녀의 이름이 못마땅했던 할아버지가 곧바로 이름을 지어 보냈던 것이다. 클 만과 마을 리를 써서 지은 만리라는 그 이름의 일본식 발음은 마리였다. 마치 항렬이라도 따른 것처럼 유리의 이름과 대구를 이루었으므로 아버지는 금성녀라는 이름에 미련을 조금 버릴 수 있었다.

소녀들은 손이 귀한 집안에서 태어났다. 하나뿐인 오빠는 일찍부터 서울에 올라가 명문중학에 다니고 있었다. 적막했던 집안이 소녀들의 등장과 함께 생기를 얻었다. 아버지가 즐겨 표현했듯이 소녀들은 백합과 샛별 같은 존재들이었다. 아버지는 그 시절의 작은 백화점이라고 할 수 있는 잡화점 J상회의 주인이었다. 어머니는 J상회에서 파는 가장 좋은 일본제 옷과 구두로 딸들을 치장했다. 자신과 자신의 딸들이 아버지가 정기적으로 출입하는 작은댁의 여자와 그 집에서 태어난 아이들과는 완전히 다른 신분임을 과시하려는 의도도 있었다. J상회 안집에서는 매일 아침 식모들이 직원과 하인과 식객 들을 포함해 열두 명이 넘는 사람들의 밥상을 차렸다. 아버지의 밥상은 따로 차려 특별한 반찬을 올렸는데 겸상을 할 수 있는 것은 두 딸뿐이었다. 유리가 소학교에 들어가 통지표를 받아오기 시작하자 아버지는 독선생을 집으로 불렀다. 그 자리에는 일찍 글자를 깨친 마리도 함께 있었다. 선생의 지도 아래 소녀들은 책을 읽고 펜글씨 같은 것을 배웠으며 축음기에서 흘러나오는 음악을 듣기도 했다. J읍 사람들에게 J상회는 신식 문명과 개방적인 분위기, 그리고 그것들을 가능하게 만드는 부유함을 의미했다. 하얀 깃이 달린 원피스에 구두를 신고 흙먼지 날리는 신작로와 다리 위를 사뿐사뿐 걸어 지나가는 유리와 마리 자매의 모습은 오랜 시간이 흐른 뒤에도 J읍 사람들에게 기억의 랜드마크 같은 것이 되었다. 이제 그 오래된 기억 위로는 육십 년도 넘는 두터운 시간의 층이 겹겹이 덮였다.

마리는 이제 살아 있는 사람보다 죽은 사람 중에 아는 이가 더 많았다. 살아 있는 지인들도 하나둘 망자의 대열로 이동해가는 중이었다. 마리의 나이에 죽음은 더이상 놀라운 소식이 아니었다. 언니의 죽음을 전해듣고 놀란 것은 갑작스럽거나 슬퍼서만은 아니었다. 죽음의 방식 때문이었다. 언니는 자살을 택했다. 일흔여섯의 나이에. 전화로 부음을 알려온 언니의 둘째아들에 따르면 그 죽음은 어이없을 만큼 간단하고 순조롭게 이루어졌다. 언니는 자신의 침대에서 초저녁잠을 자고 한밤중에 일어났다. 그리고 혼자 거실 소파에서 오랫동안 텔레비전의 영화 채널을 틀어놓고 앉아 있었다. 실내복 위에 스웨터를 걸치고 남편이 있는 서재의 문을 두드렸을 때는 새벽 두시쯤이었다. 잠시 산책을 다녀오겠다는 말에 언니의 남편은 무심히 고개를 끄덕였다. 평소와 다른 점은 아무것도 없었다. 언니가 두번째 잠을 청하기 위해 집 앞 놀이터를 산책하는 것도 가끔 있는 일이었다. 그곳은 밤새 가로등이 밝혀져 있었고 이층 서재에서 창문을 열면 훤히 내다보이는 친숙한 장소였다. 한 시간이 넘어도 돌아오는 기척이 없어 놀이터로 나가본 언니의 남편은 검은 나뭇가지 사이에서 가장 굵고 뻣뻣한

가지처럼 심상하게 늘어져 있는 언니를 발견했다. 언니는 그네 뒤쪽의 나무에 목을 맸다. 언니에게는 안정된 지위와 부유함, 가족의 화목과 잘 관리된 건강이 두루 갖춰져 있었다. 그 모든 것에 대한 의지와 집착은 특히 유별난 것이었다. 그날 오후에만도 둘째며느리가 말없이 유럽으로 장기 여행을 떠난 사실을 뒤늦게 알고 전화로 둘째아들을 호되게 야단을 쳤다고 했다. 힘겹게 말을 마친 언니의 둘째아들은 전화기 너머에서 잠시 침묵을 흘려보냈다. 마리는 그 침묵 속에서 슬픔 이전의 혼란과 희미한 원망을 읽었다.

읽고 있던 조간신문 위에 핸드폰을 내려놓고 마리는 소파에서 몸을 일으켰다. 베란다 문을 열자 늦가을 바람이 선득하게 잠옷 소매를 파고들었다. 마리가 사는 임대 아파트는 신도시의 작은 공원 옆에 있었다. 지난밤에도 마리는 베란다 문을 열고 한참 동안 밖을 내다보았다. 차가운 밤공기에 섞인 솔향기가 유난히 상쾌한 날이었다. 상현 가까운 달이 비스듬히 누워 있었고 가로등 불빛이 텅 빈 등나무 등걸과 벤치를 쓸쓸히 비추었다. 바람이 불 때마다 바닥의 마른 나뭇잎들이 시멘트 바닥을 스치는 스산한 소리를 내며 우르르 위로 날아오른 뒤 어둠 저편으로 굴러갔다. 마리는 지난밤에 대해 더 많은 것을 기억해내려고 눈을 찡그렸다. 그러나 언니와 공유했던 이승의 마지막 날의 기억은 무심히 낙엽을 쓸어간 늦가을 밤바람 소리에서 그쳐 있었다. 눈물은 나오지 않았다. 늙어갈수록 눈물은 현실에서는 말라버렸고 대신 드라마와 영화를 볼 때면 언제인지도 모르게 흘러나왔다. 도도하고 자존심 강한 언니도 극장에서는 곧잘 눈물을 흘렸었다. 언니와 함께 마지막으로 영화를 본 게 지난봄이었던가. 백발의 노파들이 점령

하다시피 한 백화점 식당가에서 점심을 먹고 한 층 위에 있는 극장에 갔었다. 언니는 여배우의 연기가 서툴다고 논평했다. 관객을 울리려면 배우는 끝까지 눈물을 숨겨야 한다는 거였다. 오래전 언니의 꿈은 영화배우였다. 인기 여배우를 닮았다는 말도 많이 들었다. 그러나 교양 있고 정숙하고 순진한 처녀의 모습으로 오빠의 고향친구 중 가장 장래가 보장된 의대생을 유혹해 결혼에 성공한 것으로 언니의 연기는 끝이 났다. 언니는 오래전 상영됐던 그 영화의 케케묵은 해피엔딩을 사수하는 일로 평생을 보냈다. 그리고 지난 새벽 갑자기 그 길고 뻔한 영화의 엔딩을 바꾸어버린 것이다. 마리는 한 손을 들어 자기도 모르게 축축하게 젖어 있는 눈가로 가져갔다. 다음이 없다는 것은 슬픈 일이었다. 그리고 죽음만큼 그것을 잘 증명해주는 건 없다고 마리는 생각했다. 언니는 결국 눈물을 흘리게 만드는 연기에 성공했다.

다른 날 같으면 요가를 마치고 간단한 아침을 먹었겠지만 아무런 의욕도 입맛도 없었다. 기운을 차리기 위해 우유에 꿀을 타서 억지로 들이켠 뒤 뜨거운 물로 샤워를 했다. 속옷은 가장 좋은 것으로 찾아 입었다. 화장대 앞에 앉으려는데 거실 탁자에서 핸드폰이 울렸다. 나가서 액정을 확인하니 윤이었다. 잠시 망설이던 마리는 통화거부 버튼을 눌렀다. 샤워를 하는 동안 걸려왔었는지 두 통의 부재중 전화가 있었는데 그것도 모두 윤이었다. 다시 화장대 앞으로 돌아온 마리는 티슈 몇 장을 뽑아 거울을 닦았다. 거울 테두리와 화장품 병 주변의 먼지도 닦아냈다. 노파는 눈이 침침해진 탓에 물건이 더러워져도 모르고 지나치기 십상이었다. 먼지를 잘 타는 자개 화장대와 장롱은 특히 더했다. 노인일수록 새로운 물건을 써야 한다고 주장했던 언니는 자개 화장대와 장롱이 청승맞다며 내다버리라고 말하곤 했다. 그것들은 단출한 혼잣살림에 어울리지 않았고 마리의 취향과도 거리가 멀었다. 하지만 그 화장대의 거울 앞에 앉으면 마음이 편해졌다. 마리는 그 거울 속에서 나이를 먹어왔다. 코티 분과 구찌베니를 바르고 꼬리빗으로 정수리에 후가시를 넣었으며 눈을 감아도 뜨고 있는 것처럼 보일 만큼 두껍게 아이라인을 그렸고 쌍꺼풀 안에 파란 아이섀도를 덧칠했다. 이제는 주의를 기울이지 않으면 돋보기의 얼룩조차 깨닫지 못하는 나이가 되었다. 언니가 준 노안용 볼록거울마저 치워버린 뒤로는 립스틱 외에 색조화장은 거의 하지 않았다. 그러나 기초화장과 헤어세팅을 게을리한 적은 없었다.

  팔다리가 긴 편인데다 호리호리한 마리는 옷맵시가 있었다. 체형의 변화를 느낀 것은 오십 무렵이었다. 군살이 붙기 시작했고 신체 기능이 퇴화되는 게 확연히 느껴졌다. 그때 마리는 자신이 포기해야 할 것과 지켜야 할 것을 신중히 나누었다. 주름이 깊어지고 머리카락이 세는 것은 그리 신경쓰이지 않았다. 잇몸이 물러지고 이가 변색하고 머리숱이 적어지는 것 또한 어쩔 수 없는 일이라서 좋은 생활습관으로 진행속도를 조금이나마 늦추는 것 외에 달리 방법이 없었다. 체중이 늘어나는 것만은 예외였다. 마리는 예민했고 둔한 것을 몹시 싫어했다. 또한 체중 유지는 음식의 종류를 가리고 양과 간을 조절하면 가능한 일이었다. 언니는 맛있는 음식이 넘쳐나는 세상을 뒤늦게 만난 억울함을 보상받기 위해서라도 미식을 즐기는 건 노인의 권리라고 말하곤 했다. 미리부터 환자의 음식을 먹는 건 쓸데없는 호들갑이라고 핀잔을 주었다. 마리는 같은 음식이라도 어쩔 수 없이 먹는 경우와 원해서 먹는 경우는 맛이 천지 차이라고 대꾸했다. 둘은 건강관리를 하는 방식도 달랐다. 언니가 좋다는 것을 좇는 타입이라면 마리는 좋지 않다고 생각되는 것을 기피했다.

육십이 되면서 마리는 세수할 때마다 무릎이 굽혀진다는 걸 깨달았다. 몸에 기운이 떨어지는 징조였다. 기운이 떨어지면 자세가 흐트러지기 마련이었다. 배에 힘을 주지 않게 되므로 엉덩이는 뒤로 빠졌고 어깨가 구부정해졌다. 그때 요가를 시작했다. 힘이 모자라니 유연함으로 커버하는 수밖에 없었는데 마리는 그 방면에 약간의 소질도 갖고 있었다. 가장 큰 문제는 눈이었다. 언니의 희망이 영화배우였다면 책을 좋아했던 마리는 작가를 꿈꿨었다. 꿈을 이루지는 못했지만, 거동을 못할 만큼 늙어서까지 살아 있다 해도 책이 있으니 끔찍하게 나쁘고 지루하진 않으리라고 생각해왔다. 눈앞이 침침하고 뿌예졌을 때는 그야말로 참담하고 막막한 심정이었다. 하지만 돋보기와 인공눈물을 사용하는 데 그럭저럭 익숙해지면서 흐릿하나마 보이는 만큼만 보는 방식에 적응이 되었다. 뚜렷하게 보이는 것에 대한 감각이 무뎌지는 동시에 명쾌함에 대해서는 점점 의미를 두지 않게 된 것이다. 뭔가를 확실하게 알려고 하기보다 모든 것이 변한다는 생각을 더 많이 하게 되었고 어떤 순간을 붙잡아두려고 조바심을 내기보다는 변화와 흐름에 몸을 맡겼다. 그런 점에서 얼굴은 물론 손등의 검버섯까지 레이저로 지우곤 했던 언니와는 확실히 달랐다. 미모를 타고난데다 정기적으로 피부관리를 받고 최신 명품의 충실한 고객인 언니는 나이보다 열 살은 젊어 보였다. 그러나 마리에게는 일반적 기준으로 나이를 헤아릴 수 없게 만드는 독특한 분위기가 있었다.

십여 년 전 요가를 배우느라 노인복지회관에 다닌 적이 있었다. 사소한 이익이나 허울 좋은 권력을 둘러싼 의심과 험담, 질투와 추문이 만만치 않은 사회였다. 그때 노인들의 인색함과 완고함과 노욕에 정나미가 떨어졌다. 남자 노인들에 비하면 노파들이 훨씬 여유가 있었다. 그러나 남자 노인들이 서열 싸움을 벌인다면 노파들은 자식과 손자 자랑으로 경쟁을 벌였다. 또 남들이 자신의 잣대에 맞추도록 끊임없이 참견을 일삼았다. 마리가 노인복지회관에 발길을 끊은 결정적 이유도 그것이었다. 전국노인요가대회라는 행사의 출연자에게 지급되는 얼마 안 되는 사례비 때문에 노파들 사이에 경쟁이 벌어졌다. 그 행사에 관심조차 없었던 마리는 몇 년씩 요가를 해온 노파들을 제치고 선발되었다는 이유와 그럼에도 어떤 변명과 양보도 하지 않음으로써 그들에게 따돌림을 당했다. 무리에 잘 속하지 못하고 굳이 그들을 따르려고도 하지 않는 마리에게는 종종 일어나는 일이었다.

마리는 혼자 다니기를 좋아했다. 혼자서 조조영화를 봤고 백화점 푸드코트에서 밥을 먹었고 공원을 산책했다. 신도시에 뿌리를 내린 것도 집 근처에 그 모든 것이 갖춰져 있기 때문이었다. 도서관도 십분 거리에 있었다. 윤은 도서관에서 알게 된 사이였다. 일층의 정기간행물실은 주로 신문이나 잡지를 욕심 사납게 잔뜩 가져다 쌓아놓고 연신 가래 섞인 기침을 해대는 노인 차지였다. 마리가 들어가면 마치 영역을 침범당하기라도 한 듯 노골적으로 흘끔거렸다. 열람실은 취업 준비를 하는 젊은이들만으로도 자리가 부족했다. 점심으로 삼각김밥을 먹기 위해 휴게실 생수통 앞에 줄을 선 젊은이들과 자리 경쟁을 하기는 미안한 일이었다. 마리는 개관시간에 맞춰 일찌감치 도서관에 가서 책을 빌렸고 나무가 우거진 뒤뜰의 벤치에서 오전시간을 보내다 오곤 했다. 윤은 그런 마리를 한동안 눈여겨보다가 말을 걸어왔다.

윤을 떠올리자 마리의 이마가 살짝 찌푸려졌다. 윤이 주말에 친구의 전원주택에 가자는 것을 마리는 거절했었다. 함께 밥을 먹고 차를 마시고 그의 차로 근처에 바람을 쐬러 나가기도 했지만 아직 부부동반 모임에 갈 만큼 친한 사이는 아니었다. 손을 잡고 가벼운 포옹을 한 이후부터 윤이 부쩍 허물없이 구는 것 같아 불쾌한 마음이 없지 않았다. 그때 윤을 살짝 밀친 것은 역겨운 입냄새 때문이었다. 무신경하게 튀어나온 배나 밥 먹은 뒤 매번 손톱으로 이를 쑤시는 버릇이나 머릿기름 냄새가 독한 것까지는 참을 수 있었지만, 그 얼굴에 뺨을 댈 만큼 너그러워지려면 아직 시간이 필요했다. 그런데 윤은 마리의 거절이 가벼운 교태나 내숭이라고 제멋대로 생각하는 모양이었다. 윤은 걸핏하면 노인들에게는 시간이 많지 않다는 말로 자신의 행동을 합리화하곤 했다. 마리가 보기에는 원래부터 급하고 일방적인 성격이었다.

화장대 앞에서 일어난 마리는 장롱 문을 열었다. 옷은 많은 편이었지만 주로 유행을 타지 않는 오래된 것들이었다. 여자대학 앞 의상실에서 일하던 젊은 시절의 옷들도 여전히 자리를 차지했다. 히피 스타일의 풍성한 원피스와 청바지와 풀오버 스웨터는 유행과 상관없이 요즘도 이따금 꺼내 입는 옷이었다. 거의 입지 않는 검은색 정장 투피스는 옷장 깊숙이 걸려 있었다. 겨울용이라 약간 덥긴 하겠지만 오늘만은 반드시 언니의 마음에 드는 옷을 입어야 할 것 같았다. 정장 투피스를 향해 팔을 뻗던 마리의 시선이 무심코 장롱 서랍에 머물렀다. 오랫동안 열어보지 않은 서랍이었다. 첫번째 서랍에는 앨범들이 들어 있었고 두번째에는 묵은 노트와 편지를 보관한 상자가 있었다. 마리는 자신도 모르게 깊은 한숨을 내쉬었다. 윤의 말이 맞았다. 노인에게는 추억 따위를 간직할 시간이 남아 있지 않다. 언니의 장례가 끝나는 대로 태워버려야겠다는 생각이 들었다. 장롱 문을 닫은 뒤 마리는 손에 든 검은 옷을 바라보며 잠시 멍하니 서 있었다.

완규는 친척에 대해서라면 거의 아무것도 몰랐다. 유학했던 나라에서 구 년 만에 돌아왔기 때문만은 아니었다. 완규의 아버지는 일찍 부모를 여의었고 형들과는 사이가 좋지 않아 왕래가 뜸했다. 친척 모임이라면 제사인지 명절 때인지 서너 번 어른들에게 절을 하고 용돈을 받은 기억이 희미하게 날 뿐이었다. 엄마 쪽은 더했다. 친척을 만난 기억이 아예 없었다. 완규 아버지와의 결혼을 반대했던 외할아버지는 결혼식과 동시에 부녀의 인연을 끊어버렸다. 완규가 외할아버지의 얼굴을 처음 본 것은 빈소의 영정사진으로였다. 사진 속의 낯선 노인은 완규의 인생을 바꾸어놓았다. 오래된 동네 병원의 의사였던 외할아버지는 엄마에게 적지 않은 유산을 남겼다. 완규의 유학은 그때 결정된 것이었다. 호락호락하지 않은 시간 속에서 최선을 다했지만 완규는 결국 그 나라에서 받아들여지지 않았다. 자리를 찾는 데 실패하고 한국으로 돌아왔을 때 엄마가 완규를 기다리는 곳은 가족이 살던 신도시의 아파트가 아니었다. 유산으로 받은 외할버지의 집이었다. 이혼한 뒤 자신이 성장했던 옛집으로 되돌아가 있었던 것이다. 한동안 완규는 신도시의 아파트에서 아버지와 함께 살았다. 그곳을 떠나 엄마의 집으로 간 것은 입영통지서를 받았기 때문이었다. 입대 전까지는 엄마와 시간을 보내야 할 것 같았다. 다시 또 떠날 날이 얼마 남지 않은 완규는 엄마의 집에 내려놓은 여행가방을 다 풀지도 않았다. 가족 모두가 각기 지나온 인생 중 어떤 지점으로 되돌아가, 다소 무정하게 결별해버렸던 자신의 과거 어느 지점에서인가 출발점을 찾으려고 애쓰고 있었다. 상처와 불안을 감추느라, 그리고 무엇보다 누구의 잘못 때문이라는 판단을 내리지 않기 위해 조심스러웠으므로 되도록 타인을 피하는 시기였다. 과거의 그 시간을 익히 알고 있는 친척들이라면 더욱 그랬다.

늦잠을 자고 일어난 완규에게 아침을 차려준 뒤 엄마는 식탁 맞은편에 앉아 천천히 커피를 마셨다. 문상을 가야 한다고 말하는 얼굴이 꽤나 심란한 기색이었다. 남편이나 자식에 대해 무슨 말이든 하지 않을 수 없는 자리라는 거였다. 고인은 엄마의 고모였다. 유리 고모라고. 너한테는 고모할머니가 되나. 외할아버지 장례 때 만났을 텐데 기억 안 나지? 엄마의 말투가 쓸쓸해졌다. 이제 마리 고모 혼자만 남았네. 완규는 묵묵히 반찬그릇 사이로 젓가락을 놀리고 있었다. 아, 맞다. 마리 고모는 우리 집에도 오셨었는데. 너 지구본도 선물받았잖아. 커피메이커에서 새로 커피를 따라온 다음 엄마는 마리 고모에 대해 계속 이야기했다. 마리 고모는 엄마의 결혼식에 참석한 유일한 친척 어른이었고 완규의 초등학교 입학 때에 선물도 보내주었다. 집에 찾아와 완규의 아버지와 술잔을 나눈 유일한 처가 식구이기도 했다. 처가에 대한 아버지의 억눌린 감정과 가벼운 술버릇, 그리고 까다롭고도 직설적인 마리 고모의 성격을 익히 알고 있는 엄마는 시종 조마조마했지만 술자리는 기분좋게 끝났다는 것이다.

완규는 유리나 마리라고 불리는 할머니들이 전혀 기억나지 않았다. 자신이 친척뿐 아니라 어른들에 대해서도 아는 게 없다는 사실을 비로소 깨달았다. 만나볼 기회도 별로 없었고 어떻게 대해야 하는지도 몰랐다. 빈소에 함께 가겠다고 자청한 것은 엄마가 커피메이커에서 세 잔째 커피를 따랐기 때문이었다. 커피와 술을 줄이라는 의사의 경고에도 엄마는 여전히 그것들에 의존했다. 완규가 엄마의 커피잔을 제 쪽으로 끌어당기기 위해 팔을 뻗었을 때 고개가 엄마 쪽으로 기울어지면서 순간 커피향 뒤에 숨어 있던 술냄새가 훅 끼쳐왔다.

빈소는 고인의 가족이 정기적으로 건강검진을 받는 종합병원 장례식장에 마련되어 있었다. 고인의 남편과 큰아들이 그곳 의과대학 출신이었으므로 급하게 빈소를 잡는 데 도움이 되었다. 완규가 주차장에 차를 세우고 엄마와 함께 장례식장 입구 전광판의 안내에 따라 빈소로 찾아들었을 때 마리는 그 옆방인 식당 안쪽 자리에 앉아 있었다. 완규는 접수대에 부의금을 내고 신발을 벗고 들어가 영정에 절을 한 다음 상주들에게 예를 차렸다. 모든 것이 다소 어색하고 어리둥절했다. 직사각형 상들이 규칙적으로 놓여 있는 방에 들어서자 누군가 친척들이 있는 안쪽 자리로 완규와 엄마를 안내했다. 얼굴도 똑바로 보지 않은 채 여러 어른들에게 인사를 하는 순서가 이어졌다. 그리고 자리에 앉은 다음에는 묵묵히 떡과 과일과 마른안주와 육개장을 먹어야 했다.

장소도 음식도 낯설었지만 가장 낯선 것은 말들이었다. 완규가 죽음에서 연상했던 침통함과 달리 오랜만에 만난 사람들이 주고받는 활달한 안부와 다양한 화제가 좁은 실내를 이리저리 가로질러다녔다. 노인들은 하나같이 목소리가 컸고 한 말을 여러 번 되풀이하는 습성이 있는 듯했다. 엄마는 그들의 대화에 끼지 않고 옆자리에 앉은 호리호리한 단발머리 할머니와 나지막이 이야기를 나누었다. 조금 뒤에는 화장실에 다녀오겠다며 할머니와 함께 밖으로 나가버렸다. 자리를 지키는 동안 완규는 노인들에 대해 꽤 많은 것을 알게 되었다. 서열을 파악하는 게 가장 쉬웠다. 목소리의 주인을 따라다니며 흘끔흘끔 그들의 얼굴을 살피는 완규의 머릿속에 조금씩 관계도가 그려졌다. 미국 가정의 벽난로 위에 흔히 놓여 있는 패밀리 트리가 떠올랐다. 나뭇가지 형태에 주렁주렁 매달린 동전만한 메달 안에는 조부모 대로부터 시작하여 직계 자손들의 사진이 순서대로 들어 있었다. 완규는 빈소에 있는 노인들로 패밀리 트리를 조합해보았는데 그것은 생각보다 흥미로웠다.

집으로 돌아오는 차 안에서 엄마는 몇 번인가 웃음을 터뜨렸다. 완규가 상가에 있던 노인들의 이야기를 유머러스하게 전했기 때문이었다. 일단 노인들은 모두 어딘가를 부지런히 다니는 것 같아. 무슨 복지회관이나 노인대학이나 그런 데. 그런 시설이 아파트 단지에도 있고 그리고 교회나 절에도 다 있나봐. 그리고 다들 뭔가를 배워. 컴퓨터나 기체조나 스마트폰 사용법 같은 것. 등산반, 문화재 순례반도 있고. 그런 다음에는 반드시 단체로 놀러 다녀. 근데 그냥 노는 게 아니라 산에 가더라도 나물을 뜯는다든지 도토리를 줍는다든지, 뭔가가 생기는 걸 좋아하는 것 같아. 생산성과 효율을 추구한다고나 할까. 그래, 계속해봐. 엄마가 재미있어하는 걸 보고 완규는 더 많은 것을 떠올리기 위해 생각을 집중했다. 노인들은 또 봉사활동도 했고 가르치는 일에도 열심이었다. 구청이나 아동복지센터의 프로그램에도 참여했다. 맞벌이 부부를 위한 방과후 교실에서 예절과 풍습 교육을 하는가 하면, 한자를 잘 못 쓰는 젊은 한문강사 밑에 강사보조로 취업해서 칠판에 한자만 써주고 돈을 받는다고 자랑하는 노인도 있었다. 노인복지회관에는 노인들에게 컴퓨터 개인지도를 하면 학생 수만큼 강사료가 지급되는 제도가 있었는데 한 할머니는 자신의 인기를 이용해서 할아버지 학생을 잔뜩 모집했다고 했다. 할아버지 학생들이 공부를 싫어했기 때문에 가르칠 필요는 없이 강사료만 챙기게 되자 주변 할머니들로부터 원성이 자자했다. 노인들은 아는 것도 많았다. 건강상식도 풍부하고 보험이나 은행상품 중 어떤 것이 유리한지 정보도 많았다. SNS도 알고 블로그 활동까지 하는 몇몇 노인은 젊은이들한테 지지 않는다는 걸 몇 번이고 큰 소리로 강조했다. 하지만 의외로 허술한 구석도 있었다. 누군가 효과 없는 고가의 의료용품이나 건강보조제 같은 걸로 사기를 당한 이야기를 꺼내자 비슷한 경험을 앞다투어 털어놓았다.

완규는 할아버지와 할머니 들이 대화를 나누는 방식이 다르다고 말했다. 할아버지들 세계에서는 나이든 노인이 발언권을 거의 독점했다. 내용은 주로 꾸지람과 비판이었다. 다른 노인들은 한둘씩 따로 대화를 나누다가 야단을 맞고 다시 듣는 척하다가 또 군말을 시작하고 하는 식이었다. 그에 비하면 할머니들은 돌아가며 순서대로 얘기를 하는 편이었다. 그러나 남이 말할 때는 거의 안 듣고 있다가 차례가 오면 조금 전 했던 자신의 말을 이어서 하곤 했다. 그런데도 대화는 통했다. 수위와 내용이 달랐을 뿐 주제는 똑같이 자랑이었기 때문이었다. 자신의 말만 하는 가운데에도 참견할 만한 일이다 싶으면 그것만은 어느 틈엔가 듣고 대꾸를 한다는 게 가장 신기했다. 누군가 노인복지회관에서 공익근무를 하는 청년을 둘러싸고 할머니들이 은근히 인기 경쟁을 벌인다고 전했을 때는 모두가 한마음으로 언성을 높여 성토했다. 엄마가 웃으며 말했다. 한국에서는 노인들을 그런 식으로 말하면 안 돼. 알아. 완규가 말을 이었다. 그것도 오늘 알게 됐어. 건방진 걸 제일 싫어하시더라구. 그리고 그 할머니, 마리 할머니 맞지? 응. 엄마는 누구를 가리키는지 묻지도 않은 채 고개를 끄덕였다. 완규와 엄마는 설명이 없이도 서로가 가리키는 바를 곧잘 알아들었다. 장지까지 태워드리기로 했어. 응. 이번에는 엄마의 말에 완규가 고개를 끄덕였다. 장지는 J읍에 있었다. 유리 할머니를 시댁의 선산에 묻으러 떠나는 그 길은 고인이 고향으로 돌아가는 여정이기도 했다.

　장지까지 가려면 잠을 좀 자두어야 할 것이다. 마리는 초저녁에 집으로 돌아왔다. 집안 청소를 마치고 이튿날 출발 준비까지 해놓은 다음 자리에 누웠다. 그러나 끝내 잠이 올 것 같지 않은 밤이었다. 책도 손에 잡히지 않았다. 지난 이틀 동안 상가에서 많은 사람을 만난 탓인지 머릿속이 복잡했다. 갑작스러운 심장마비라는 언니의 죽음에 의심을 표하는 사람은 없었다. 그런데도 마리는 작은 목소리로 수군대는 조문객들이 눈에 띌 때마다 신경이 곤두섰다. 언니가 택한 죽음의 방식이 비밀에 부쳐야 할 일이라고는 생각하지 않았다. 언니의 삶을 오해하게 하고 싶지 않았을 뿐이다. 태어남은 조건을 선택할 수 없지만 노인의 죽음에는 어느 정도 자신이 개입할 여지가 있었다. 사고보다는 병석에서 죽는 사람들이 더 많았고 병을 받아들이는 방식도 조금씩 달랐기 때문이다. 마지막까지 가능한 모든 치료를 받아보겠다는 사람과 고통스러운 치료의 과정을 건너뛴 채 죽음을 기다리겠다는 사람이 나뉘었다. 요양원을 끔찍하게 생각하는 사람이 있는가 하면 자식들을 위해서는 그 방법밖에 없다고 슬프게 말하는 사람도 있었다. 대개 치매를 두려워했지만 본인은 그다지 고통을 알지 못한다는 점에서 이기적이지만 천진한 말년이라고 씁쓸하게 말하기도 했다. 모두 죽음보다는 죽음에 이르는 고통을 두려워했다. 살아온 삶의 의미를 인정받고 죽은 뒤 남겨지는 일에 낙관하는 것도 중요한 일일 것이다. 그러나 가장 큰 관심사는 고통이었다. 마리도 일흔 살이 넘으면서부터 어지간히 긴 시간을 살았다는 생각과 함께 죽음이 다가오는 것을 수긍하게 되었다. 죽은 이들 가운데 아는 사람이 많다는 사실이 어느 정도 두려움을 덜어주기도 했다. 그럼에도 고통에 대한 두려움은 가시지 않았다. 언니는 어떤 고통을 선택하고 어떤 고통을 피한 것일까. 여전히 알 수 없는 기분이었다.

　마침내 마리는 침대에서 일어나 마루로 나갔다. 하릴없이 텔레비전을 켰지만 평소 자주 보는 오락 토크쇼에도 집중이 되지 않았다. 리모컨을 눌러 채널을 이리저리 돌리던 마리의 손길이 고전영화 채널에서 멈춰졌다. 〈무도회의 수첩〉이 방영되고 있었다. 오래전 언니와 함께 극장에서 본 영화였다. 도청소재지가 있는 도시에서 함께 자취를 하던 시절이었다. 언니와 마리는 그 도시에서 여고를 졸업했다. 언니가 교육대학을 졸업할 무렵에 아버지가 돌아가셨는데, 조금씩 기울어가던 집안 형편이 그때 이후 완전히 무너졌다. 마리는 대학 대신 복장학원으로 진로를 잡아야 했다. 언니가 서울에서 결혼생활을 시작한 뒤에도 마리는 계속 그 도시에서 살았다. 결혼도 했고 아이도 낳았다. 남편의 사업 실패로 야반도주하듯 서울로 올라온 것은 십 년쯤 뒤였다. 〈무도회의 수첩〉을 보러 갔던 때 마리는 아직 여고생이었다. 남편의 장례를 마친 중년의 여주인공이 열여섯 살 무도회 때 만난 수첩 속의 옛 남자들을 한 사람씩 찾아다니는 이야기는 전혀 실감이 나지 않았다. 극장에서 나온 뒤 언니와 마리는 수첩을 하나씩 샀다. 데이트한 기록을 남겨서 언젠가 할머니가 되었을 때 과거의 남자들을 찾아보자는 언니의 감상적인 제안에 따랐을 뿐 마리는 그다지 흥미가 없었다. 글쓰는 걸 조금이라도 좋아했다면 언니는 그 수첩을 빼곡히 채울 수도 있었을 것이다. 그러나 마리는 쓸 내용이 없었다. 그때 마리가 혹독하게 빠져 있던 사랑은 기록해둘 수 없는 비밀스러운 것이었기 때문이다.

마리는 텔레비전을 끄고 소파에서 몸을 일으켰다. 방으로 들어가 자개 장롱의 문을 열었다. 그리고 바닥에 앉아 두 손으로 서랍 귀를 잡고 첫번째 서랍을 끌어당겼다. 오랫동안 열지 않아서 서랍은 몹시 뻑뻑했다. 앨범은 모두 세 권이었다.

가장 오래된 앨범의 표지에는 감청색 비로드가 입혀졌고 검은 하드보드지 갈피갈피에 사진을 보호하기 위한 얇은 미농지가 한 겹씩 끼워져 있었다. 첫 장을 넘기자 마리의 결혼식 사진이 나왔다. 학교 강당이었다. 맵시 있는 웨딩드레스에 긴 베일을 늘어뜨린 마리와 달리 키가 작고 얼굴이 검은 남편은 양복이 어울리지 않았다. 이발마저 잘

못되어 촌스럽고 군색해 보였다. 마리는 결혼식 사진들을 빠르게 넘겼다. 손길이 멈춘 것은 귀퉁이에서 언니의 결혼식 사진을 발견했기 때문이었다. 언니와 언니의 남편은 J읍에 처음 생긴 예식장에서 식을 올렸었다. 당시로는 꽤 화려한 결혼식이었다. 통로에 깔린 붉은색 주단을 밟고 화동들이 색종이를 뿌리며 등장했다. 은은한 베이지색으로 칠해진 벽에는 금색 봉황 무늬가 선명했다. 서울에서 내려온 신랑과 신부는 화려한 꽃들이 띠처럼 음각된 흰색 아치 아래 미소를 지으며 세련된 포즈로 서 있었다. 마리는 그 아치를 생생히 기억했다. J읍의 유지 둘이 사돈을 맺는 만큼 그날 결혼식에는 수많은 읍내 사람들이 하객으로 왔다. 그 하객 속에 마리가 애타게 찾는 사람이 있었다. 그날 그랬듯 수많은 사람들 사이에 섞여 먼발치에서 시선을 교환하는 것만으로도 가슴이 뛰고 얼굴이 뜨겁게 달아오르던 사람이었다. 그의 옆에는 아내가 있었다.

그 밑에 있는 앨범 역시 표지를 씌운 꽃무늬 천이 닳고 바랜, 오래된 것이었다. 한자로 박힌 '추억'이라는 금색 글자는 몇 개의 획이 떨어져나가고 없었다. 거기에는 주로 마리의 가족사진이 채워져 있었다. 마리의 남편은 말수가 적고 별다른 취미도 없었다. 공사현장에 나가 있는 날이 많았지만 집에 들어와서도 대부분 잠으로 시간을 보냈다. 시댁과 돈과 아이 문제를 빼고는 마리와 길게 이야기를 나눈 적도 없었다. 계절마다 가족소풍은 빼놓지 않았다. 마리와 아들을 포도밭이나 유원지나 절이나 해수욕장에 데려갔고 그들의 모습을 카메라에 담았다. 사진 속의 마리와 아들은 한 번도 웃고 있지 않았다. 남편은 취하면 화를 잘 내고 성질도 급해졌다. 한바탕 소란이 지나간 뒤에는 잠에 곯아떨어졌고 깨어나면 미안한 마음에 쉴새없이 카메라를 들이댔다. 나들이에 술이 빠진 적은 한 번도 없었다.

세번째 앨범은 아들의 것이었다. 세발자전거를 타던 시절부터의 성장사가 시기별로 담겨 있었다. 한창 형편이 어려울 때와 부도가 나서 남편이 객지로 몸을 숨겼던 시기의 사진은 물론 없었다. 마지막 사진은 마리 부부와 함께 찍은 고등학교 졸업식 사진이었다. 그 이후의 사진은 다른 앨범에 들어 있을 것이다. 호주로 이민갈 때 아들은 자신이 집을 나가 살기 시작한 스무 살 이후의 사진들을 짐 속에 챙겨넣었을 뿐 어린 시절 앨범은 가져가지 않았다.

마리는 앨범을 다시 집어넣고 서랍을 닫았다. 그리고 상자가 들어 있는 두번째 서랍을 열었다. 상자는 낡을 대로 낡아 귀퉁이가 허옇고 나달나달하게 닳아 있었다. 뚜껑을 여니 맨 먼저 누렇게 빛바랜 편지다발이 눈에 들어왔다. 편지다발을 묶은 끈의 매듭을 풀기 전에 마리는 몸을 일으켜 침대 머리맡에 놓아두었던 돋보기를 가져왔다. 편지는 대부분 마리가 젊었을 때 받은 것들이었다. 그러나 몇몇 필체는 아직 눈에 익었고 어떤 편지는 하도 여러 번 읽어서 문장까지 기억이 났다.

마리의 첫사랑은 마리가 J읍 국민학교에 다니던 시절 옆반 담임선생이었다. 고등학교를 갓 졸업한 임시교사였지만 조혼을 해서 아내와 아들이 있었다. 그가 학교를 사직하고 가족들을 J읍에 남겨둔 채 혼자 도청소재지가 있는 도시로 떠나온 것은 징집을 피하기 위해서였다. 그곳에서 그는 몰래 과외 학생들을 가르쳐 생계를 꾸려가는 자취생 처지였다. 동네에서 우연히 국민학교 때 선생님을 재회한 것이 마리에게는 비밀의 시작이었다. 마리는 그의 수려한 용모와 큰 키, 그리고 병역 기피자이자 가난한 유부남에게서 뿜어져나오는 절망과 탄식의 위악적인 감정 과잉에 깊이 빠져들었다. 잘못된 시대와 오류로 가득 찬 제도에 저항하다 번번이 좌절하고 마는 그의 불우한 지식인 행세에 마리의 샛별 같은 눈과 가슴이 동시에 반응했다. 그 시간은 그리 길지 않았다. 얼마 안 가 그는 돈을 주고 줄을 대어서 서울에 있는 공군 공병대에 입대했다. 그러고는 당시의 여느 연인들처럼 미사여구가 잔뜩 든 경어체 편지를 줄기차게 보내기 시작했다. 자신의 처지를 비관하며 엄살을 부리는 안부인사로 시작해서 마리만이 희망이라고 사랑을 맹세하곤 했는데 결국은 돈을 보내달라는 내용이었다. 마리에게서 헤어지려는 기색이라도 엿보이는 날에는 신병을 비관하며 자살을 암시하기까지 했다. 그러나 전직 교사답게 꾸짖는 태도에 있어서는 일관성을 잃지 않았다. 마리는 편지다발을 묶은 끈을 푼 다음 손에 잡히는 대로 몇 개의 봉투 안에서 편지를 꺼내 읽었다.

　'연일 계속되는 강추위는 가실 줄을 모르고 오늘도 눈보라를 마구 내젓는 회오리바람 속에서 낮에는 괭이 메고 꽝꽝 얼어붙은 땅을 파는 일꾼이 되고 밤에는 잔악한 바람과 혹독한 추위 속에서 어깨에 총을 메고 가설부대의 산봉에서 님을 우러르며 추위에 떨며 새어나오는 애처로운 한숨을 그대 님은 생각조차 하실까요. 눈보라 치는 기차역에서 애석히 그대와 작별하고 오늘까지 편지 한 장 못한 채 오늘에야 펜을 듭니다. 여기 서울은 삼십 년 만에 처음 찾아온 추위로 무려 영하 15도를 내리고 있답니다. 삼사 일 전부터 독감기에 걸려 군 병원에 다니며 치료를 받고 있습니다. 이러다가 죽을 것 같아 뜨거운 눈물이 절로 흘러나옵니다.' '부디 행복하십시오. 그리고 연민 마옵소서.

나같이 가련한 자의 모든 곡절이 뭇 어리석은 자의 발전에 커다란 전환이 되어 좋은 교훈이 되리라고 생각하는 바이오. 그러나 오늘까지의 우리의 애정세계가 현 사회와 같이 그 더러운 황금만능세계였던가요? 그 돈이 애정을 좌우하였던가요? 가소로운 노릇이오. 통탄지사요. 그 돈은 서슴지 않고 갚을 테니 부디 온 천지가 병석에서 일어난 듯 춤이라도 추기를 바랍니다.' '과거는 미안하오. 인생의 운명이란 모두가 이런 것인가보오. 인생은 허무한 것일까요. 나는 그 '무서운 것'을 단행할 것을 결심했소. 빚은 수일간 해결해줄 테니 염려를 마옵소서. 인생의 막다른 골목에서 불쌍한 놈으로부터.' '애석의 염 불금하와 삼가 몇 자 상서하나이다. 찬란한 서울의 밤풍경! 오늘 밤은 유난히도 내 마음같이 어지럽게도 반짝이오. 호화로운 수도의 거리는 청춘의 희망을 간청하며, 냉혹한 이 사회는 청춘의 굳은 각성을 돋아주며, 격렬한 생존경쟁은 무정한 청춘을 사정없이 박차버리는 것 같소. 왜 애석하고 안타까운 이내 심정을 여지없이 꺾어놓는단 말이오? 어리석고 나약하오! 고이고이 쌓아놓은 알뜰한 순정탑을 오늘 이 자리에서 힘차게 무너뜨리면 그보다 더 건실한 것을 쌓는다 해도 다 무슨 소용이오! 어서 정신을 차리시오!'

그의 편지는 이십 통이 넘었다. 종이가 누렇게 바래고 줄이 그어진 양면괘지 위에 세로로 휘갈긴 글씨는 번지고 희미해져 있었다. 한자가 많이 섞인데다 마구 흘려쓴 글씨가 종이를 빽빽이 채워서 읽기가 어려웠다. 마리는 돋보기를 벗었다. 이 편지들을 왜 간직하고 있는지 자신이 이해가 가지 않았다. 상자에는 다른 편지들도 꽤 많았다. 젊은 시절 몇몇 남자와 친구들에게서 받은 편지가 눈에 들어왔지만 더 읽어볼 마음은 들지 않았다. 역시 모두 태워버리는 편이 좋을 것 같았다. 호주에서 아들이 드문드문 보내왔던 생일카드와 연하장은 다른 상자에 따로 보관돼 있었다. 그러나 상자 뚜껑을 닫으려던 마리는 그것을 내려놓고 다시 돋보기를 썼다. 상자 맨 아래에 있던 낡은 노트와 종이 쪽들이 눈에 들어왔기 때문이었다. 어머니 장례를 치르고 나서 유품을 정리하다가 문갑에서 발견하고 가져온 것들이었다. 차곡차곡 겹쳐진 얇은 종이들은 결혼 축전이었고, 반으로 접힌 얇은 노트에는 결혼 때 받은 축의금과 선물 내역이 적혀 있었다. 마리가 아닌 언니의 물건들도 있었다. 마리는 그중에서 가장 오래돼 보이는 누런 종이를 집어들었다. 편지봉투만한 크기로 세 번 접은 그 누런 종이는 언니의 통지표였다. '통신부'라는 표제와 'J공립국민학교'라는 글씨가 세로로 인쇄돼 있었다. 일본인 선생이 손글씨로 적어넣은 '昭和 十九年'이라는 글씨는 잉크가 날아가 반쯤은 보이지 않았다. 학업성적과 근수성적, 그리고 그 옆칸에 있는 신체기록을 겨우 읽을 수 있을 뿐이었다. 마리는 돋보기를 벗고 장롱에 몸을 기댔다. 눈을 감은 채 한 손으로 이마를 짚었다. 다음날이면 관 속에 누워 썩어가기 시작할 언니의 여덟 살 때 몸은 생각보다 훨씬 작았다.

2

발인이 끝나고 유족들을 태운 전세버스가 장지를 향해 떠난 뒤까지도 엄마는 나타나지 않았다. 완규는 마리 할머니를 차 뒷좌석에서 기

다리게 하고 마지막으로 한번 더 전화를 걸어보았다. 소용없는 일이
었다. 완규에게 먼저 빈소에 가 있으라며 준비가 되는 대로 곧 택시로
뒤따라오겠다고 말하는 순간에도 엄마의 손에는 술잔이 들려 있었다.
새벽에 깨는 바람에 다시 눈을 붙이기 위해서 어쩔 수 없었다고 변명
했지만 새것이었던 양주 병은 반 가까이 비어 있었다.

　무거운 표정으로 운전석에 올라타는 완규를 마리가 유심히 바라보
았다. 볼수록 마리의 오빠인 외할아버지를 많이 닮은 얼굴이었다. 룸
미러를 통해 비치는 이마에는 가로주름 두 개가 잡혀 있었는데 오빠
가 깊은 생각에 잠겼을 때의 표정과 비슷했다. 시동을 건 뒤 완규가
마리 쪽을 돌아보았다. 엄마가 죄송하다고 전해달래요. 마리는 고개
를 끄덕였다. 갑자기 배탈이 났다는 완규의 말을 믿은 건 아니었다.
전세버스를 탈걸 괜히 유난스럽게 굴었다는 생각이 잠시 스쳤지만 이
미 늦은 일이었다. 등받이에 깊숙이 몸을 기대며 마리는 차창 밖으로
고개를 돌렸다.

　차가 주차장을 빠져나가려는 순간 이쪽을 향해 달려오는 검은 양복
의 청년이 눈에 들어왔다. 완규가 차를 세우고 차창을 내렸다. 청년은
마리를 향해 절을 꾸벅 했다. 이모할머니, 저 현이에요. 마리는 청년
이 언니의 부음을 전한 둘째아들의 아들이란 걸 알아보았다. 버스가
벌써 떠났나봐요. 현이 한 손으로 머리를 쓸어올리자 땀에 젖은 흰 이
마가 드러났다. 죄송한데 저도 좀 타면 안 될까요. 차 문을 열고 들어
와 조수석에 앉은 현은 완규에게도 정중하게 고개를 숙였다. 고맙습
니다. 네. 완규의 표정은 덤덤했다. 완규와 현. 마리는 잠시 머릿속으
로 둘의 촌수를 헤아려보았다. 한쪽은 죽은 오빠의 외손자이고 한쪽

은 죽은 언니의 손자이니 육촌쯤 되는 걸까. 마리가 두 사람을 소개하자 완규와 현은 서먹한 가운데에도 뭔가 신기하다는 듯 짧은 웃음을 교환했다. 나이는 현이 한 살 많았다. 내가 형이네요? 현이 쾌활하게 말문을 열었고 얼마 안 가 둘은 스스럼없이 대화를 나누기 시작했다. 완규는 공학도이고 현은 연출가 지망생이었지만 쉽게 공통 화제를 찾아냈다. 둘 다 축구를 좋아하지 않았고 록음악과 여행을 좋아했고 가족에 대해 말하기를 좋아하지 않았고 혼자서 할 수 있는 일들을 좋아했고 그리고 미국에서 학교에 다닌 적이 있었는데 똑같이 그 나라를 좋아하지 않았다.

고속도로 진입램프 가까이에서 교통체증이 심해졌다. 여기도 다 재개발됐네. 현이 방음벽 너머의 고층 아파트 단지를 바라보며 말했다. 열세 살 때까지 이 동네에서 살았거든. 미국 가기 전에. 우리 할머니랑 큰아버지도 같은 단지에 살았지. 마리도 알고 있었다. 언니는 결혼한 자식들을 자신이 사는 아파트 단지 안에 살게 했다. 나이든 자식들이라 해도 자신의 보호와 통제를 벗어나는 건 원치 않았다. 몇 년 전 언니 부부는 오랫동안의 강남 아파트 생활을 접고 한적한 주택가의 이층집으로 이사했다. 그러나 이후로도 일요일 가족모임은 계속되었다. 마리가 알기로 현의 아버지와 어머니는 한집에 살지 않은 지오래였다. 언니가 허락하지 않아 이혼을 하지 못하고 있을 뿐이었다. 언니가 개입하지 않은 집안의 혼사는 거의 없었다. 완규 엄마의 결혼을 가장 강력하게 말린 사람도 언니였다. 완규 아버지가 무능하고 대책없는 낭만주의자에다 체격도 왜소해 믿음직스럽지 않다는 이유였다. 상처한 이후 평생을 독신으로 살았던 오빠는 가정 일을 거의 언니의 판단에 의존하고 있었다. 그렇게 하면 아버지 집으로 돌아올 거라는 언니의 말을 믿고 딸과의 인연을 끊어버렸다. 마리의 생각은 달랐다. 완규의 아버지는 재주가 많고 품성이 따뜻하고 머리도 비상한 데가 있었다. 뭔가 어긋나고 서툴 뿐이었다. 오래전 완규의 집에서 함께 술을 마신 적이 있었는데 일찍부터 취해버린 그는 제가 잘해야죠 제가 잘해야죠, 라는 말을 수십 번 되풀이하며 쉴새없이 술잔을 기울였다. 막무가내인데다 남을 불편하게 만들었고 잘못된 지점을 끊임없이 맴돌고 있는 듯한 사람이었으므로 뭔가 말려줘야 할 것 같은 조마조마한 분위기가 있긴 했다. 그러나 언니의 말처럼 신뢰 못할 사람은 아니었다.

언니는 마리의 결혼도 반대했었다. 마리의 남편이 중인이라는 것이 표면적인 이유였다. 장사꾼인 J상회의 딸도 양반은 아니라는 마리의 항변에 대해 언니는 할아버지 대에 만들어진 집안의 문집까지 들먹이며 호되게 야단을 쳤다. 작은 규모의 토건업자였던 마리의 남편은 언니에게는 끝까지 집장수였다. 남편이 사업 빚에 쫓기거나 바람을 피울 때마다 언니의 말은 똑같았다. 그러게 내가 말릴 때 들었어야지. 싫다는데도 죽자고 따라다니는 놈들은 결국 꼭 속을 썩인다니까. 분한 마음을 담아두었다가 나중에 다 갚는 법이야. 마리는 그렇게 생각하지 않았다. 결혼생활이 행복하진 않았지만 그럭저럭 평화로웠다. 애초에 별 기대가 없었기 때문인지도 모른다. 힘겨운 첫사랑으로부터 도망치다가 마치 비를 피하듯 때마침 열린 문 안으로 들어간 거였다. 그 결혼에 마리는 적당한 만큼만 성실했다. 남편에게 상처 주지 않으려고 노력했고 여러 번 기회가 있었지만 그를 떠나지 않았고 그가 원하는 방식으로 가정을 꾸려갔다. 몇 년 동안 병석을 지키며 성심껏 간호했다. 그리고 그의 죽음과 함께 결혼생활이 끝났을 때 느꼈던 행복에 대해서도 떳떳했다.

차가 톨게이트를 지나 고속도로로 진입했다. 잔뜩 흐린 날씨였다. 하늘이 왜 이래. 비 오겠는데? 창밖을 내다보던 현이 완규에게로 고개를 돌렸다. 휴게소 나오면 담배 한 대 피우자. 네. 혹시 담배 안 피워? 아, 네. 완규가 겸연쩍은 듯 웃었다. 현이 계기판의 시계를 흘끗 보았다. 대충 점심때 되겠는데? 할머니, 어떻게 할까요? 마리가 대답하려고 몸을 앞으로 내미는 순간 갑자기 옆에 놓인 핸드백에서 진동이 전해져왔다. 마리는 핸드폰을 꺼내 윤의 이름을 확인한 뒤 가만히 통화거부를 눌렀다. 윤에게서 한 발 뒤로 물러서고 싶었다. 사정을 설명하기 위해서는 언니의 죽음을 전해야 할 텐데 그것도 어쩐지 내키지 않았다. 하지만 사흘째 받지 않으니 전화는 틀림없이 계속 걸려올 것이다. 어쨌거나 차에서 내렸을 때 한번 통화를 하는 편이 나을지도 모른다. 현은 마리의 대답이 늦어지는 게 내키지 않아서라고 생각한 모양이었다. 할머니, 휴게소 음식 싫으시면 시내로 잠깐 빠져나갈까요. 거기 가면 맛있는 거 많잖아요. 현이 말하는 시내란 마리와 언니가 여고 시절을 보낸 도청소재지 도시였다. 장지에 안 늦을까 모르겠구나. 휴게소에서 내리면 아빠한테 전화 걸어볼게요. 할머니 모시고 가고 있다고 하면 저도 혼도 좀 덜 날걸요. 버스 놓쳤다고 얼마나 욕을 먹었는지. 무섭다는 듯 짐짓 어깨를 움츠려 보이는 장난스러운 모습과 달리 현의 얼굴에 스쳐가는 쓸쓸함을 마리는 놓치지 않았다. 현의 아버지는 수완 좋은 사업가였지만 독선적이고 속물스러운 데가 있었다. 연극 연출을 한다는 현을 마음에 들어하지 않을지도 모른다. 참, 엄마는 여행 갔다면서, 못 왔니? 네. 연락이 안 돼요. 그래. 마리가 고개를 끄덕였다.

완규의 운전은 차분했고 끼어들거나 추월하는 차들에게도 그다지 신경을 쓰지 않았다. 휴게실 주차장에서는 가까운 자리를 차지하려 하지 않고 순서에 따라 구석자리로 들어가더니 주차선을 정확히 맞춰 차를 세웠다. 마리는 또 화장실에서 나오는 순간 자신이 나오기를 기다리며 지키고 서 있던 완규의 시선을 느낄 수 있었다. 손에는 흐리고 스산한 날씨에 걸맞은 따뜻한 캔음료를 사서 들고 있었다. 완규에게서 캔음료를 건네받아 핸드백에 넣은 다음 마리는 휴대폰을 꺼냈다. 웬일인지 윤은 전화를 받지 않았다. 발신음이 길어짐에 따라 마리의 이마가 점점 찡그려졌다. 뒤늦게 마리에게서 온 발신기록을 확인하면 윤은 분명 다시 전화를 걸어올 것이다. 차 안이나 장지에 있을 때 자꾸 전화가 걸려오면 성가신 일이 아닐 수 없다. 현이 담배를 피우는 옆에서 완규도 전화를 걸고 있었다. 엄마에게 걸고 있는 게 분명했다. 말없이 핸드폰을 주머니에 집어넣는 걸로 보아 통화는 되지 않은 모양이었다. 나란히 서 있는 현과 완규는 친형제처럼 보였다. 어깨가 벌어지고 선이 굵은 완규에 비해 현은 곱상한 편이었지만 둘 다 키가 컸고 체격도 비슷했다. 현과 완규는 그날 처음 만났다. 그런데도 마리는 그들이 함께 있는 장면을 언젠가 봤던 것 같은 느낌이 들었다. 왜 그런지 이유는 알 수 없었다.

다시 차에 올라타자마자 현이 말했다. 할머니, 버스가 우리보다 느리던데요. 뭐 드시고 싶으세요? 말씀만 하세요. 아버지와 통화를 마치고 이미 맛집 검색을 해봤다며 현이 몇 군데 식당의 이름을 댔다. 모두 처음 들어보는 상호였다. 글쎄다. 그럼 제가 알아서 정할게요. 현이 내비게이션에 상호를 입력했다. 그러고는 콘솔박스를 열어 그 안에서 시디 한 개를 꺼내더니 플레이어에 밀어넣었다. 음악이 흘러나왔다. Oh, Carol! I am but a fool. Darling, I love you though you treat me cruel. 닐 세다카네. 뜻밖에도 익숙한 노래가 귀에 들려오자 순간 마리는 자기도 모르게 입속으로 중얼거렸다. 앞자리에는 들리지 않는 작은 소리였다. 현이 완규를 바라보며 싱긋 웃었다. 올드 팝도 들어? 그러고는 잠시 입을 다물고 노래에 귀를 기울였다. You hurt me and you make me cry. But if you leave me, I will surely die. 가사 진짜 유치하다. 옛날 사람들은 다들 순정파였어. 현은 손에 든 시디 케이스를 자세히 들여다보더니 인쇄된 글자를 손가락으로 짚었다. 1959, Year Of The Pig. 돼지의 해? 이건 뭐지? 완규가 대답했다. 엄마 생일날 내가 미국서 보낸 건데. 탄생 시디라고, 그해의 히트곡이 스무 곡씩 들어 있어요. 진짜? 걔들이 띠를 안단 말야? 기특하군. 완규의 얼굴에도 웃음이 떠올랐다. 자기가 태어난 해에 무슨 노래가 유행했나 들어보는 거예요. 괜찮죠? 괜찮은데? 현은 시디 케이스를 앞뒤로 돌려보며 노래에 맞춰 발을 까닥거렸다. 두 장 사지 그랬어. 두 장요? 응. 짐짓 능청스러운 표정으로 현이 말을 이었다. 우리 엄마도 59년생이거든. 형님 엄마 것도 샀어야지. 정말요? 맞다니까. 둘은 엄마에 대해 이것저것 이야기를 나누었다. 완규 엄마는 서울이 고향이지만 현의 엄마는 남쪽 바닷가 도시 출신이었다. 고3 겨울방학에 입시학원 다닌다고 처음 서울 올라왔대. 우리 엄마 엄청 길눈 어둡거든. 하숙집을 못 찾아서 동네를 한 시간씩 헤매고 그랬나봐. 집에 오면 문 열어주는 사람도 잘 없고. 그 시절 생각하면 사투리 때문에 학원에서 종일 한마디도 못하던 것하고 닫힌 대문이 제일 먼저 생각난대. 너희 엄마도 그때 고3이었겠구나. 그렇겠죠? 고3 겨울에 유난히 자주 아팠다는 말을 들은 것 같아요. 엄마가 추위를 좀 많이 타거든요. 집도 언덕 위 동네라 추워서 꼼짝 안 했대요. 그래? 같은 시기에 너희 엄마는 집에 틀어박혀 있고 우리 엄마는 길거리 헤매고 다니고 그랬겠네. 참, 할머니. 현이 뒷자리를 향해 몸을 돌렸다. 우리 엄마랑 완규 엄마는 어떻게 돼요? 몇 촌인가요? 모르겠다. 서로 아는 사이예요? 글쎄. 마리는 아닐 거라고 생각했다. 촌수로는 그리 멀지 않지만 서로 왕래하며 지내기에는 꽤나 거리가 있는 관계였다. 현은 다시 시디 케이스로 눈길을 돌리고 흥미롭다는 듯 거기 적힌 영문 문구를 읽어나갔다. Castro becomes Dictator of Cuba, Mattel launch the Barbie doll, D. H. Lawrence 『Lady Chatterley's Lover』 published. 와, 이게 다 그해에 일어난 사건이구나. 빌리 홀리데이가 마흔아홉 살로 죽었네. 아깝다. 찰톤 헤스톤이 〈벤허〉를 찍었고. 체 게바라가 쿠바 국립은행 총재도 했어? 아하, 알래스카랑 하와이가 미국 주가 된 게 이때구나. 곧이어 현과 완규는 하와이를 여행했다는 공통점을 발견했고 그것을 화제로 이야기를 이어갔다. 차 안에는 두번째 곡이 흘러나오기 시작했다. 페리 코모의 〈I Know〉였다. I Know.

1959년의 마리는 첫사랑에 빠져 있었다. 극장과 서점과 레코드점을 쏘다니는 마리는 어디를 가든 발걸음이 들뜨고 춤을 추듯 뒤꿈치가 조금쯤 들려 있었다. 채털리 부인, 빌리 홀리데이, 벤허, 닐 세다

카. 그것들도 어디선가 함께 흘러가고 있었다. 지금 가고 있는 도청소
재지 도시에서였다. 마리는 차가운 차창에 이마를 댔다. 그사이 기어
코 비가 뿌리고 있었다. 국도는 고속도로보다 훨씬 한적했다.

현이 찾은 맛집의 대표 메뉴는 두 가지였다. 그중 마리와 완규는 비
빔밥을, 해장을 하겠다는 현은 콩나물국밥을 시켰다. 모주도 드릴까
요? 종업원 청년이 물었다. 추적추적 내리는 늦가을 비 때문인지 점
심인데도 군데군데 테이블마다 술병이 놓여 있었다. 특산품인데 한번
시켜볼까요? 현의 말에 마리가 대꾸했다. 너무 달아. 맥주가 낫겠다.
주문한 맥주가 날라져오자 현이 잔을 채웠다. 완규는 술을 받아놓기
만 하고 마시지 않았지만 식당에 들어오기 전 엄마와 통화가 된 뒤로
는 한결 표정이 밝아져 있었다. 마리는 소란스러운 옆 테이블을 흘끗
바라보았다. 자리에 앉은 지 얼마 되지도 않아 음식을 빨리 내오지 않
는다며 종업원을 야단치는 목청 큰 노인들이었다. 그들은 주변 사람
은 안중에 없었고 순서 따위는 아랑곳하지 않았다. 잠시 머릿속에 윤
이 떠올랐다. 가방 속의 핸드폰은 조용했다.
오랜 시간 혼자 밥을 먹어온 탓인지 마리는 조심성이 없거나 깔끔
하지 않은 사람과 함께 밥 먹는 것을 좋아하지 않았다. 비빔밥이나 국
수를 비비면서 동시에 입안에 뭔가 넣고 오물거리는 사람을 보면 경
박하고 채신없게 느껴졌다. 쩝쩝 소리를 내고 입가에 음식을 묻히고
또 국물을 흘리고 허겁지겁 먹는 모습도 거슬렸다. 입안에서 반쯤 씹
힌 음식을 내보인 채로 말을 하는 사람 앞에서는 밥맛이 달아나곤 했
다. 윤이 손가락으로 이를 쑤실 때마다 당장 숟가락을 놓고 싶은 적

이 한두 번이 아니었다. 현과 완규는 공동으로 먹는 반찬그릇 위로 적당히 각자 팔의 동선을 배려하며 알맞은 속도로 단정하게 밥을 먹었다. 젓가락 잡는 법은 어설펐지만 그것은 그다지 거슬리지 않았다. 젓가락과 숟가락을 양손에 나눠 쥐고 밥을 먹는 마리의 모습을 보고 현이 반갑다는 듯 말했다. 할머니, 원래 왼손잡이셨어요? 응. 저는 고쳤어요. 아빠한테 하도 야단맞아서. 할머니는 괜찮으셨어요? 난 어른 말을 안 들은 거지. 선생님 말도 잘 안 따르고, 학교에서 외톨이였어. 왕따셨나봐요? 그런 모양이다. 저도 중학생 때 왕따였어요. 왜? 재수 없다고요. 영어도 잘하고. 전국 영어웅변대회에서 이등 했거든요. 근데 사실 저도 공부 못하는 애들하고는 안 놀았어요. 괜히 무시하게 되더라구요. 어릴 때는 철이 좀 없었죠. 어릴 때 말이냐? 마리의 대꾸에 현이 웃음을 터뜨렸다. 할머니, 초등학생들도 유치원 친구 만나면 옛날이야기 많이 해요.

수저를 내려놓고 물을 마시는 마리에게 완규가 물었다. 왜 밥을 그렇게 조금 드세요? 솜씨가 별로네. 마리는 목소리를 조금 낮췄다. 나물이 짜. 무르게 삶아서 씹는 맛도 없고. 싸다고 중국 참기름을 들이부었나, 고소하지가 않고 쓴맛이 도는 게. 고추장은 너무 달고. 밥도 비빔밥 하기에는 좀 질게 됐어. 밥알이 뭉개져서 젓가락에 다 들러붙잖아. 아, 네. 고개를 끄덕이는 완규를 마리가 물끄러미 바라보았다. 있잖니. 네? 내가 좀 까다로워. 네. 조금 전보다 더 깊이 고개를 끄덕이는 완규의 얼굴에는 웃음이 떠올라 있었다. 미국 친구들 사이에서 완규의 별명 역시 까다롭다는 뜻의 피키였다. 그러나 완규 자신은 단지 취향이 확실하고 디테일에서 정확한 것뿐이라고 생각하고 있었던 것이다.

마리가 술잔에 남은 술을 마저 비우고 있을 때 현의 주머니에서 핸드폰이 울렸다. 현의 아버지였다. 고속도로에 난 사고 때문에 버스가 거의 움직이지 못하고 있는 모양이었다. 장지까지 절반밖에 안 갔는데 버스에 탄 사람들은 점심도 먹지 못한 채 벌써부터 지쳐 있다는 거였다. 할머니, 우린 좀 놀다 가도 되겠어요. 시내나 한 바퀴 돌아볼까요? 핸드폰을 다시 주머니에 집어넣으며 현이 말했다. 술이 올라오는지 마리는 뺨이 달아올랐다. 탁자를 짚고 일어날 때에는 몸도 약간 흔들렸다. 마리가 건네준 지갑을 들고 현이 계산을 하러 간 사이 완규는 의자들을 탁자 아래 얌전히 밀어넣은 다음 자연스럽게 마리를 부축했다.

시가지로 접어들자 완규는 차를 천천히 몰았다. 예상대로 모든 것이 변해 있었다. 시청과 중앙우체국이 낡고 왜소한 모습으로 겨우 명맥을 유지하고 있을 뿐이었다. 양품점들은 브랜드숍으로 바뀌었고 금은방과 사진관, 그리고 분식센터와 문구점은 사라지고 없었다. 마리가 자개 장롱을 맞추었던 나전칠기 가구점 자리가 어디였는지는 가늠조차 되지 않았다. 화랑들과 시민회관은 그 자리에 그대로였지만 주변의 새 건물들 때문에 마치 늙은이처럼 쪼그라든 모습이었다. 마리는 핸드폰 대리점 앞을 지나친 뒤에야 그곳이 서점이 있던 자리라는 걸 알아보았다. 그 서점에서 『빛의 계단』과 『생의 한가운데』와 『그리고 아무 말도 하지 않았다』를 샀었다. 그 시절엔 여성 작가를 특히 좋아했다. 남편이 들어오지 않는 날 아들을 재워놓고 밤늦도록 책을 읽었다. 학교에 들어간 뒤 아들은 걸핏하면 반 아이들과 싸우고 들어왔다. 그때마다 학교에 불려갔지만 다행히 호의적인 담임선생 덕분에 별 탈 없이 넘어가곤 했다. 마리보다 네 살 어린 그는 미혼이었고 문학청년이었다. 교사와 학부형 사이의 잦은 상담은 문학과 인생 이야기로 발전되었다. 아들의 담임선생은 종종 소설책을 빌려주기도 했다. 『백조 산으로』는 한 여성이 주변에 일어난 일을 모두 일기로 쓴 다음 '백조 산으로'라는 소설 제목을 붙이는 것이 마지막 장면이었다. 『위대한 개츠비』도 비슷했다. 주인공의 친구가 옆에서 보고 겪은 일을 글로 옮긴 다음 겉장에 '위대한 개츠비'라고 쓰는 것이다. 그런 책들을 빌려주며 그는 마리에게 용기를 주고 격려했다. 작가가 될 수 있다고, 그리고 그러기 위해서라도 자신과 새롭게 인생을 출발해야 한다고. 마리는 처음에 그와 사랑에 빠졌다고 생각했다. 그러나 단지 자신의 꿈과 사랑에 빠진 거였다. 누군가를 흥분시키고 또 갈망하거나 괴롭게 만들 수 있는 상황을 즐기고 있다는 걸 깨닫는 데는 그리 오래 걸리지 않았다. 마치 남의 인생을 바라보듯 그럭저럭 흘려보내는 현재의 삶을 깨뜨릴 정도로 자신을 격렬하게 만드는 건 아무것도 없으리라는 것 또한 알게 되었다. 전근 발령을 받은 그는 떠나기 전날 밤 함께 도망치자고 말했다. 그날 밤을 함께 보내자고 울며 간청했다. 그러나 떠난 지 한 달이 넘은 뒤에야 새 생활에 적응하느라 바빴다는 편지 한 통을 보낸 것을 마지막으로 연락이 끊겼다. 마리는 놀랍지도 서운하지도 않았다. 희망을 품지 않은 건 아니었지만 역시 결말은 예상한 대로였다.

마리가 살던 집은 중앙공원 근처에 있었다. 천변을 따라 히말라야시다가 우거져서 여름이면 초록의 터널이 생겨나곤 했다. 커다란 침엽수들이 하얗게 눈을 이고 있는 겨울 풍경은 이국적인 정취를 자아냈다. 마리는 저녁나절 아들을 데리고 산책을 나갔다. 땅거미가 깔릴 때 텅 빈 공원에서 뛰노는 아들을 보고 있으면 한순간 세상이 낯설고도 시시해지곤 했는데 그런 방치된 느낌이 왠지 좋았다. 열아홉 살 마리가 첫 키스를 한 곳도 그 공원이었다. 초여름이라 마리의 가냘픈 목에서 흘러내린 땀 한 줄기가 교복 앞섶 가슴골로 천천히 흘러내렸었다. 공원 전체를 덮다시피 흐드러진 아카시아 꽃향기가 온 천지를 진동시켰다. 마리는 그를 첫사랑으로 정하고 사랑했다. 어릴 때부터 어쩌면 자신은 누구도 사랑하지 못할지 모른다고 생각했던 마리는 첫사랑의 의미에 스스로 매혹되었다. 자신의 목표를 향해 정략적으로 다가갔던 언니와 정반대로 부정함과 파탄을 선택한 데 대한 도착된 승리감이 그 불꽃에 기름을 끼얹었다. 언니가 생각했듯 눈먼 순정과 어리석은 복종심으로 끌려다닌 건 아니었다. 마리에 대해 아무것도 모르면서 모든 것을 다 안다고 생각한다는 점에서 언니는 다른 사람들과 똑같았다. 늘 그런 식이었다. 모두가 마리의 삶을 오해했고 그것이 마리를 자신의 삶에서 한 발짝 떨어뜨려놓곤 했다.

비가 내리는 탓인지 공원은 텅 비어 있었다. 매점이 있던 자리에 들어선 편의점과 식당들도 한산했다. 나뭇잎을 떨구어버린 늦가을 숲이 쓸쓸하고 음산한 분위기를 내뿜었다. 거대한 히말라야시다의 가지들은 바람이 부는 대로 이리저리 무거운 몸을 흔들었다. 주차장 쪽으로 핸들을 꺾는 완규에게 마리는 그냥 가자고 말했다. 빗줄기가 점점 굵어져 마치 여름 소나기처럼 쏟아지기 때문이기도 했다. 갑자기 생겨난 물웅덩이에서 빗물이 튀었고 젖은 낙엽들이 웅크려 있다가 차례로 차바퀴에 깔렸다. 현이 내비게이션에 다시 장지의 주소를 입력했다.

미국에 있을 때 완규는 여름마다 찾아오는 엄마와 함께 여행을 떠나곤 했다. 그러나 한국에서는 가본 곳이 별로 없었다. 고1 때까지 줄곧 신도시에서만 살았다. 유학에서 돌아왔을 때 신도시는 엄청나게 변해 있었다. 아버지는 신도시가 오래된 동네보다 오히려 더 빨리 바뀐다고 말했다. 뿌리가 얕기 때문이라는 거였다. 완규는 어릴 때 엄마가 화분에 키우던 바이올렛을 떠올렸다. 면도칼로 잎을 하나 잘라내서 물에 띄워놓으면 거기에서 희고 가느다란 뿌리가 나왔다. 신도시가 고향인 아이들 역시 그럴지도 모른다는 생각이 들었다. 어딘가의 화분에 옮겨심어지고 거기에서 새로 뿌리를 내리지만 그 뿌리가 깊지는 않을 것이다. 고향이란 말에 대해서도 완규는 별다른 느낌이 없었다. 단순히 어린 시절을 연상시킬 뿐이었다. 마리 할머니의 이야기에 흥미를 느낀 것은 그 때문인지도 모른다. 현이 J읍에 대해 묻자 할머니는 어린 시절 이야기를 들려주었는데, 그것은 낯설면서도 왠지 모르게 친밀했다.

마리 할머니의 이야기는 할머니의 아버지가 '금성녀'라는 이름을 떠올린 사연에서부터 시작되었다. 할머니의 아버지의 아버지가 지은 만리로 이름이 결정된 뒤로도 할머니의 아버지는 곧잘 할머니를 '우리 금성녀'라고 불렀다. 학교에 다니면서는 그것이 별명이 되었다. 그때는 샛별처럼 반짝인다는 뜻이 아니라 멀리 떨어진 별처럼 현실과 어긋나 있다는 뜻이었다. 할머니, 금성에서 온 여자셨네요? 핫(hot)한데요? 현이 농담을 던졌다. 완규는 다른 생각을 하고 있었다. 마리 할머니는 할머니의 아버지가 마흔 넘어 얻은 막내였다. 그리고 할머니의 아버지는 1800년대에 태어난 사람이었다. 1800년대라는 시대는 역사책에나 나오는 까마득히 먼 옛날만은 아니었다. 완규가 아는 사람의 부모가 살았던 시간이었다.

마리 할머니는 시간을 더욱 거슬러올라가 아버지의 아버지 이야기까지 들려주었다. 명절이나 제사 때 모이는 친척 아이들 가운데에서도 마리 할머니 자매는 가장 눈에 띄었다. 그런 날은 노랑 치마에 색동저고리를 입었고 금박 물린 댕기를 맸다. 할머니의 할아버지는 엿판을 멘 엿장수를 불러 마리 할머니 자매에게 기다란 엿을 한 토막씩 사주곤 했다. 근데 외손자들한테는 반 토막짜리를 사주었지. 왜요? 친손자와 외손자는 신분이 달랐으니까. 그리고 제사 지낼 때 우리 오빠는 안경을 벗고 절을 했어. 어? 왜요? 조상님께 예를 지키기 위해서. 안경을 쓰면 건방지다고 했거든. 정말요? 학교에서도 미리 선생님한테 허락을 받아야 안경을 쓸 수 있었어. 마리 할머니와 현의 대화를 들으며 완규는 건방진 걸 따지는 건 지금하고 똑같다는 생각을 했다. 마리 할머니는 언니의 결혼식장에서 할머니의 오빠가 어른에게 인사를 할 때마다 모자를 벗듯 일일이 안경을 벗었다는 것도 기억해냈다. 청첩장에는 부부동반을 하라는 뜻으로 '동령부인'이라는 글씨를 박았고, 방명록 노트에 '신랑 친구 일동 재봉틀 1대, 신부 친구 일동 경대 1점' 하는 식의 선물 내역을 적어넣기도 했다. 현이 눈을 크게 떴다. 와, 브라이덜 샤워까지. 그 시절에도 있을 건 다 있었네요. 마리가 머릿속으로 헤아려보니 그 모두가 오십 년 전 일이었다.

J읍을 가리키는 팻말이 나타나면서부터 완규는 차의 속도를 줄였다. 내비게이션이 읍내에 들어왔음을 알린 지 한참이 지났는데도 고향 풍경 같은 건 나타나지 않았다. 낙후된 고장에 뒤늦게 개발 바람이

불었는지 산이 깎여나갔고 논밭은 시멘트로 덮여 있었다. 골프장 아래에 실버타운단지가 생겨났는가 하면 지방축제를 위해 대규모의 공원이 조성되었고 그것을 중심으로 상가와 식당이 어지럽게 펼쳐졌다. 곳곳에서 고층 아파트가 불쑥불쑥 시야를 가로막았다. 마리 할머니는 새로 길이 뚫려 방향조차 가늠하기 힘들다고 말했다. 할머니가 살던 기와집 동네와 가난한 집들이 모여 있던 골목길은 흔적도 없다는 것이다. 고목은 베어지고 담은 허물어졌으며 길은 사라졌다. 모든 것을 밀어버린 자리에 설치된 유사 도시 속으로 사람들은 다시 자기의 삶을 이식하고 있었다. 현이 이마를 찡그렸다. 할머니, 이제 할머니 고향은 금성에나 가서 찾아야 하나봐요. 완규도 룸미러로 마리 할머니의 기색을 살폈다. 그러나 할머니는 뜻밖에도 무덤덤한 얼굴이었다. 그래도 사시던 동네를 좀 찾아볼까요? 학교나 예식장 같은 데. 아니다. 현의 말에 마리 할머니가 고개를 저었다. 변한 것보다는 아예 없어져버린 게 차라리 낫구나. 그러고는 등받이에 머리를 기대고 눈을 감아버렸다. 차 안에는 잠시 침묵이 내려앉았다. 버스는 지금 어디쯤 왔나. 현이 내비게이션을 보며 중얼거렸다. 우린 십오 분이면 도착인데. 그사이 비는 그쳐 있었다. 장지가 가까워질수록 하늘이 조금씩 환해지더니 어느 순간부터는 늦가을의 청명하고 심상한 하루처럼 구름 한 점 없이 높고 파란 하늘이 펼쳐졌다.

국도를 벗어나 임도로 들어서자 입구에 널찍한 공터가 나타났다. 주차장으로 쓰이는 장소 같았다. '담배 커피'라고 쓰인 구멍가게의 문 앞쪽으로 낡은 소형차 한 대가 주차돼 있을 뿐 다른 차는 보이지 않았다. 완규는 그 소형차 옆에 차를 세웠다. 차에서 내린 마리 할머니가 주변 풍경을 바라보며 한숨을 내쉬었다. 비는 그쳤지만 숲과 땅은 완전히 젖어 있었다. 나무 사이를 뚫고 질척질척한 흙길을 올라가 장례를 치러야 하는 게 보통 일이 아니었다. 담배를 사겠다며 가게에 들어간 현이 묵직해 보이는 검은 비닐봉지와 접이식 의자 한 개를 들고 나왔다. 완규가 뒤따라 들어가서 간이탁자를 날라왔다. 마리 할머니는 의자에 앉고 현과 완규는 뒤에 선 채로, 세 사람은 비닐봉지 속의 캔맥주를 한 개씩 꺼내들었다. 갈증이 났었는지 미지근한 맥주가 제법 시원하게 넘어갔다. 현이 새 담뱃갑을 뜯어 한 개비를 빼낸 다음 탁자 위에 놓았다. 아예 안 피워? 담뱃갑 옆에 라이터를 내려놓으며 완규에게 묻는 말이었다. 완규는 대꾸 없이 담뱃갑 안에서 담배 한 개비를 꺼내 라이터로 불을 붙였다. 한국에 돌아와 처음 피우는 담배였다. 그 나라의 규율을 지키려고 애썼던 유학 시절 내내 길티 플레저였지만 웬일인지 정작 한국에 돌아온 뒤로는 피우고 싶은 마음이 들지 않았다. 맥주캔을 가볍게 내려놓으며 마리 할머니가 담뱃갑으로 손을 뻗었다. 현이 얼른 라이터를 집어 마리 할머니의 담배에 불을 붙였다. 마리 할머니가 막 첫 연기를 내뿜으려는 순간 탁자 위에 놓인 할머니의 핸드백이 웅웅거렸다. 할머니는 못 들은 척 천천히 담배를 다시 입가로 가져갔고 핸드폰 진동은 오래지 않아 그쳤다. 다음 순간 완규는 깜짝 놀랐다. 마리 할머니는 망연한 시선으로 자신의 손끝에서 타들어가는 담배를 물끄러미 바라보고 있었다. 그 모습이 그날 아침 식탁에 앉아 손에 쥔 술잔을 내려다보던 엄마의 얼굴과 몹시 닮아 있었다. 완규는 집에 돌아가는 대로 엄마에게 그날 마리 할머니에게서 들은 이야기를 모두 들려주어야겠다고 생각했다. 현이 얼마나 재치가 있고 단단해 보이는지도 말해주고 싶었다. 현의 엄마와 동갑이라는 사실을 알면 엄마는 재미있어할지도 모른다. 엄마가 의존하는 중독 물질 중에는 술과 커피 외에 고립이라는 것도 있었다. 완규의 생각에, 엄마는 누군가가 자신과 비슷하다는 생각을 더 많이 해야 했다.

타들어가는 담배를 손가락에 끼운 채로 마리는 잎을 다 떨군 텅 빈 나뭇가지를 바라보고 있었다. 지난봄 마지막으로 함께 영화를 보고 나와 언니와 가로수 아래를 걷던 일이 떠올랐다. 언니가 쓸쓸한 어조로 말했다. 봄 되면 나무에는 다시 새잎이 나는데, 인간은 왜 그렇게 안 되는 걸까. 마리가 대꾸했다. 새로 난 잎이 같은 잎은 아니지. 작년에 난 잎들은 다 죽었고 이건 새로 태어난 아기들이잖아. 넌 참, 같은 말을 해도 어쩜 그렇게 못되게 하니. 그렇게 못되게 살면 속은 편하겠다. 마리는, 못된 건 누군데, 라고 생각했지만 그 말을 입밖에 내진 않았다. 언니는 그런 말도 했었다. 어떤 때는 시간이란 게 끊어져 있으면 좋겠어. 다음 같은 건 오지 않고 모든 게 그때그때 끝나버리는 거야. 새로 시작할 수 있다면 그때 가서 잘하면 되니까, 지금 제일 잘하려고 안달 안 해도 되잖아. 그때 마리는 언니가 마리를 오해하듯 자신 역시 언니를 잘 알지 못할 수도 있다고 생각했었다. 그러나 뭔가를 잘 안다는 건 또 무슨 뜻일까. 그것은 어떻게 살아야 할지 알고 싶어하는 젊은 사람들에게나 중요한 문제일 뿐이었다. 때로 마리는 스스로가 자신의 인생조차 오해했다는 생각이 들었다. 자신이야말로 자기 인생의 이방인인지도 모를 일이었다. 마리는 늘 낯선 시간을 원했고 낯선 곳으로 데려다주는 남자를 사랑했다. 그런데 진정 낯선 곳은 어디에 있는 것일까. 이제 마리에게 남은 낯선 곳은 뒷걸음질쳐서 발에 닿는 어떤 시간의 시원에 있는 것일까. 기억하는 사람이 거의 없는 아주 먼 옛날 유리와 마리 자매는 백합과 샛별의 소녀였다. 성적표에 적혀 있는 기록상으로 여덟 살 언니의 키는 110센티미터, 몸무게는 17.6킬로그램. 시력은 1.2와 1.0이었고 성적은 한두 개의 '을'이 섞인 '갑', 그리고 영양상태는 '가'. 그 작고 총명한 모습으로 무대에 등장했던 배우는 이제 인생이라는 긴 영화의 촬영을 끝마쳤다. 조금 뒤 많은 사람들이 한자리에 모여 머릿속에서 각자의 시사회를 할 것이다. 어쩌면 언니는 그 시사회에 현의 엄마와 완규의 엄마가 오지 않아 서운해하고 있을지도 모른다. 완규의 엄마는 집안에 처음 태어난 조카였다. 어린 나이에 엄마를 여의었고 몸도 약했다. 조카가 여고 3학년이 되었을 때 언니는 하루가 멀다 하고 오빠 집을 드나들었다. 마리를 대신 보내 식모가 수험생의 밥상을 제대로 차렸는지 감시하게 만들기도 했다. 그런 날들 중 어느 하루였을 것이다. 강추위가 몰아친 겨울이었다. 오빠 집 초인종을 누르던 마리는 이웃집의 대문 앞에 서 있는 한 소녀를 보았다. 소녀의 얼굴은 창백했고 초조한 표정으로 연신 발을 구르고 있었다. 소녀는 반복해서 초인종을 누르고 대문을 두드리기도 했지만 그 집에서는 아무 기척이 없었다. 조금 뒤 오빠 집 대문이 열리고 조카의 얼굴이 나타났다. 그때까지도 옆집의 소녀는 발을 동동거리며 벙어리장갑을 낀 작은 손으로 문을 두드리고 있었다. 마리가 다가가 물으니 소녀는 옆집의 하숙생이라고 대답했다. 그러고는 몹시 창피한 듯 기어들어가는 듯 울먹이는 목소리로 화장실을 쓸 수 없겠냐고 묻는 거였다. 마리는 열려 있는 오빠 집 대문을 가리켜 보였다.

급히 걸음을 옮겨 대문 안으로 한 발짝 들어서려던 소녀는 그제야 문 안에 서 있던 조카를 발견했다. 순간 발이 멈칫했다. 열린 대문을 사이로 조카와 옆집 소녀의 눈이 마주친 것은 아주 짧은 순간이었다. 다음 순간 조카 역시 급한 얼굴이 되어 얼른 몸을 돌리더니 뛰다시피 화장실을 향해 앞장을 섰다. 그 뒤를 옆집 소녀가 종종걸음으로 뒤따랐다. 혼자 대문을 닫은 뒤 소녀들의 뒤를 따라 천천히 집안으로 걸음을 옮기던 마리는 뺨에 차가운 기색을 느끼고 하늘을 올려다보았다. 종일 찌푸려 있더니 눈발이 쏟아지고 있었다. 그해 겨울 서울은 기상 관측 이래 가장 추운 날들이 이어졌다. 그 기록은 여러 차례 바뀌었다. 그동안 많은 시간이 흘러갔고 숱한 비밀들이 밝혀졌다. 밤하늘의 수많은 별자리는 여전히 아름답고 슬픈 이야기들을 품고 있지만 그중에는 아주 먼 곳에서 이미 사라져버린 별도 있을 것이다.

낯선 슬픔은
오래된 지혜를 꿈꾼다

이소연(문학평론가)

생을 견디는 '스타일'

　은희경의 세계에는 독자를 잠시 머뭇거리게 하는 독특한 기운이 서려 있다. 문턱에 서서 이제 막 인사를 건네려는 이들을 서먹하게 하는 위화감은 어디에서 오는 것일까. 그러면서도 우리는 섬세한 문체로 다사다난한 삶의 국면을 진솔하게 드러내는 그의 화법에 끌려 그가 만들어낸 세계의 언저리를 끝내 떠나지 못한다. 소설에서 순정한 몰입을 기대하는 사람이라면 일찌감치 상처받을 각오를 해야 할지도 모른다. 그러나 이제 우리는 이러한 분위기가 삶을 바라보는 작가 자신, 혹은 등장인물의 자세에서 비롯된 것임을 알고 있다. 그가 삶을 응시하는 시선은 시리도록 냉정했으며 그 세상에 동참하는 우리의 태도 역시 그가 그어놓은 감정의 거리 주변에서 맴돌 수밖에 없었다. 그리고 그와 함께 세상을 읽는 방식을 배워간다. 은희경의 이름을 가리켜 하나의 '장르' 혹은 '브랜드'라고 추어올리는 소리를 들을 때 선선히 고개를 끄덕였던 것은 다른 이유 때문이 아닐 것이다. 그가 작가로 살아온 햇수나 책으로 헤아리면 이제 열두 권에 달하는 작품의 부피만 두고 하는 얘기도 아니다. 그는 우리에게 그런대로 한 생을 견뎌낼 수 있는 하나의 '스타일'을 제시한다. 어떤 방식으로 자신에게 주어진 생을 감응하고 이해하며 수긍할 것인가, 이러한 물음에 대답하는 과정은 오롯이 그의 소설의 몸체를 이룬다. 어쩌면 은희경에게 있어서 그 스타일은 한 '세계'의 무게와 맞먹을 수도 있으리라.

다른 사람들보다 조금 더 멀찌감치 떨어져서, 적당한 거리를 두고, 냉소와 태연함으로 무장하는 일도 부질없었다. 그는 결심할 때도 스스로에게 독백할 때도 행동에 옮길 때도 한결같았지만 그로 인해 독자를 배신하는 일도 부지기수였다. 그가 숨결을 불어넣은 인물들은 누구보다 단단한 마음가짐과 조숙한 이해력으로 우리를 감탄시키곤 했지만 그런다고 해서 보통 사람들보다 상처를 덜 받고 슬픔을 잘 견디는 사람이 아니었다는 기억도 갖고 있다. 유달리 강하거나 더 모진 마음 같은 것은 없었고 모질어 보이는 '말'은 많았다. 그래도 그 간극을 채우는 긴장만큼은 팽팽했다. 그렇게 당기고 밀어내며 한 생을 건너가는 방식이 존재한다는 걸 그의 소설을 통해 배운 사람들은, 이번에도 서슴없이 독자의 가슴에 생채기를 내던 '그' 작가임을 알아보고 소리없이 반길 터이다. 더욱 반가운 것은 그도 시간의 흐름을 타고 변해간다는 사실이다. 낡을 것은 낡아가고 버려질 것은 버려진다. 그리고 달라진 부분은 나름대로 생경한 맛을 준다.

은희경이 그려낸 세계에서 가장 흔한 것은 슬픔이다. 그러나 출렁이는 슬픔의 정조는 이를 지켜보는 이의 시선을 미처 잠식하지 못한다. 침식성이 강한 슬픔이 천천히 스며들다가 흠칫 멈추는 순간, 소설은 세계와 이를 바라보는 시선 사이에 투명한 막이 있다는 느낌을 전달한다. 눈에는 잘 띄지 않지만 적지 않은 시간 그 자리를 지키고 있었던 것 같은 질긴 막. 은희경의 소설에서 이런 느낌은 주로 등장인물들의 냉소와 위악적인 태도에서 비롯되곤 했다. 은희경 특유의 '냉소'도 이제 나이를 적지 않게 먹었건만 여전히 우리는 그의 첫번째 장편소설 『새의 선물』의 화자 진희에게서 보았던 조숙한 안간힘을 떠올리지 않을 수 없다. 그녀는 냉소를 통해 자신에게 상처를 입히는 세상으로부터 멀찌감치 떨어져 있으려 한다. 진희가 조숙한 '애어른'이었다면 우리는 저마다 위로받지 못한 어린아이를 품고 있는 '어른아이'들이다. 그래서일까, 우리는 진희의 서늘한 눈망울을 잊지 못하고 자꾸 돌아보게 되지만, 그 시절의 냉소는 더이상 남아 있지 않을 것이다. 어른의 냉소라고 해서 아이들의 것보다 나을 리는 없지만 조금만 형질을 바꾸면 냉소는 '지혜'가 된다. 인생을 견디는 지혜. 투명한 시선으로 정확하게 바라보되 우리를 태우거나 적시는 정념으로부터 한 걸음 떨어져 있기. 진희처럼 나이를 먹어가며 변해온 은희경의 소설들은 이제 독한 냉소의 흔적보다는 모종의 체념을 경유하고 도달한 '이해'의 냄새를 더 많이 풍긴다. 그러나 그의 태도는 이전보다 덜 유독할지언정 여전히 시리디시리다. 읽는 이의 마음마저 얼리는 냉정한 기운은 끝내 가시지 않는다. 왜일까.

성장이라는 오래된 신화

세상에 갓 발을 디딘 듯한 어리고 여리고 미숙한 인물들에게 생은 호의적이지 않다. 주변을 둘러싼 것들은 낯설기에 그만큼 위협적이다. 희망이 있다면 지금은 서툴더라도 앞으로 조금씩 배워나가면서 좀더 나아질지도 모른다는 것이다. 더욱이 생의 국면에서 초입에 서 있는 사람들, 주로 어린 소년, 소녀 들에게 이러한 배움은 피해갈 수 없는 과정이기도 하다. 어른들은 이러한 경험을 가리켜 성장이라는 이름을 붙인다. 지금은 상처와 실수투성이지만 이러한 경험을 통해 뭔가 배울 수 있다고 생각하면 견딜 만해지는 법이다. "열두 살 이후 나는 성장할 필요가 없었다"(『새의 선물』)는 당사자의 주장조차, 반-성장 역시 크게 보아 성장 서사의 범주에 묶인다는 사실을 바꾸기엔 역부족이다. 은희경의 소설 전반에 걸쳐 성장과 배움은 자주 변주되는 테마 가운데 하나다. 그에게 있어 독학자의 눈으로 세상을 바라보는 일은 생이라는 곤경을 헤쳐나가는 데 중요한 부분을 차지하는 것만 같다.

생은 어떤 순간에 묵은 습관의 옷을 벗고 생경하게 다가오는가. 독자는 은희경의 소설을 읽어나가면서 이러한 계기들과 수시로 마주하게 된다. 자신을 키워준 고향을 떠나 멀리 떨어진 대도시로 처음 유학 온 어린 학생, 아버지의 뜻을 거스르고 남편 한 사람을 의지하고 낯선 곳으로 이사온 신도시 새댁, 기우는 집안 때문에 남편과 이혼하고 말설고 물 설은 이국땅에 이주한 여성, 이국땅에 유학 와서 남모르는 소외감에 시달리는 청년들 앞에 펼쳐진 세상은 지도 없이 걸어가야 할 미답의 황무지와 같다. 어디 '신도시'들뿐이겠는가. 사실 알고 보면 세상이라는 친절하지 않은 시공간에 '던져진' 채 살아가는 사람들의 신산한 신세도 이들과 크게 다르지 않을 것이다. 그런 점에서 때로 은희경의 소설은 인간의 실존적 상황을 축약한 알레고리라는 인상을 주기도 한다. 그러나 소설을 철학의 언어로 제한하는 일은 항상 후회를 남기곤 한다. 안 하거나 뒤로 미루는 편이 낫다.

「다른 모든 눈송이와 아주 비슷하게 생긴 단 하나의 눈송이」(이하 「눈송이」)의 주인공 안나는 처음 서울에 도착했을 때 느낀 인상을 "춥다"(14쪽)는 말로 요약한다. 이때 그가 체감한 추위는 남쪽 해안가의 고향마을과 서울 사이에 놓인 거리에서 비롯된 것만은 아니다. 열아홉 살에 맞이한 그해 겨울은 성인으로 넘어가기 전에 겪어야 하는 통과의례 같은 것이었으리라. 안나가 서울에서 맞닥뜨린 첫번째 어려움은 압도적으로 넓은 도시의 '크기'에 적응하지 못한다는 점이다. 반면에 안나가 머무르는 하숙방은 너무나 좁고 누추하다. 욕실을 개조해서 만든 차가운 방에 웅크리고 있는 소녀의 모습은 읽는 이의 마음마저 얼어붙게 한다. 그에 비해 어린 시절부터 그녀와 쭉 붙어 자란 단짝 루시아는 사뭇 대조적인 성향을 지닌 소녀다. 소극적이고 주눅든 안나에 비해 루시아는 유복한 가정환경과 돋보이는 외모에 더해 당돌한 태도까지 갖추고 있다. 둘은 함께 다니는 학원에서 한 남학생을 동시에 좋아하게 되지만 결국 그는 루시아의 남자친구가 된다. 소설은 어른이 된 안나가 루시아와 소년 요한과 더불어 맞이한 첫번째 크리스마스를 회상하는 장면으로 끝난다. 안나의 간절한 기도에 응답이라도 하듯 하늘은 눈과 요한과의 만남을 선사한다. 그러나 그날 안나의 마음을 사로잡고 있는 기억은 더럽고 추하며 한

없이 고독한 자신의 이면으로부터 정신없이 도망쳐나온 장면, 그리고 그날 밤 하숙집의 언니들과 어린 시절의 지인 세실리아 언니, 그리고 자신의 몸과 마음을 관통하고 지나간 지극한 슬픔뿐이다.

은희경의 소설이 여운을 남기는 것은 지극한 슬픔과 함께 위안이라는 상반된 감정을 동시에 느끼게 하기 때문이다. 마찬가지로 그의 이야기를 읽다보면 더할 나위 없이 착잡한 현실과 비현실적인 아름다움이 어느 순간 떼려야 뗄 수 없이 한데 겹쳐 있다는 사실을 깨닫게 된다. 이것이 은희경이 구사하는 '거리'라는 마술의 비밀이다. 어린 시절의 아픈 기억도 어른이 된 이후에 몇 걸음 뒤에서 돌아보면 추억의 빛을 입고 아름답게 보이는 법이다. 또한 지금 겪는 슬픔과 방황이 훗날 성장하기 위해 치러야 하는 대가라는 생각은 우리에게 적지 않은 위안을 준다. 「독일 아이들만 아는 이야기」는 바로 이러한 배움과 성찰의 계기를 둘러싸고 벌어지는 짧은 일화를 담은 소설이다. 주인공 이원은 대학 졸업 이후에도 뚜렷한 직업을 갖지 못하고 친구 집에 머물고 있는 처지다. 그는 자신이 "뭔가 남들의 방식과 핀트가 안 맞는"다고 생각한다. 물건을 자주 잃어버리고 약속시간에도 자주 늦는가 하면 친구 유나와는 달리 자기를 꼼꼼히 관리하는 일에도 능숙하지 못하다. 그는 "자신이 잘 배우지 못한다"(162쪽)고 결론을 내린다. "물건을 자주 잃어버리는 일이 좌절을 일상화시켰다면 실패한 배움은 자신을 둘러싼 세계의 위축 같은 것이었다. (……) 한 가지를 실패할 때마다 집이 좁아지듯 자신을 둘러싼 세계가 오그라들며 좁혀져왔다. 그리고 열고 나가려 할 때마다 문에서는 경보음이 울렸다."(163쪽)

이원은 잃어버린 유나의(정확히 말하면 유나 남자친구의) 목도리를 대신하기 위해 직접 뜨개질을 배우기로 결심한다. 그는 생경함을 무릅쓰고 '뜨개방'을 찾아가 직접 실을 고르고 강습을 받는다. 배우는 일에 서툴렀던 그는 "이 단순한 목도리 뜨기의 세계"에도 "수많은 선택과 좌절과 성취, 그리고 인생의 드라마가 들어 있"(175쪽)다는 사실을 깨닫게 된다. 그가 알게 된 것은 "배움이란 대다수가 따르는 틀에 맞추는 것이고 그 보편적 규칙 안에 편입되는 일이었다".(171쪽) 따라서 배움 끝에 이루는 '성장'이란 세상의 질서에 적응하고 그에 맞추어 자신을 조정한 끝에 얻어지는 것이리라. 이원은 우여곡절을 겪고 배운 뜨개질로 몇 개의 목도리를 짜는 데 성공하고, 이 가운데 몇 개를 들고 부모님의 집으로 다시 돌아가게 된다. 그러나 그도 알 만큼은 알 것이다. 생은 뜨개질만큼 배우기가 녹록지 않다는 것을. 한번 익숙해졌다 싶으면 또다시 새로운 공간과 관계들 가운데로 내쳐지곤 하는 것이 사람살이라는 사실을. 더구나 이미 소년도 아니고 청년도 아닌 사람의 경우는 어떨까. 배움도 때가 있는 법이라는데, 나이를 이미 너무 먹어버린 후에도 배움이나 성장 같은 것이 가능할까.

「프랑스어 초급과정」에는 결혼과 동시에 아버지의 집을 떠나 낯선 신도시로 이주한 한 여성의 이야기를 들려준다. 황무지나 다름없는 초창기의 신도시에 작은 아파트를 얻어 입주한 그녀는 생각보다 자신이 새로운 삶에 적응하지 못한다는 사실에 좌절을 거듭한다. 새로운 장소에 정주하고 싶어하는 그녀의 소망은 바이올렛 화분을 자꾸자꾸 불려나가는 행동 속에 잘 표현되어 있다. 그러나 그녀는 물에 띄운

바이올렛 잎과는 달리 사람은 쉽게 뿌리내리기 힘든 존재라는 사실을
절감할 따름이다.

> 매순간 예상치 않았던 낯선 곳에 당도하는 것이 삶이고, 그곳이 어
> 디든 뿌리를 내려야만 닥쳐오는 시간을 흘려보낼 수 있어. 그리고, 어
> 딘가로 떠나고 싶다는 꿈만이 가까스로 그 뿌리를 지탱해준다고 한들
> 그것이 무슨 대단한 비밀이라도 되는 건 아닐 테지.(「프랑스어 초급과
> 정」, 66쪽)

이쯤에서 우리는 작가가 이야기하는 성장에 대한 희망, 위안이 과
연 얼마나 유효한 것인지 되묻지 않을 수 없다. 예상하지 못했던 난국
에 맞닥뜨릴 때, 이러한 경험 역시 삶을 더 알아가기 위한 배움의 과
정이라고 생각하는 일이 과연 얼마나 타당한가. 이러한 질문은 의심
을 넘어 또다른 부정 혹은 낙심의 순간으로 우리를 데려간다. 어쩌면
오류와 조정을 통해, 다음번에는 덜 상처입는 방법을 배울 수 있다는
것은 거짓 위안이고 환상이 아닌가. 더욱이 생은 그 어떤 순간도 자신
의 신비와 무작위처럼 보이는 조화를 인간에게 누설하지 않는 막강
한 폭군이 아닌가. 은희경의 소설은 결코 피하거나 외면하지 않고 이
러한 의심 한가운데로 직하한다. 그곳에서 작가는 절망 외에 무엇을
발견했는가. 그는 여전히 어떤 '마술' 혹은 '비밀'을 숨기고 있다는 듯
아껴둔 이야기를 풀어나간다.

뿌리 뽑힌 이들의 슬픔

앞서 말했던 것처럼 은희경의 소설은 등장인물이 겪은 일을 사후에 돌아보는 방식으로 서술되는 경우가 적지 않다. 짧은 분량의 단편소설일 때는 한 가지 서술방식이 한 작품 전체를 관통할 때가 많지만 과거 회상 시점은 현재를 기술하는 시점과 독특한 대조를 이루면서 교차되기도 한다. 이때 은희경의 소설은 과거에 진행된 줄거리와 현재 진행되는 이야기가 어울려 대위법적인 구조를 형성한다. 두 시점의 결정적인 차이는 서술자가 사건에 개입하는 정도, 즉 '거리'가 각기 다르다는 것이다. 과거에 일어난 일을 회상할 때 서술자 혹은 초점자는 이미 사건의 복판에서 헤어나와 나름의 방법으로 지나간 일들을 정리하고 의미부여하는 태도를 취하기 때문에 현명한 성인의 면모를 보여주곤 한다. 은희경 소설의 경우 이러한 의식은 거의 강박관념에 가까울 정도로 강력하게 영향력을 발휘한다. 심지어 소설 전체가 거리를 확보하려 몸부림치는 인물들의 투쟁으로 보일 정도이다.

「T아일랜드의 여름 잔디밭」에서 작가는 한국을 떠나 처음으로 미국으로 이주한 모자의 험난한 정착과정을 그린다. 이 소설에서 주요한 사건들은 주로 어머니를 둘러싸고 일어나지만 실질적인 주인공은 어머니를 지켜보는 '나'에 가깝다. '나'는 어린 소년에 불과하던 열세 살 무렵, 아버지로부터 분리된 채 세상물정에 어두운 어머니와 함께 그들에게 불모지나 다름없는 이국땅에 머물던 시기를 돌아본다. '나' 없이는 혼자 외출도 하지 못하는 무기력한 어머니는 마당에 중고 물품들을 늘어놓고 파는 '개러지 세일'에 마음을 붙이고 이집 저집을 돌아다닌다. 그 시절의 아픔을 견뎌내기 위해 '내'가 선택한 방법은 잡동사니와 술과 불행에 탐닉해 있는 엄마의 삶으로부터 스스로를 떼어내는 일이다. "엄마는 애초에 나오는 한편이 될 수 없는 존재였다." (141쪽)

그는 미국에서 지낸 암울하기 짝이 없는 시간으로부터 무언가를 배웠다고 생각하는 대신 어머니의 세계와 절연하고 아버지와 산 자들의 편으로 넘어갔다고 생각한다. 그럼으로써 자신의 고통스런 기억을 송두리째 부정하려는 모양이다. 그의 태도는 무언가 단호한 것 같으면서도 안쓰러운 데가 있다. 그리고 이러한 모습은 곧 만나게 될 그의 육촌형제, 「스페인 도둑」의 주인공 완에게서도 비슷하게 느껴진다. 젊은 세대답게 쿨한 그들의 어조에는 발설하지 못한 채 묻어둔 아픔의 응어리가 단단하게, 그러나 알아보기 힘들 만큼 낮게 가라앉아 있다.

어쩌면 세계란 처음엔 잘 열리지 않는 방문과 탁자와 침구와 그리고 여행가방을 기본단위로 이루어져 있는지도 모른다. 공동공간으로 나가면 화장실과 텔레비전이 있다. 그것들이 시간과 장소에 따라 다른 형식으로 복제 재생되고 그 세계들을 단계별로 하나하나 재편해가는 과정이 되풀이된다.(「스페인 도둑」, 108쪽)

이 화자에게 세계가 힘겨운 이유는 생이 성장 없는 무의미한 반복으로 이어지기 때문이다. 신도시에서 이국에서 다시 신도시로, 어머니에게서 아버지로 그리고 두 분 모두 없는 군대로 떠나고 적응하고 다시 떠나는 과정이 되풀이될 뿐이라면 생은 시시포스가 겪는 형벌과도 다를 바가 없을 것이다. 따라서 생과 터잡기와 뿌리내리기와 같은 과업을 너무 무겁게 생각하면 견뎌낼 수 없을 것임이 분명하다. 어쩌면 지나치게 호들갑을 떠는 것일지도 모른다. 유목민적 감수성을 갖고 태어난 새로운 세대에게 이민과 탈주와 여행은 일상이 되었는지도. 이들은 이제 자신의 삶을 지배하는 것은 '참을 수 없는 존재의 가벼움'이라고 말하고 싶어한다. "완은 어머니와 달랐다. 힘들게 이루어낸 사랑에 대해서도, 돌아갈 고향에 대해서도 알지 못했다. 비어 있는 의자에 이방인끼리 자리를 좁혀 앉는 법에 대해서는 알고 있었다."(104~105쪽)

그러나 환상을 소거하고 자신에게 주어진 삭막한 삶의 조건들을 담담하게 받아들이겠다고 선언하는 청년의 태도에서 슬픔이 느껴지는 것은 무엇 때문인가? 너무 이른 나이에 상처투성이가 된 아이가 부리던 위악은 어느새 나이먹기도 전에 철들어버린 청년의 체념으로 바뀐 것이 아닌가? 누구도 이들을 탓할 수는 없으리라. 다만 이러한 '태연스러운' 태도가 세상에 적응하기 위해 만들어낸 또하나의 판타지란 사실에 눈감고 싶을 따름이다. 이들과 더불어 태연스러움과 태연스러운 '척하는' 태도 사이에서 가닥을 잡아야 할 순간을 지연시키고 싶을 뿐이다. 정착을 갈망하지 않는 이가 어디 있겠는가. 철학자의 말을 잠시 빌리면 '터-있음'은 '세계-내-존재'로서 실존하는 인간이 필요로 하는 본래적 조건이다. 우리는 자신의 '존재근거'가 되는 고유한 장소를 갖지 않고서는 살아갈 수 없는 존재이기에 뿌리를 내리지 못하고 떠도는 상태는 '나' 자신에 대한 상실감으로 이어지기 마련이다.

작가가 완의 시선을 또 한 사람의 중요한 인물의 시선과 엇갈리게 배치한 이유도 거기에 있다. 고등학교 때부터 완을 짝사랑해왔던 소영은 삭막한 신도시에서나마 착실하게 정착해 살아가려 애쓰는 인물이다. 이리저리 떠돌던 완과는 달리 신도시를 한 번도 벗어나지 못한 채 살아온 그녀는 낯선 장소로 떠나겠다는 소망을 통해 현실의 권태를 이겨나간다. 다소 답답하고 어중간하게 보이긴 하지만 그래도 그녀에게 생은 추억에 잠겨 있는 과거, 먹고살기 위해 벗어날 수 없는 현재, 불확실한 계획으로 이루어진 미래로 어설프게나마 연결되어 있다. 그 헐거운 연결의 고리 역할을 해주는 것 가운데 하나가 2002년 월드컵에서 페널티킥을 실축한 스페인 키커의 존재다. 얼굴도 가물가물한 외국 축구선수의 이름은 어린 시절부터 호감을 품었던 소년, 완과 보낸 짧은 추억과 연결되어 있다. 그리고 소영이 스페인에 대해 관심을 갖는 데 중요한 계기가 된다. 그녀는 마침내 완이 여권을 잃어버린 장소인 바로 그 스페인에서 그에게 엽서를 보내기로 결심하고 만다. 사람은 희미하게나마 운명에 대한 예감을 붙들고 자신을 던지지만 생은 과연 이들에게 어떤 대답을 돌려줄까? 인생은 도저히 예측할 수 없는 인연과 관계의 끈으로 어느새 이들을 얽어맨다.

세상이란 참, 의외의 지점에서 얽히기도 한다니까. 네. (……) 자신의 경우처럼 어떤 뜻밖의 순간에 끊어버리기도 하지만 세상이라는 천을 짜는 여신은 무늬를 만들기 위해서 처음 타래에서 풀었던 실을 반드시 남겨둔다. 헝클어진 실 중에서 어떤 것을 서로 이을지 모르지만 처음부터 무늬는 정해놓았을 것이다. 사람은 자기 운명을 짜고 있는 베틀을 엿볼 수 없다. 예측할 수 없을 때는 순리를 따르는 편이 나을 것이다.(「스페인 도둑」, 110~111쪽)

작가는 서로 이질적인 리듬과 톤을 지닌 층위들을 엇갈리게 배치함으로써 운명의 아이러니라는 협주곡을 빚어낸다. 인생을 이해한다는 것은 어쩌면 한 차례의 연주, 하나의 곡조 안에 소영의 테마와 완의 테마가 한데 어울려 있다는 사실을 깨닫는 것이 아닐까. 또 한번의 전회. 그리하여 은희경의 소설은 다시 성장과 이해라는 신화를 회복하는 국면에 들어선다.

생의 의미와 무의미 사이에서

이렇게 말해보면 어떨까. 이 소설집에 묶인 이야기들은 한 권의 책이 될 운명을 갖고 태어났다고. 『다른 모든 눈송이와 아주 비슷하게 생긴 단 하나의 눈송이』는 거의 조형적인 의도 아래 설계된 느낌을 준다. 눈 밝은 독자에게는 보였겠지만 각각의 단편으로 흩어져 있을 때는 미처 알아차리지 못했던 연결고리들은 함께 묶였을 때 드러나도록 예정되어 있다. 마치 홀로 빛나던 별이 한데 모였을 때 찬란한 별자리를 이루는 것에 비유할 수 있을까. 작가는 작품 속에 짧은, 그러나 결코 쉽게 지나칠 수 없는 계기들을 숨겨둠으로써 이야기들에 등장하는 인물들이 같은 사람이라는 사실, 또한 이들 사이는 인척관계로 연결되어 있다는 사실을 알려주고 있다. 소설집에 묶인 이야기들 가운데 다섯 편의 단편은 기실 하나의 큰 이야기 안에 수렴되는 관계망에 놓여 있는 셈이다. '따로 또 같이 묶이는' 모듈의 구조처럼, 조금씩 한데 겹쳐지는 '숨겨진 연작' 형식은 주제의식과 자연스럽게 조응한다. 작가는 어쩌면 서로 무관해 보이지만 비밀스럽게 이어져 있는 인연과 우연 들이 흩어지고 만나면서 만들어지는 생의 신비에 대해 말하려는 것이 아닐까? 그에 따르면 부초처럼 떠다니는 운명 속에서 희미하게나마 질서를 찾아내려는 시선을 통해 우리의 생은 의미를 갖게 되는지도 모른다.

　좀더 구체적으로 살펴보자. 「프랑스어 초급과정」에 등장하는 여성과 이 단편의 화자, 즉 여성이 품고 있던 태아는 「스페인 도둑」에 등장하는 어머니와 아들 완으로 연결되고 「눈송이」의 주인공 안나는 「T아일랜드의 여름 잔디밭」에 등장하는 소년의 엄마와 겹쳐진다. 그리고 힘겨운 시간을 보냈던 그 어머니임을 짐작할 수 있다. 따로따로 떨어진 파편 조각처럼 흘러다니던 사람들이 언제, 어디서, 어떻게 만나게 될지 누가 예감이라도 했겠는가. 「금성녀」에서 마리 할머니와 처음 만난 육촌형제 현과 완규는 어쩌면 다른 소설들에 등장하는 소년들과 같은 사람들인지도 모른다. 마리 할머니의 오랜 기억 속에 두 소년의 어머니들은 아주 어릴 적 아주 잠깐, 우연히 마주친 적이 있는 그 소녀들인지 모른다. 이런 상상은 독자들을 모종의 설렘으로 벅차게 한다. 각자의 생에서 경험되던 크로노스적인 시간들은 이렇게 칠십삼 년을 살아온 마리의 시선 속에서 영원으로 향해 있는 카이로스적 시간으로 승화되는 것이 아닌가. 물론 이런 상상은 팍팍한 삶을 견디게 하는 또하나의 판타지에 불과할 수도 있으리라.

이것은 가슴 아픈 아포리아이자 피치 못할 진실이다. 은희경의 소설은 우리에게 생을 견딜 수 있는 지혜를 얻을 수는 있으되 그 지혜는 언제나 사후적으로, 너무 늦게 오기 마련이라는 슬픈 사실에 대해 이야기한다. 현재형으로 진행되는 각자의 삶 속에서, 과거는 의심스럽고 미래는 불확실하기에 우리는 매번 희망과 두려움이라는 정념에 휩쓸리고 만다. 스피노자는 이런 말을 했던가. "우리는 외부 원인에 의해 여러 방식으로 이리저리 내몰리고, 역풍에 의해 내몰린 바다의 파도처럼 우리의 결말과 운명을 알지 못한 채 이리저리 흔들린다." 일상생활에서 흔히 일어나는 모든 일이 공허하고 헛되다는 것을 경험을 통해 배우고 난 후, 한 걸음 밖에서 인생의 비밀을 관조하는 방식을 얻어낸다. 모든 슬픔과 불안을 다 겪어낸 이후에야, 이해는 언제나 너무 빠르거나 늦게 도착한다. 시기적절하게 찾아오는 이해의 순간은 없다.

마리는 스스로가 자신의 인생조차 오해했다는 생각이 들었다. 자신이야말로 자기 인생의 이방인인지도 모를 일이었다. 마리는 늘 낯선 시간을 원했고 낯선 곳으로 데려다주는 남자를 사랑했다. 그런데 진정 낯선 곳은 어디에 있는 것일까. 이제 마리에게 남은 낯선 곳은 뒷걸음 질쳐서 발에 닿는 어떤 시간의 시원에 있는 것일까.(「금성녀」, 223~224쪽)

그럼에도 불구하고 마리는 다시금 낯선 곳에 대해 꿈꾼다. 은희경의 소설은 우리가 낯선 인생에 부딪혀 상처입고 고통스러워하면서도 또다시 낯선 곳을 부단히 찾아다닐 수밖에 없는 존재임을 속삭여준다. 오랜 시간과 가슴 아픈 순간들을 거쳐 "더이상 성장할 필요가 없었다"는 조숙한 아이의 선언은 이 세계 바깥과 시간의 시원을 꿈꾸는 노인의 판타지와 만난다. 노쇠와 후회와 죽음이라는 생의 국면을 마주할 때 은희경은 '아주 오래된 지혜'라는 스타일을 걸쳐입는다. 필멸의 운명과 환상, 의미와 무의미 사이를 건너는 자세는 언제나 아름답다, '은희경' 식으로.

작가의 말

　풍경은 늘 그렇게 있다. 계절과 날씨에 따라 조금은 다를 것이다. 결국 시간이 개입된다는 뜻이겠지. 풍경을 보기 위해 내가 간다. 대체로 헤맸다. 익숙한 시간은 온 적이 없다. 늘 배워왔으나 숙련이 되지 않는 성격을 가진 탓이고 가까운 사람들이 자주 낯설어지는 까닭이다. 왜 그럴까. 시간이 작동되는 것이겠지. 내 탓도 네 탓도 아니다. 내가 어떻게 그곳에 닿느냐에 따라 풍경이 달라진다고 여겼을 때는 그랬다는 말이다. 지금 이 풍경 앞에서 생각한다. 내가 풍경으로 간 것이 아니라 실려갔다. 떠밀려간 것도 아니고 스침과 흩어짐이 나를 거기로 데려갔다. 이런 생각을 하던 시간들이 이 책 속 이야기가 되었다. 쓸 수 있다, 고마운 일이다.

은희경

| 수록 작품 발표 지면 |

다른 모든 눈송이와 아주 비슷하게 생긴 단 하나의 눈송이 ⋯ 문학동네, 2009년 여름

프랑스어 초급과정 ⋯ 세계의문학, 2009년 여름

스페인 도둑 ⋯ 문학과사회, 2012년 가을

T아일랜드의 여름 잔디밭 ⋯ 현대문학, 2012년 11월

독일 아이들만 아는 이야기 ⋯ 문예중앙, 2013년 봄

금성녀 ⋯ 문학동네, 2013년 가을

문학동네 소설집

다른 모든 눈송이와 아주 비슷하게 생긴 단 하나의 눈송이
ⓒ 은희경 2014

1판 1쇄 2014년 2월 26일
1판 3쇄 2014년 3월 28일

지은이 은희경
펴낸이 강병선
책임편집 조연주 | 편집 유성원 염현숙
디자인 윤종윤 유현아 | 마케팅 정민호 나해진 이동엽
온라인마케팅 김희숙 김상만 한수진 이천희
제작 강신은 김동욱 임현식 | 제작처 영신사

펴낸곳 (주)문학동네
출판등록 1993년 10월 22일 제406-2003-000045호
주소 413-120 경기도 파주시 회동길 210
전자우편 editor@munhak.com | 대표전화 031) 955-8888 | 팩스 031) 955-8855
문의전화 031) 955-3576(마케팅) 031) 955-8864(편집)
문학동네카페 http://cafe.naver.com/mhdn | 트위터 @munhakdongne

ISBN 978-89-546-2405-3 03810

www.munhak.com